阮籍咏怀诗

译解

罗仲鼎 编

浙江古籍出版社

图书在版编目（CIP）数据

阮籍咏怀诗译解 / 罗仲鼎编 . -- 杭州：浙江古籍出版社，2023.10
ISBN 978-7-5540-1885-9

Ⅰ.①阮… Ⅱ.①罗… Ⅲ.①阮籍（210-263）—古典诗歌—诗歌评论 Ⅳ.① I207.22

中国版本图书馆 CIP 数据核字（2020）第 247566 号

阮籍咏怀诗译解

罗仲鼎　编

出版发行	浙江古籍出版社
	（杭州体育场路 347 号　电话：0571-85068292）
网　　址	https://zjgj.zjcbcm.com
责任编辑	刘　蔚
文字编辑	周　密
内封题字	林　晖
责任校对	张顺洁
装帧设计	吴思璐
责任印务	楼浩凯
照　　排	浙江大千时代文化传媒有限公司
印　　刷	浙江全能工艺美术印刷有限公司
开　　本	880mm×1230mm　1/32
印　　张	10
字　　数	214 千字
版　　次	2023 年 10 月第 1 版
印　　次	2023 年 10 月第 1 次印刷
书　　号	ISBN 978-7-5540-1885-9
定　　价	50.00 元

如发现印装质量问题，影响阅读，请与本社市场营销部联系调换。

序

仲鼎在十六年前出版《诗品今析》，我曾津津有味地读过。他是个严肃的古典文学研究者，对司空图这二十四篇诗歌风格论所作的诠释，旁征博引，十分到位。但他又不是一个泥古的人，所作今译颇具现代文采，清丽，流畅，渗透着诗的韵味，我在他身上发现了一位古诗今译的能手，于是竭力鼓动他抽空再搞点今译。可是译谁呢？我发了高论："诗意越朦胧，越值得译，也越能译得好！"不料我的信口开河倒使他眼睛一亮，一改慢条斯理的习惯，急速地说："那就译阮籍的《咏怀诗》试试看。"这一来轮到我两眼放光了。

我有了遥远的回忆，还是在南京大学做学生时，为应付考试，曾躲在东南大楼一个空教室里，花一天时间通读过阮籍《咏怀诗》，虽然不太懂，却感到它们很有诗味，直觉认定内中一定有许多奥妙。天生读书不求甚解只见印象的我，从此没有再那么认真地去通读这八十二首诗了，到处流浪的艰辛生涯更使我无心于诗，连《咏怀诗》中有些代表性诗作也早已丢在了脑后。可也怪，"丘墓蔽山冈，万代同一时"这两句诗总牢牢牵系着我的心，从没有忘记过。阮籍对地球人眼中流变的相对时间与宇宙人眼中凝定的绝对时间所作的交错感应，在我坎坷路上曾给予过多少人生哲理的遐思！所以我敢于在20世纪80年代初一次现代派诗歌讨论会上说："波特莱尔的《恶之花》，兰波的《醉舟》固然很朦胧，很有象征气氛，但比他们早上一千六百来年，阮籍的《咏怀诗》似乎更朦胧，更神秘旷远。阮籍可以说是世界第一代象征派。"

于是，我催促仲鼎快点把《咏怀诗》今译搞出来。仲鼎笑笑点了点头。他不是一个激动派。"大江流日夜"，又流走了十六排波浪。去年底，仲鼎把一叠厚厚的稿子放在我案头，说："我和《咏怀诗》的这份因缘，你是红娘，序是非你写不可的了。"我读着这部花了十六年心血完成的书稿，被一位中国学者的博学与严谨深深感动了。的确，我应该为仲鼎的这部新著说几句话。

这是第一部集注释、今译和解析于一体的专门著作。我想先谈谈书中的"解析"。在它的《前言》开头，仲鼎就宣称："阮籍的《咏怀诗》是中国诗歌史上千古不解之谜。"而他则想要在继承前辈学者研究的基础上，尝试着来探寻这一谜底。传统的《咏怀诗》阐释，总是把"阮籍是曹魏政权的忠臣，是司马氏篡权夺位行为的坚决反对者"作为切入点，仲鼎如何对待呢？他学术研究的现代思维特性就在这里显示出来了：排除这样的切入点，而选择一个从人的觉醒到灵的觉醒的逻辑起点，来理解阮籍所咏叹的情怀。在这个问题上，黄侃当年就说过："阮公深通玄理，妙达物情，大哀在怀，非恒言所能尽，故发之于诗歌。"这大哀是灵的觉醒的必然产物，是对历来"引喻于昏乱，附会于篡夺"的传统偏见的超越，应该说是极有见地的。仲鼎则进一步提出，阮籍虽已"完成了由儒学向玄学的转变"，他"不与世事，尤好老庄"，并且"写作了不少阐述玄学理论和表述玄学人生理想的著作"，甚至"他的生活方式也是一派玄学名士的作风"，但是，"在阮籍心理世界的底层，依旧积淀着儒学思想的厚重的沉渣"。正是这些，使"忧生和忧世的情绪仍时时扣击着诗人的心灵"。因此,在仲鼎看来,阮籍是一个凭灵的觉醒获得宇宙人生的意识又来回观世俗,探求"在现实社会中人们对宠禄应该采取什么态度"的诗人。《咏怀诗》就是咏叹这一类情怀的。这正是黄侃"大哀"论的深化,在我看来有某种再超越的意味。记得田汉在"五四"初期写的《诗人与劳动问题》一文中说过一段话:"诸君不做诗人则已,想要做诗人,便请做第一流的诗人!如何去做第一流的诗人?就是着手不可不低,着眼不可不高,不可不在时间、空间的自己表现内流露超时间、空间的宇宙意志,更不可不以超时间、空间的宇宙精神反映同时间、空间的国民生活!!"这同仲鼎理解阮籍是不谋而合的,而《咏怀诗》确也可以说是"第一流的诗人"那一份情怀所结成的不朽成果。正因为仲鼎是从这样的认识高度来看待阮籍的,因此对《咏怀诗》所作的"解析"就显得科学而有新意。

至于"今译",那种流畅、清丽和忠实于原诗的风格,无需多称颂了。我特别要提出几点来谈谈:对于文言化的意象转为口语化的意象如何仍保持意象本体兴发感动的功能方面,我认为仲鼎基本上是做得好的。如《其十六·徘徊蓬池上》中的"绿水扬洪波,旷野莽茫茫",仲鼎译成"绿水扬起了滔滔巨浪,旷野是一片莽莽苍苍",以"滔滔巨浪"来转译"扬洪波",以"莽莽苍苍"来转译"莽茫茫",不仅意象本体兴发感动的功能没有削弱,还显示出某种审美强化。从这一例中还可以看出,仲鼎用现代汉诗译成的诗行比原文要流畅,使五字一句情感传达的局促性也得到了缓解,显出某种空阔、浩荡的潜在语境。《咏怀诗》由于用五字句,用语精简到像电报密码一样,转折词、连接词基本上省略了,这使情绪内在的转折往往传达得不易分明。看来诗人自己也无可奈何，只得到末了两句跳出抒叙语境，画龙点睛般地把智性体验点出来。所以，作为情绪流变的内在结构，《咏怀诗》是在层层递进中转折，转折中勾连着的，而外在却显示为平列的或顺势递进的传达形态，这使译述时如何把原作内在的诗情结构恰如其分地传达出来，成了一个难题。仲鼎在这些地方十分注意，如《其七·炎暑惟兹夏》共十行，都按顺序以肯定语气抒情下来，到第七、第八行，是"徘徊空堂上，忉怛莫我知"，这里的"莫我知"可以作"没有人知道我"和"知道我有谁"两种不同语气的译法，到底选哪一种好？仲鼎也许已考虑到第九、第十行是祈使句"愿睹卒欢好，不见悲别离"，如仍译成"没有人知道我"这样的肯定陈述句，岂非一种语气到底，缺乏一波三折？所以仲鼎选择了后一种译法："徘徊踯躅在空堂之上，忧愁悲痛无人知我意。"这一来，内在情绪流变到此会发生一顿。作为内在结构，这一顿会造成情绪转折的预期，下面再来个祈愿的情绪转折，就显出一波三折的韵味来了。译文能这样到位，显示了译者的匠心和理解把握原作的功力。

当然，也不是说一切都完美无缺。对书中的今译，我也有个小小的意见，就是句中大都用"呵"，我不赞成。仲鼎这样做也有苦衷，"是模仿《楚辞》的方法"，"试图加强诗句的抒情意味"。其实在每一首诗的每一行中间加上一个"呵"，造成感叹的语调贯彻始终，情绪体现会缺乏起伏感，读多了会使读者产生节奏疲劳，以致感受麻木。这一点仲鼎自己似乎也感觉到了，他在《前言》中说："效果并不理想。"我看确实如此。

但是不论怎么说,这是部严肃的学术著作,八十二篇"解析"可说是八十二篇具有创新意味的论文,而八十二首今译诗,则显示再创造的诗性智慧。为了弘扬传统文化,我们需要这样的著作。

骆寒超

一九九八年六月十五日写于西子湖畔乌石山下

前　言

阮籍《咏怀诗》是中国诗歌史上千古不解之谜。早在一千五百多年前，钟嵘就发出过这样的感叹："《咏怀》之作，可以陶性灵，发幽思，言在耳目之内，情寄八荒之表……厥旨渊放，归趣难求。"到了唐代，李善也说："嗣宗身仕乱朝，常恐罹谤遇祸，因兹发咏，故每有忧生之嗟。虽志在刺讥，而文多隐避。百代之下，难以情测。"为了探寻这一谜底，从齐梁到现代，许多学者付出了艰辛的劳动，取得了不少成果。但是总的看来，离揭开谜底还有相当距离。本书的写作，也是作者试图揭开这一谜底所做的努力。

（一）

要正确认识和理解阮籍的《咏怀诗》，首先应当摒弃自古以来相沿成习的传统观念，即认为阮籍是曹魏政权的忠臣，是司马氏篡权夺位阴谋的反对者。否则就很难走出怪圈，取得新的突破。历代研究阮籍《咏怀诗》的学者，从五臣到黄节，几乎都从这样的前提出发来阐释《咏怀诗》的涵义，因而形成了阮籍诗歌阐释中的牵强附会之风。事实上，阮籍既非曹魏政权的忠臣，也非司马氏篡权夺位行为的反对者。

阮籍的父亲阮瑀，是著名的"建安七子"之一，曾经担任过曹操的司空军谋祭酒，掌管记室，后为仓曹掾属。因此有人就将儒家忠臣孝子的观念，强加在阮籍身上，推定阮籍必然是曹魏政权的忠臣。这种看法不符合历史事实。阮瑀生于汉代而仕于曹魏，但直到他逝世八年后，曹丕才正式称帝，他与曹魏政权，并不存在真正的君臣关系。关于阮瑀出仕的经过，《三国志》和《文士传》的记载虽有较大出入，但有一点是共同的，即他出仕曹魏集团，很可能带有被迫性质。在汉末天下大乱、军阀纷争的时代，阮瑀与当时许多士人一样，并不愿意出仕，而决心效仿古人，做一个隐士。他在《吊伯夷文》中说："余以王事，适彼洛师。瞻望首阳，敬吊伯夷。东海让国，西山食薇。重德轻身，隐景潜辉。求仁得仁，报之仲尼。没而不朽，身沉名飞。"在《隐士诗》中又说："四皓隐南岳，老莱窜河滨。颜回乐陋巷，许由安贱贫。伯夷饿首阳，天下归其仁。何患处贫苦，但当守明真。"阮瑀诗赋中出现的古代贤哲，如伯夷、许由、颜回、四皓等人，也正是其子阮籍《咏怀诗》所反复咏叹的对象，这当然不会是巧合，而表明父子两人在出处问题上有很多相似之处，两人都生逢乱世，寻求独善其身，却又难以独善其身；两人都不愿出仕，却又不得不勉强出仕。所不同的是，阮瑀在诗中表达的主要是儒家士人理想主义的生活态度，而阮籍在诗中则更多表现了敝屣功名、超然物外的玄学名士风致。断定一位勉强出仕的父亲，将忠君思想影响其同样不愿出仕的儿子，显然不合情理。何况阮籍三岁丧父，曾经受到其族叔阮谌和族兄阮武的照顾。阮谌"征辟无所就"，大约终身没有出仕；阮武虽然曾经出仕曹魏集团，但并未担任过要职。总之，阮氏家族与曹魏政权的关系是疏离的，既不像嵇康有姻亲关系，也不像何晏有政治利害关系。因此，从家族关系无法证明阮籍忠于曹魏政权。

东汉后期，随着封建大一统政权的腐朽和崩坍，与政权相支柱的儒学逐渐衰落，士人们与政权的关系日益疏远，而集中体现士人与政权关系的忠孝节义的封建伦常观念也日益淡漠，士人们逐渐从以天下为己任转变为以个人为中心，从忠于君主转变为张扬自我，从遵从伦常转变为维护个性。而魏晋玄学的兴起，既是这种变化的结果，又进一步加速了这种变化。因此当曹魏篡汉之时，仍有不少节烈之士，为维护正统的大汉王朝而血溅王庭，演出了一幕幕历史悲剧；但到了魏晋易代之际，在曹魏重臣之中，对司马氏的篡夺行为，却只有一片拥戴之声。高贵乡公曹髦被弑，除王祥痛哭流涕之外，其余大臣或跟风劝进，或阿意取容。这种局面固然说明司马集团镇压与笼络双重策略的成功，但与时代观念、士林风气的变化也有密切关系。身处这样的社会环境与氛围之中，与曹魏集团既无姻亲关系，又无政治利害关系的阮籍，有什么理由一定要忠于曹魏、反对司马氏呢？

阮籍虽然出生于儒学世家，但是却生活在玄风大畅的时代。他从一个有"济世之志"的儒者转变为魏晋玄学的代表，也是时代思潮变化影响的结果。玄学虽然具有调和儒道的倾向，但世界观主要来自老庄，故史上又称"老庄玄学"。作为魏晋玄学的主要代表人物，阮籍曾著《通老论》《达庄论》和《大人先生传》，用以阐明自己的玄学世界观和理想精神境界。一般说来，儒家重视忠君，提倡礼法；道家主张无君，顺应自然；忠君是儒家对士人政治行为的基本规范，而无君则是道家社会理想的重要内容。对这个问题，阮籍的观点非常明确，他在《达庄论》中说："天地生于自然，万物生于天地。"又说："人生天地之中，体自然之形。身者，阴阳之积气也；性者，五行之正性也。"在《大人先生传》中又说："君立而虐兴，臣设而贼生，坐制礼法，束缚下民。"又说："汝君子之礼法，诚天下残贼、乱危、死亡之术耳，而乃目以为美行不易之道，不亦过乎！"对儒家忠君思想和虚伪礼法，进行猛烈抨击。在阮籍看来，君主之立，乃是罪恶的根源，礼法之行，原是束缚下民的工具。诗人具有这样的思想认识，而在实际行为和自己的作品中又充满了忠君之情，这不是违背常理了吗？

　　人的思想行为，总不免受到自身政治经济利益的影响。司马氏夺取曹魏政权，主要采取禅让也就是和平接管的方式。因此，除了坚决镇压异己力量的反抗之外，还要有一件合法的外衣，这就需要努力争取曹魏旧臣和知名士人的理解和支持，而作为"竹林七贤"代表人物的阮籍和嵇康，正是司马氏拉拢和争取的重要对象。嵇康性情刚烈，坚决拒绝与司马集团合作，因而惨遭杀害。史载嵇康临刑，有三千太学生为他请愿。阮籍与嵇康不同，他与曹魏集团没有亲密关系，也没有对司马集团采取对立态度，而是于两者之间虚与委蛇，力求自保。阮籍虽然蔑视礼法，率性而行，但在政治上却非常谨慎，从不评论时事，臧否人物，这一点颇为司马昭所欣赏。因此，司马集团尤其是司马昭对阮籍多方笼络，希望他最终能够为己所用，或者至少保持中立，表现了一位老练政治家的深谋远虑。事实上阮籍与司马集团的关系远较曹魏政权密切，他曾经连续担任司马懿、司马师和司马昭的从事中郎。三人之中，尤以司马昭与阮籍的关系最好。司马昭曾经为其儿子向阮籍之女求婚，希望与阮氏家族建立姻亲关系；司马昭对阮籍也特别宽容，很少强迫他做事。据《世说新语·任诞》

注引《文士传》："晋文帝亲爱籍，恒与谈戏，任其所欲，不迫以职事。"阮籍的放诞行为和待人接物的高傲态度，每每招致礼法之士的猛烈攻击，但每次都得到司马昭的维护，并且转危为安。司马集团对阮籍的种种关怀和爱护，虽是基于自身政治利益的考量，但也必然会对阮籍的政治态度产生一定影响。春秋战国时代流传下来的"士为知己者用"的观念，在儒家忠君思想的冲洗之下，虽已逐渐淡漠，但仍旧是士人们内心深处的一个情结。三国时代群雄并峙的政治局面，为这种观念的复兴提供了近似的社会土壤。所谓"良禽择木而栖，良臣择主而仕"，又一次成为士大夫们进退出处一个重要标准。诸葛亮之所以不顾成败，为蜀汉政权"鞠躬尽瘁，死而后已"，主要是为了报答先帝的"知遇之恩"，而并非仅仅因为刘备是汉室后裔。在曹魏与司马两大集团的争斗早期，阮籍力图保持中立，但是到了诗人的晚年，他的政治态度似乎发生了微妙的变化。他为郑冲起草《劝晋王笺》，就是这一变化的标志。也就是在这一年（263），阮籍去世了。如果天假之年，会不会发生阮籍正式出仕西晋王朝的事情呢？从情理推断，并非没有可能。其实阮籍一生已经经历过一次禅让。延康元年（220），东汉王朝的最后一个皇帝汉献帝刘协，被迫把王位让给了曹丕，这一年阮籍十一岁。这一历史变故对当时士人的思想产生了巨大冲击，对阮籍幼小的心灵，也不可能不产生影响。司马氏之篡魏，无论方式或手段，几乎是曹魏篡汉的故伎重演。只是四百年来儒家思想培育起来的忠君观念，此时已经大大削弱，曹魏大臣王祥、郑冲、何曾以及"竹林七贤"之一的山涛等一大批士人，或迫于司马氏的威势，或出于现实利益的考虑，都纷纷倒向了司马集团，有些人还成了西晋王朝的开国功臣。阮籍的父亲阮瑀虽然曾为曹操部属，但在他去世以前，曹氏并未正式称帝，实际并不存在是否忠君的问题。三岁丧父的阮籍，既非曹魏重臣，也非曹魏姻戚，又亲身经历了曹魏篡汉这一历史事件的洗礼，并没有理由一定要忠于前朝，反对司马集团。认为阮籍在政治上一心忠于曹魏政权，处处反对司马集团的看法，既缺乏历史事实依据，又违背人的思想行为逻辑，乃是封建时代儒家士人的偏见。但是千百年来，这种偏见深深影响了人们对阮籍《咏怀诗》的理解和阐释。因此，摒弃这种偏见，是进一步深入研究阮籍《咏怀诗》的重要前提之一。

（二）

要正确分析和理解阮籍《咏怀诗》，还必须打破传统阐释学的框架——机械的、繁琐的以史证诗的方法。自从孟子提出"知人论世"的诗歌理论主张（《孟子·万章下》："颂其诗，读其书，不知其人，可乎？是以论其世也。是尚友也。"），知人论世，以史解诗，遂成为中国古代阐释学的基本原则和重要传统。的确，要深入理解文学作品的内涵，必须了解作者的为人和作品的时代。但仅仅如此还不够，要更好地理解文学作品，还必须探寻作者的创作心理与作品的美学特征。也就是说，仅仅从社会政治层面去理解文学作品是不完整、不全面的，还必须认真探究文学艺术自身的特点和规律。

我国古代传统阐释学所存在的不足，是和儒家艺术理论中固有的缺陷相联系的。汉代儒家经师们对《诗经》的解释，就是典型的例子。例如《诗经·郑风·将仲子》明明是一首爱情诗，但儒家经师们却引用《左传》所记载的历史曲为之解,说:"《将仲子》,刺庄公也。不胜其母,以害其弟。弟叔失道而公弗制,祭仲(郑庄公之臣)谏而公弗听,小不忍以致大乱焉。"其实古代兄弟排行第二均可称仲,仲子即老二之意。汉儒却一定要把仲子与祭仲联系在一起,认定这首诗是讽刺郑庄公屈从母亲的压力,拒绝大臣的劝谏,封叔于京,最终引起了内乱。这种解释,反而把一首含义明白的爱情诗,弄得支离破碎、晦涩难明了。又如《豳风·鸱鸮》原来是一首禽言诗,诗篇运用寄托象征手法,通过一只不幸失去小鸟,仍旧努力筑室营巢的母鸟口吻,诉说自己辛苦劳瘁之状。《毛诗正义》却如此解释:"《鸱鸮》,周公救乱也。成王未知周公之志,公乃为诗以遗王,名之曰《鸱鸮》焉。"又说:"《金縢》(《尚书》篇名)云:武王既丧,管叔及其群弟乃流言于国曰:'公(周公)将不利于孺子(成王)。'周公乃告二公(召公奭、太公望)曰:'我之弗辟,我无以告我先王。'周公居东二年,则罪人斯得。于后,公乃为诗以贻王,名之曰《鸱鸮》。"认为本诗乃是周公在诛除管、蔡以后,向成王表明心迹的作品。后世说诗者甚且具体比附说"鸱鸮"是比殷武庚,"子"比管叔、蔡叔,"室"指周室,"鬻子"比成王。很明显,这种比附不仅不合情理,也难以贯通全诗。《诗经》中的作品原来并未标明作者名姓,为了提高《诗经》的权威性,汉儒往往把一些作品冠上圣人的名字。例如《豳风·东山》,原是东征将士劳怨思归之作,毛、郑等人却断言,这是周公犒劳将士的诗篇。又如《豳风·七月》,虽然未必如有的学者所说是"豳地农民的集体创作",但是从内容看,作者必定是一位熟悉下层劳动者生活的诗人。毛、郑等人却说："《七月》，陈王业也。周公遭变故，陈后稷先公风化之所由，致王业之艰难也。"《毛诗正义》对《豳风》的解释，几乎把所有作品都与周公的业绩相联系，认为《鸱鸮》《东山》《七月》都是周公所作，而《破斧》《伐柯》《狼跋》等，也都是人们赞美周公的诗篇。这种把诗意阐释与现实政治历史生硬联系在一起的方法，严重影响了人们对作品的理解。汉儒对《诗经》的解释，指导思想来源于孔、孟的诗歌理论，方法却独出己心。孔、孟在其著作中都曾引用《诗经》成句，大体是用其原义或比喻义，以帮助修饰言辞或表达思想，从不作漫无边际的联想发挥。而汉代经师们为了维护封建统治和道德伦常，往往主观地设定一个虚拟的前提，甚至完全撇开文本解释诗意，以上所举，都是典型例子。

由于儒家思想是中国封建社会的统治思想，由于儒家经典以及汉儒在历史上的崇高地位，这种形而上学的解释方法，对后世产生了巨大影响，也影响了人们对阮籍《咏怀诗》的理解和阐释。对阮籍《咏怀诗》的解释，人们开始还采取比较审慎的态度，例如唐人李善说："嗣宗身仕乱朝，常恐罹谤遇祸，因兹发咏，故每有忧生之嗟。虽志在刺讥，而文多隐避。百代之下，难以情测。"因此，他提出了一个阐释《咏怀诗》的原则"粗明大意，略其幽旨"。意思是说主要从总体上把握诗歌的内涵，而不做枝微末节的考订与探究。这是一个比较切合实际的原则和方法。所以他在为《咏怀诗》作注时，往往只注出典，不下断语，间或引用前人解释，一般不作发挥推衍。颜延之、沈约、李善等人对《咏怀诗》的解释，虽然未能深刻揭示其思想艺术特征，但是至少可以帮助读者把握诗歌的主旨。后来许多研究者却认为,沈、李等人对《咏怀诗》的阐释"粗略肤浅,毫无发明",必须进一步探索其"幽旨"。他们继承和发展了汉儒解释《诗经》的方法,着重从社会政治的角度考订《咏怀诗》的本事,并且把这段时间发生的具体历史事件,与诗歌一一挂钩,努力探寻其"微言大义"。由于方法不对,常常弄得牵强附会,甚至南辕北辙。为《文选》作注的五臣以及陈沆、刘履、蒋师爚、何焯、曾国藩、黄节等人,或多或少都存在这种倾向。历史上也有人对这种研究方法提出过批评,例如明人冯惟讷就说:"阮籍《咏怀诗》八十首,非必一时之作,盖平生感时触事,悲喜拂郁之情感寄焉。'厥旨渊放,归趣难求。''百代之下,难以情测。'知哉!昔人可谓知言矣。后之解者,必欲引喻于昏乱,附会于篡夺,穿凿拘挛,泥文已甚。"冯惟讷认为,阮籍《咏怀诗》是诗人平生感时触事,悲喜拂郁之情的寄托,如果事事都和"昏乱""篡夺"的政治历史背景相联系,势必造成穿凿附会的毛病。黄侃先生则进一步指出:"阮公深通玄理,妙达物情,《咏怀》之作,固将包罗万态,岂仅措心曹马兴衰之际乎?迹其痛哭穷路、沉醉连句,盖已等南郭之仰天,类子舆之鉴井。大哀在怀,非恒言所能尽,故一发之于诗歌。颜、沈以后,解者众矣,类皆摭字以求事,改文以就己。固哉高叟,余甚病之……"黄侃先生的视野比冯氏更加开阔,他正确地指出,《咏怀》之作绝不仅仅关乎曹魏与司马政权之更替,而是表现了诗人内心的"大哀",这种"大哀"可能包含玄学家超然物外之情,又有儒家悲天悯人之意,可以包罗世间万象万态。而颜、沈以后解释《咏怀诗》的许多人,因为存在主观偏见,往往"摭字以求事,改文以就己",反而歪曲了诗歌的原意，还不如前人的解释切合实际。那么，颜、沈以后，从五臣到近代，对《咏怀诗》的解释中存在的主要问题是什么呢？

首先，囿于儒家正统的封建忠君观念，他们把阮籍设定为一贯忠于曹魏政权、坚决反对司马氏篡权夺位的志士仁人，把他每首诗歌的主旨都与"愤怀禅代"密切相联系，把诗人身处黑暗时代感时触事的复杂心态和悲喜拂郁之情，时时处处与所谓"篡夺"和"昏乱"相联系，因此严重歪曲了诗歌的主题思想。例如：《咏怀诗》其二"二妃游江滨"是诗人通过神话传说故事，感叹世风浇薄、人情翻覆之作。沈约指出本诗主题是"婉娈则千载不忘，金石之交一旦轻绝，未见好德如好色也"，大体不错。五臣之一的张铣却说："言美貌倾人之城，迷惑下蔡之邑，由此容貌美好，结人心肠。皆谓晋文王初有辅政之心，为美行，佐主有如此者，后遂专权篡位，使我感激生忧思。"刘履也说："初，司马昭以魏氏托任之重，亦自谓能尽忠于国，至是专权僭窃，欲行篡逆，故嗣宗婉其词以讽刺之。"又如，《咏怀诗》其四"天马出西北"本来是一首感叹生命无常、富贵难久，因而追慕游仙之作。诗中"春秋非有托，富贵焉常保"朝为美少年，夕暮成丑老"等句，已经把这层意思表述得十分清楚。而"天马"两句，不过是用以起兴而已。张琦却认为："'天马'二句，喻司马有必兴之势。春秋更代，魏祚将移，不能常保矣。"陈沆也说："马出西极，途非不遥，孰使召来？则由东道主人引之也。犹司马氏本人臣，而致使有禅代之势，非在上者致之有渐乎？四时更代，富贵无常，忽则易人；履霜不戒，遂致肃杀，全盛之世，倏忽衰亡，如少年之忽老也。'天马'寓典午之姓，'凝霜'亦履霜之渐。"而陈伯君则进一步考证说,"天马"句乃是记实,指魏明帝青龙三年（235）用珠宝向吴主换取马匹一事,并且断定,本诗乃是"讽谕魏明帝,谓春秋非可凭依,夕暮即成丑老,何必昵于此玩好之物哉"。这种主观臆断、牵强附会的解诗方法,往往把原本大体上清楚明白的诗意弄得支离破碎、惝恍迷离,反而影响了读者对诗意的理解和把握。

其次,有些研究者对阮籍诗歌的比喻象征特点不够了解,每每利用诗中象征体的多重指意,把它们与当时的政治背景和历史事件作穿凿附会的比照。例如《咏怀诗》其一"夜中不能寐",诗人通过"孤鸿""翔鸟"等象征意象,表达自己内心的寂寞彷徨之情。五臣却主观武断地说:"孤鸿,喻贤臣孤独在外;翔鸟,鸷鸟,好回飞,以比权臣在近,则晋文王也。"刘履引申此说,并且讲得更加具体:"贤者在外,如孤鸿之哀号于野;而群邪之阿附权臣,亦犹众鸟回翔而鸣于阴昔之林。是时魏室既衰,司马氏专政,故有是喻。"对这种随意的曲解,陈伯君批驳道:"吕延济解翔鸟,何从知其为鸷鸟？为欲曲解为刺司马昭,遂偷偷加入一'鸷'字。刘履解夜半,何从知其为托言？为欲曲解为忧世道之昏乱,遂谓夜半非当时实境。读者不可不察。"又如,《咏怀诗》其五"平生少年时",本意是以老庄祸福相倚相伏的道理,讽刺并告诫那些一味追求富贵功名之徒。但是五臣、何焯等人偏说:"晋文王河内人,故托言三河。"并且进一步分析说"望三河"是说人情势利,在魏室衰微之时,人们纷纷去魏而往晋。司马昭是河内人,便认为"望三河"是去魏而往晋,那么,如果其他人也是河内人又如何呢？仅仅根据"望三河"一句,就断定这首诗是讽刺人们依附司马氏，不是太勉强了吗？再如《咏怀诗》其八"灼灼西颓日"，这首诗一方面批评为名利所役使而失去自我的"当路子"，另一方面，也表现了诗人内心用世与避世之情的矛盾。因为诗中用了一组表现环境与心情的象征意象，五臣等人便比附说："颓日，喻魏也，尚有余德及人。回风，喻晋武。四壁，喻大臣。寒鸟，喻小臣也。"刘履也说："燕雀，即上文'寒鸟'之属。黄鹄，以指司马晋公，言其志大，必将一举而游于四海。"这种利用诗中象征意象的多重指意随心所欲地进行比附的例子，在《咏怀诗》的阐释中还有很多，有些显得相当可笑。例如，《咏怀诗》其十六"徘徊蓬池上"，邹思明说："'绿水'四句，喻时事之昏乱；'朔风'二句，喻奸邪之害人。"何以"绿水"能喻昏暗，"朔风"能喻奸邪？显然纯属随意猜度，并无事实根据。又如《咏怀诗》其十四"开秋兆凉气"，其中有"微风吹罗袂，明月耀清辉"两句，五臣解释说："微风，喻魏将灭，教令微也；明月，喻晋王为专权臣也。"为什么"微风"可以喻魏室将灭甚至教令衰微，而"明月"又可喻晋王是专权臣呢？阐释者未加说明，可能也无法说明。这种不科学的解诗方法，虽然受到了不少批评，但是在阮籍诗歌的研究中仍旧非常流行。

　　第三，有些研究者往往抓住阮籍诗歌中某些句子所描写的景象与当时历史事件有某种相似之处，就其一点，不及其余，对诗歌的主题作大胆的臆测，而不管这种臆测是否符合诗人总体思想和心态。例如《咏怀诗》其五有"赵李相经过"一句，历来歧说纷纷，而陈伯君先生却考证出"赵李"是指秦代的赵高和李斯，并因李斯是上蔡人，又推论诗中"西游咸阳中""反顾望三河"两句乃是写实，最后又从李斯当时之贵宠断定，诗中以赵、李比曹魏之重臣曹爽，认为阮籍此诗正是讽刺曹爽之专权奢侈，并预言其行将灭亡的命运。又如《咏怀诗》其六"昔闻东陵瓜"，诗人不过是借用东陵侯隐居以自全的典故推衍老庄思想，抒发超世之情而已。方东树却认定："此言爽溺富贵将亡，不能如召平之犹能退保布衣也。"方氏的解释，也是缺乏根据的臆测。"宠禄岂足赖"难道仅仅指曹爽吗？陈伯君却又从召平非大庄园主，如何能以美瓜招来四方宾客说起，考定诗歌是借汉代萧何之事，讽刺曹爽溺于富贵，必将招祸。再如，《咏怀诗》其十"北里多奇舞"，不过是说富贵游乐均不足恃，唯有遁世游仙才能保命全身。而蒋师爚却根据《三国志·少帝纪》何晏有"放郑声而弗听"的奏章，司马懿废曹芳时太后令有"不理万机，日延倡优"之语，断定本诗是讽谏魏少帝曹芳的。而陈伯君又考定，《咏怀诗》中凡五见王子晋，都是借指曹芳，本诗也不例外。这种解释，乍看似乎言之凿凿，颇足征信，但是这些人忘记了一条重要的道理，诗歌并不是历史。阮籍诗歌所抒发的是诗人感时触事的悲喜怫郁之情，虽然这种感情主要也是客观社会生活的反映，但是绝非具体历史事件的复制。在一般情况下，我们通过作品所能了解和把握的主要是作者的思想倾向和感情脉络，以及它们所反映的社会和时代，而不是去一一索解其具体历史背景和事件。这种把诗歌过分历史化的倾向，不仅会产生许多牵强附会的解释，而且还会缩小和降低艺术作品的思想意义和审美价值。何况阮籍《咏怀诗》离现在已有一千七百余年之遥，诗人所见所历社会生活情况，较之史书

13

记载，不知要丰富复杂多少，要具体指向每一首诗的具体历史背景，实际上也不可能。

　　第四，有些研究者往往根据诗句中个别词语与《三国志》等史书所载近似或雷同的现象以史证诗，以诗附史，对诗歌的主旨作任意的推测和认定。对《咏怀诗》其二十九、其四十二、其四十七、其五十一、其五十六、其六十五、其七十五、其八十等作品的解释中，都存在这样的现象。其中最典型的例子是对其四十七"生命辰安在"一诗的解释。黄节根据《三国志》裴松之注引《文士传》的记载考定，这首诗是诗人阮籍"悲生命之不辰，而追念其父之节操"的作品。有什么根据呢？因为他在《礼记·丧服》中找到"祥之日，鼓素琴"的句子，又在《周易·系辞》中找到"鸣鹤在阴，其子和之"的句子，而阮籍父亲阮瑀《咏史诗》中也有"叹气若青云"之句，而阮籍在本诗中也用了"鸣鹤""素琴""青云"等词语，因而认定阮籍此诗为追念其父亲的作品。其实，这种推断也是站不住脚的。所谓"素琴"是指不加装饰的琴，与"瑶琴"对举，并非丧服期间所专用，汉秦嘉《赠妇诗》"芳香去垢秽，素琴有清声"可以为证。"鸣鹤"乃是鸣叫之鹤，《诗经·小雅》有《鹤鸣》篇，而《周易·中孚》"鹤鸣在阴，其子和之"之句，孔子的解释："君子居其室，出其言善，则千里之外应之，况其迩者乎？"意思是说，出自诚心，则同类之声相和，与父子关系并不相干。至于"青云"一词，本指高空。《楚辞·远游》："涉青云以泛滥游兮，忽临睨夫旧乡。"而阮瑀《咏史诗》"举座同咨嗟，叹气若青云"本意是赞叹荆轲豪气干云，与阮籍诗中"青云蔽前庭"之"青云"并非同一概念。把这些词语勉强凑合在一起，与阮籍诗歌相比照,得出"追念其父之节操"的结论,显然是荒谬的。况且阮瑀又有何节操可言呢?他既没有忠于汉室的节操,也缺乏清高自守的节操。作这样的赞扬,也是没有根据的。又如,《咏怀诗》其五十七"惊风振四野",因为诗中有"床帷为谁设,几杖为谁扶"两句,蒋师爚就据此断定,这首诗是批评郑冲的,根据是《晋书·郑冲传》记载,晋武帝司马炎正式登基后,曾赐给郑冲几杖、床帷。其实这通常是最高统治者对年高德劭的大臣的一种赏赐,在当时的老臣中,王祥、山涛都获得过这种荣誉,不独郑冲,为什么阮籍独独要对郑冲不满呢?何况阮籍还为郑冲写过《劝进表》!更加可笑的是,晋武践祚之时,阮籍已经去世多年,怎么可能预先写诗讽刺呢?为了曲解诗意,甚至连基本事实都可以不顾,偏见之深,足可想见。

(三)

要正确理解阮籍的《咏怀诗》,还必须了解阮籍诗歌寄托象征方法的基本特点。寄托象征作为中国古典诗歌的传统方法,在先秦时就已经被广泛采用。这种方法受到楚国辞人的偏爱,屈原、宋玉等人在作品中就经常采用这种方法来传情达意,写忿抒怀。例如凤凰、鸾鸟之象征志行高洁,大鹏、鸿鹄之象征抱负远大,鸣鸠、燕雀之象征庸俗卑凡,松柏、芝兰之象征坚贞高洁等等。这些象征意象往往被赋予相对确定的象征含义,为历代诗人所沿用。阮籍继承并发展了这种传统,在诗中大量采用寄托象征的方法,来抒发自己在特殊历史条件和环境际遇中感时触事所引起的悲哀愤怒、寂寞忧伤。阮籍诗歌的寄托象征方法既有诗人性格心理的特征,又刻烙着时代的印记。古人正因为不了解这一点,所以不能正确解读《咏怀诗》。

那么，阮籍诗歌的寄托象征方法究竟有什么特点呢？

首先让我们来考察阮籍《咏怀诗》的象征系统。《咏怀诗》的象征意象，大致可以归纳为四种类型，即历史的象征、神话的象征、风景的象征和动植物的象征。黄节曾经指出："籍发言玄远，口不臧否人物。斯则《咏怀》之作所由来也。而臧否之情托之于诗，一寓刺讥。故东陵、吹台之咏，李公、苏子之悲，园绮、伯阳之思，高子、三闾之怨，诗中递见。此李崇贤所谓文多隐避者也。"事实的确如此，阮籍虽然生活于乱世，立身谨慎，而且心怀出世之情，但是，感情热烈、爱憎分明的诗人并没有真正忘怀世事，他内心的悲愤忧伤也必须有所发泄，于是古代人物和历史事件首先成为诗人属意的对象，李耳、四皓、伯夷、叔齐、苏秦、李斯、屈原、召平等人纷纷进入他的诗篇，成为托寓诗人内心感受的载体。例如《咏怀诗》其六"昔闻东陵瓜"、其十三"登高临四野"，很明显，这两首诗中的历史人物和事件都是用以托寓诗人的忧世之情与出尘之想的。诗歌通过东陵侯这个历史人物，不仅表达了诗人身处乱世，渴望避祸全身的心情，而且还对那些热衷于功名利禄之徒提出了告诫。第二首诗把李斯、苏秦与伯夷、叔齐两类人物作对比，指出了两种不同的结果：这两类人物，其行事有安贫乐道与趋慕富贵之不同，其结果也有保节全身与身死名灭之差异，形成鲜明对照。但是诗歌所托寓的思想感情是近似的，忧世是出世之因，出世为忧世之果，两者密不可分。在这类作品中，历史人物并不是作者着力描写刻画的对象，而只是作者思想感情的载体。同样在这类作品中出现的伯阳、孔丘、四皓、屈原、齐景等人，往往也只是诗人主观情思的托寓和象征，并非严格意义上的历史人物。以神话故事为象征的诗篇在《咏怀诗》中占有相当比重。阮籍是一个感情炽烈的诗人，"埋忧地下"的结果是促使他"寄愁天上"，因而他常常通过虚幻的神仙世界来表现自己的理想和追求，使他的诗篇呈现出瑰奇的浪漫色彩。例如《咏怀诗》其二"二妃游江滨"与其十九"西方有佳人"，这两首诗的象征色彩非常鲜明。第一首诗中的神女与佳人，象征着诗人对于忠贞热烈、至死不渝的感情的向往与追求。在第二首诗中，作者着意刻画了一位"皎若白日光"的美丽女神，借以托寓自己的理想境界。但是，诗人笔下的佳人既皎如白日光，光彩照人，又迷离恍惚，可望而不可即。这仿佛在暗示，他所追求的理想境界在现实世界中实际并不存在，因而最后只能从幻想的驰骋中跌落，以深深的失望告终。

我国古代写景诗的正式成熟，是在六朝的晋、宋之交。在此以前，诗歌作品中的风景描写，或衬托心情，或渲染气氛，都是为抒情服务的，常常具有比兴象征的性质。阮籍继承和发展了这种传统方法。在《咏怀诗》中，一切风光景物的描写：沾满浓霜的野草、闪烁着清露的皋兰、光辉灼灼的桃李、枝叶森森的松柏、杳杳西颓的落日、荆棘丛生的旷野、寒风呼啸的山冈……几乎都带有浓厚的象征色彩，曲折含蓄地表达了诗人对世事人生的深沉感喟。例如，《咏怀诗》其三"嘉树下成蹊"，全诗除了两句以外都是写景，不过诗中所写的风景并非纪实，纯系虚笔。诗歌通过富有象征含义的风景意象，制造出一片紧张肃杀的气氛，表现了当时政治形势的严酷，也间接透露出诗人对国家前途和个人命运的深深焦虑。

我国古代诗人往往喜欢选取动植物作为托寓思想感情的工具，《诗经》与《楚辞》中的比兴方法，涉及大量的动植物种类，经过长期的历史筛选，大部分已遭淘汰，少部分被保留下来，成为历代诗人经常使用的象征意象。阮籍《咏怀诗》继承了这种传统，诗中大量使用这类象征体来传情达意、记事抒怀。例如，《咏怀诗》其七十九："林中有奇鸟，自言是凤凰。清朝饮醴泉，日夕栖山冈。高鸣彻九州，延颈望八荒。适逢商风起，羽翼自摧藏。一去昆仑西，何时复回翔？但恨处非位，怆恨使心伤。"《晋书·阮籍传》说："籍容貌瑰杰，志气宏放，傲然独得，任性不羁。"很显然，诗中凤凰这一意象正是诗人自比，表现了他志气高迈、鄙视世俗的情怀和追求自由解脱的愿望。但是诗中的凤凰并未如屈原与庄周所写的那样傲然自信、逍遥自得，相反却引吭高歌，羽翼摧藏，充满了寂寞和彷徨。凤凰这一意象之所以涂饰着如此浓重的悲剧色彩，正是诗人那种进退两难、自傲与自伤并存的矛盾心情的外化，也是对黑暗社会现实的悲愤控诉。阮籍诗歌的象征方法，具有不同于前人的显著特点。第一个特点是：在深沉的现实人生忧患意识中掺杂着虚幻缥缈的玄学冥思。正因为如此，诗中用以托意咏怀的象征意象往往附着一层浓厚的悲剧色彩，同时又呈现出惝恍迷离的玄秘色调。无论是哀号于旷野的孤鸿，还是高飞于云间的玄鹤；无论是绮靡多情的神女，还是美目流盼的佳人，他们虽然力图超脱人间的苦难，但是最终又都难以逃脱悲剧的命运。诗中出现的历史人物，如饿死首阳的夷、齐，临流惜逝的孔丘，扁舟避世的渔父，忠而见疑的屈原，作者对他们或钦慕，或同情，或悼惜，最后总是导向这样一个玄学命题：人如何才能超越短暂卑凡的人间世事，在绵邈的宇宙中获得永恒的解脱？诗人强调，人们只有超越纷繁苦难的现实世界，才能获得心灵的和谐与生命的真谛。所以《咏怀诗》中反复出现的风景意象，如荒原、落日、严霜、玄云、荆棘、蒿莱等等，一方面暗示社会环境的丑恶，激起人们的厌恶和憎恨之情；另一方面展示出一幅幅阴沉神秘的画面，引发人们的出尘离世之念。阮籍诗歌象征方法的这种特点，表现了作者思想感情内在的深刻矛盾，使作品兼有宏放高迈与沉痛幽深的双重特点，显示出独特的美学风貌。阮籍诗歌象征方法的第二个特点，是善于把含义相反、相异、相近的象征意象组合在一起，表现抒情主体思想感情的深刻矛盾与细微差别。例如，《咏怀诗》第二十一"于心怀寸阴"和其四十六"鸳鸠飞桑榆"，在这两首诗中，"一飞冲青天"的玄鹤与"连翩戏中庭"的鹡鸰，"招摇""运天池"的海鸟与"上游园圃篱"的鸳鸠，是两组含义完全相反的意象，作者把它们组合在一起，成功地展示了抒情主体的矛盾心态。在第一首诗中，云间的玄鹤绝不肯与游戏中庭的鹡鸰为伍，两个意象鲜明强烈的对比，表现了诗人超凡脱俗的情怀以及不愿与流俗妥协的决心。但在第二首诗中，两种相反的观念又取得了妥协，作者任意发挥《庄子·逍遥游》的哲学旨意，说，与其像飞翔九天的大鹏，还不如仿效戏游园圃的小鸟。这反映了诗人内心的彷徨、动摇与退缩。在《咏怀诗》其八，诗人把自己的矛盾心理表述得更加清楚："宁与燕雀翔，不随黄鹄飞。黄鹄游四海，中路将安归？"当然，诗人并非在赞扬卑凡渺小，而是透露了内心的惶恐与不安。"岂不识宏大？羽翼不相宜"，这是封建专制高压下正直士人的共同悲哀。

在《咏怀诗》的其他篇章中,类似的例子还有很多。这些含义相反的意象的有机组合,在对立中见出同一,在差异中显示和谐,多层次、多角度地表现了诗人的内心世界,成功地刻画了当时历史政治环境中上层士人的众生态。还应该指出,大量含义相近、相似以至相同的象征意象在《咏怀诗》中频繁出现,有时不免给人以雷同之感。但是,深入考察后我们又会发现,这些意象实际上起着表现诗人思想感情细微差别的作用,并不完全是重复雷同。例如凤凰、玄鹤、黄鹄三个象征意象的含义虽然相近,但在诗中也存在差异。凤凰身份高贵,饮醴泉,栖高冈,主要表现诗人洁身自好的愿望;玄鹤高飞青天,冲破罗网,反映了诗人追求自由解脱的心情;黄鹄则一飞冲天,遨游四海,寄托着诗人不能实现却又难以忘怀的高情远志。它们分别代表了抒情主体的复杂心态的各个侧面,显示了其中似同而实异的细微差别。即使是某些相同的意象,由于组合方式不同、所置语言环境各异,其意义也会呈现微妙的差别。例如桃李花这一意象在《咏怀诗》中虽然重复出现过四次,它有时象征世事之难凭,有时则喻指生命之脆弱,有时也表现爱情之美好。又如赤松、王乔这类意象也曾多次出现,但它既可表现生命无常之慨叹,也可托寓超然离世之情怀,还可抒发理想破灭之悲哀。所有这些都可说明,阮籍诗歌意象组合与运用是多么巧妙而富于变化。

  阮籍诗歌象征的第三个特点是象征指向的明确性和象征指意的多重性。当然,既然是象征,其指向的明确性也只能是相对的。这里所说的明确,是就诗歌总体含义与感情流向而言,并非具体指历史上的某人某事。这一点很重要。有些研究者正因为不了解象征指向与象征指意的辩证关系，所以对《咏怀诗》的含义作出了种种不合理的解释。例如《咏怀诗》其四十七："生命辰安在？忧戚涕沾襟。高鸟翔山冈，燕雀栖下林。青云蔽前庭，素琴凄我心。崇山有鸣鹤，岂可相追寻？"诗歌的调子虽然异常低回沉痛，感情的跳跃幅度也很大，但是其主旨和象征指向依然清晰可辨。诗中有两个主要的意象鸣鹤与燕雀，前者象征崇高与超越，后者象征卑凡与苟安。诗人通过这两个象征意象，表现了自己想追求崇高与超越而不能，欲安于卑凡平庸而不甘的矛盾痛苦心情，这种矛盾痛苦几乎伴随诗人终生。不过，我们说阮籍诗歌具有相对明确的象征指向，并不意味着其象征指意的贫乏单一，恰恰相反，由于诗人的思想感情是如此丰富与复杂，作为其思想感情的载体，阮籍诗歌的象征意象往往具有多重指意，内涵复杂而富于变化，其外延也有很大的张力，能从各个不同的角度启发读者的联想，引动读者的情思。诗中那只不可追寻的鸣鹤，可以托寓诗人高洁的情怀，也可以抒发理想破灭的痛苦；可以反映自由解脱之愿望，也可以表现鄙夷世俗的心绪。总之，不同环境、不同教养、不同层次、不同历史时期的各类读者，都可以从此得到启发，水平地或是垂直地展开联想。歌德曾经说过："所有抒情的作品，作为一个整体来说，必须是完全可以理解的；但是在某些细节上，却又要有些不可理解。"阮籍诗歌的象征方法，正好具备这样的特点。所谓理解整体，乃是强调把握其象征指向，其实这也就是李善所说的"粗明大意"；所谓细节不可解，是不赞成对象征指意作过于刻板求实的阐释，这也就是李善所说的"略其幽旨"。掌握了这一方法，也许就能够找到探寻阮籍诗歌奥秘的正确途径。

阮籍诗歌象征的第四个特点,是强烈深切的现实感受与奇诡的超现实幻想相结合,这使《咏怀诗》的风格既有"晴云出岫,舒展无定"之飘逸,又有"朔风哀号,严霜遍地"之沉痛。考察阮籍诗歌的意象群,或取材于神话历史,或托体于草木虫鱼,大多不是现实人间的事物。那顺风翱翔的神女、云间挥袖的佳人、乘龙腾空的夏后、御日奔驰的羲和固然不会在现世生存,而驰骋天空的六龙、琼枝玉叶的琅玕、延年益寿的三芝,也难以在人间生长,至于昆仑、天池、汤谷等地点,当然也不可能在尘寰一一指明。诗人驾驭着这些神奇的意象,让自己的思绪在超现实的世界中纵横驰骋,使诗歌充满了瑰伟奇丽的浪漫色彩。但是,这一切超现实的奇想,并非诗人主观心灵所构建的迷离幻境,而是现实生活感受的变体、炽烈感情的升华,其基础仍然是诗人所处的特殊社会环境和独特的生活体验。前人评论《咏怀诗》"词近放荡,指实悲愤",就是指此而言。在这一点上,阮籍更多地继承了屈原的传统。王夫之指出:"阮步兵《咏怀》,自是旷代绝作……其托体之妙,或以自安,或以自悼,或标物外之旨,或寄疾邪之思,意固径庭,而言皆一致。"事实的确如此,在阮籍的诗歌作品中,"自安"和"自悼","标物外"和"寄疾邪",现实与幻想,入世与超世,它们的表现形式虽然不同,使用的语言也往往各异,却殊途而同归。对此,诗人自己作出了很好的回答:"有悲则有情,无情亦无思。苟非婴网罟,何必万里畿?"是的,诗人如果不遭遇那样一个特殊的历史时代,也就不可能创造出具有如此独特风貌的诗篇。

（四）

阮籍《咏怀诗》引起我的兴趣，还在四十年前，那时候我是青年学生。当时学术界的空气非常沉闷，学校也处在半停课状态。不过对我来说，此时没有枯燥的功课，反而有时间自由地在书林漫步。一个偶然的机会，在南京建康路的古旧书店购得黄节先生的《阮步兵咏怀诗注》，这是我第一次读到阮籍的全部诗作。

十六年前，初作《诗品今析》刚刚出版，抚玩新书，悠然兴怀。于是，译解《咏怀诗》的想法跳上了心头。我把这一打算告诉师兄骆寒超，他是一位诗人型的学者，对诗歌有敏锐的感悟力。他对我的想法大加赞赏。我说："将来书若写成，还要请你作序。"他以诸暨人特有的刚决语气说："好，一言为定！"岁月如流，十六年时间悄悄过去了。这些年来，一直为杂事所纠缠，手头所做的事情，往往并非心中所愿；而自己感兴趣的事情，却又没有工夫去做。东坡词云："常恨此身非我有，何时忘却营营。"可见古今同慨。然而，阮籍《咏怀诗》却是一个例外。每当夜深人静或者假日休闲，我总是忍不住把写成的书稿摊在桌子上，吟咏推敲一番，日子久了，便有如晤故人之感。前年冬天，终于卸掉了行政杂务，于是翻检旧箧，重加删订，每有所会便欣然自得，多年来仿佛第一次体会到自主创作的乐趣。

但是，当我将八十二首《咏怀诗》译解完毕，心中又浮起了几分不安。阮籍诗歌风格古朴，把它译成现代语言后，能否做到既保持其原来的风格面貌，又避免文字古板呆滞之病，实在没有把握。阮籍是一位主观的诗人，他在诗中反复诉说个人身处乱世的种种心理感受，而很少涉及对客观世界的具体描绘，同样的意思，往往在多处说到，有时连所用词语典故、象征意象也大同小异。这不免使我的翻译和解析也受到影响。虽然我在行文的过程中，努力学习太史公详略互见的方法，但似乎仍旧难以完全避免这种毛病。阮籍是老庄哲学的信徒、魏晋玄学的代表，《咏怀诗》常常用老庄哲学的基本理论来解决思想矛盾，表述对世事人生的看法，在某些诗篇中，理性的陈述多于感性的抒发，少数篇章诗意并不浓厚。虽然我摹仿《楚辞》累用"兮"字的方法，在译文的句尾都加上一个感叹词"呵"，试图加强诗句的抒情意味，效果却不理想。阮籍《咏怀诗》的创作，距今已一千七百余年，在长期的流传书写过程中，错误和脱漏自然难免。个别诗章，实际上已不可解读，只能存疑。但是在译文中，又不得不酌情采纳前哲之见，强作解语，以供读者参阅。尽管还存在以上不足和遗憾，但是阮籍《咏怀诗》的翻译解析总算已经完成，了却我多年心愿。在人的一生中，能够了却多年心愿的事，并非人人都能遇见。本书之所以称为"译解"，因为重点在于诗的翻译和解析，而注释部分则力求简明。阮籍《咏怀诗》的词语典故并不艰深奥僻，最重要、最困难之处，还在于把握每一首诗的主旨、构思、意象特征以及表现方法，这就是把重点放在"解析"上的主要原因。作为一个长期从事教学研究工作的学人，我在翻译的过程中经常体会到一种再创造的乐趣，便情不自禁地在译文的推敲上多花了一些工夫。必须说明的是，我在本书中虽然提出过许多与前人不同以至相反的意见，但是，这绝不意味着我对前辈学人的轻视。学术研究上的继承与创新，也是一种辩证关系。在本书的写作过程中，曾经大量参考前人的研究成果,例如黄节《阮步兵咏怀诗注》、陈伯君《阮籍集校注》以及其他有关著作。如果没有前辈学者研究成果的积累和启发,本书是不可能凭空产生的。在本书的修订过程中,友人陈士彪曾经通读了全稿,并提出不少宝贵意见。故旧情谊,书以志感。

罗仲鼎一九九八年八月于杭州

目　录

其一　夜中不能寐 …………………………………… 1

其二　二妃游江滨 …………………………………… 5

其三　嘉树下成蹊 …………………………………… 11

其四　天马出西北 …………………………………… 14

其五　平生少年时 …………………………………… 18

其六　昔闻东陵瓜 …………………………………… 23

其七　炎暑惟兹夏 …………………………………… 27

其八　灼灼西颓日 …………………………………… 31

其九　步出上东门 …………………………………… 35

其十　北里多奇舞 …………………………………… 39

其十一　湛湛长江水 ………………………………… 42

其十二　昔日繁华子 ………………………………… 47

其十三　登高临四野 ………………………………… 51

其十四　开秋兆凉气 ………………………………… 54

其十五　昔年十四五 ………………………………… 57

其十六　徘徊蓬池上 ………………………………… 60

其十七　独坐空堂上 ………………………………… 64

其十八　悬车在西南 ………………………………… 66

其十九　西方有佳人 ………………………………… 70

其二十　杨朱泣歧路 ………………………………… 73

1

其二十一	于心怀寸阴	77
其二十二	夏后乘灵舆	81
其二十三	东南有射山	85
其二十四	殷忧令志结	88
其二十五	拔剑临白刃	91
其二十六	朝登洪坡颠	94
其二十七	周郑天下交	97
其二十八	若木耀四海	101
其二十九	昔余游大梁	105
其三十	驱车出门去	108
其三十一	驾言发魏都	111
其三十二	朝阳不再盛	114
其三十三	一日复一夕	117
其三十四	一日复一朝	119
其三十五	世务何缤纷	122
其三十六	谁言万事艰	126
其三十七	嘉时在今辰	128
其三十八	炎光延万里	130
其三十九	壮士何慷慨	134
其四十	混元生两仪	137
其四十一	天网弥四野	140
其四十二	王业须良辅	143
其四十三	鸿鹄相随飞	147

其四十四	俦物终始殊	150
其四十五	幽兰不可佩	152
其四十六	鸢鸠飞桑榆	155
其四十七	生命辰安在	158
其四十八	鸣鸠嬉庭树	161
其四十九	步游三衢旁	163
其五十	清露为凝霜	166
其五十一	丹心失恩泽	168
其五十二	十日出旸谷	171
其五十三	自然有成理	174
其五十四	夸谈快愤懑	177
其五十五	人言愿延年	180
其五十六	贵贱在天命	183
其五十七	惊风振四野	185
其五十八	危冠切浮云	188
其五十九	河上有丈人	190
其六十	儒者通六艺	193
其六十一	少年学击刺	197
其六十二	平昼整衣冠	200
其六十三	多虑令志散	202
其六十四	朝出上东门	204
其六十五	王子十五年	207
其六十六	寒门不可出	210

其六十七	洪生资制度	213
其六十八	北临乾昧溪	216
其六十九	人知结交易	219
其七十	有悲则有情	222
其七十一	木槿荣丘墓	225
其七十二	修涂驰轩车	227
其七十三	横术有奇士	229
其七十四	猗欤上世士	231
其七十五	梁东有芳草	235
其七十六	秋驾安可学	238
其七十七	咄嗟行至老	241
其七十八	昔有神仙士	244
其七十九	林中有奇鸟	247
其八十	出门望佳人	250
其八十一	昔有神仙者	253
其八十二	墓前荧荧者	255
附录（一）	四言咏怀诗三首	258
附录（二）	阮籍四言诗十首	263
附录（三）历代作家评《咏怀诗》言论选录		266
后　记		282

【其一】

夜中不能寐，起坐弹鸣琴①。
薄帷鉴明月，清风吹我襟②。
孤鸿号外野，翔鸟鸣北林③。
徘徊将何见？忧思独伤心。

【译义】

深夜里我无法入睡，坐起身弹响了鸣琴。
月光正照着薄薄帷帐，清风吹拂着我的衣襟。
野外传来了孤雁哀号，北林夜鸟发出阵阵悲鸣。
徘徊踯躅啊所见何物？忧愁幽思我独自伤心。

【解析】

此为《咏怀诗》第一首，最能代表阮籍诗歌"言在耳目之内，情寄八荒之表"的总体风格。方东树说："此是八十一首发端，不过总言所以咏怀不能自已于言之故。"阮籍《咏怀诗》共五言八十二首（一说八十一首，第八十二首"墓前荧荧者"与第四十四首、

---

① 王粲《七哀》："独夜不能寐，摄衣起抚琴。"二句本此。夜中，半夜，深夜。
② 帷，帐幔。鉴，照。
③ 北林，树林名，泛指树林。《诗经·秦风·晨风》："鴥彼晨风，郁彼北林。"

1

第七十一首语意重复，曾国藩怀疑乃后人附益之辞，但也无确证），加上四言诗十三首，实际共九十五首。这九十五首诗，内容复杂，并非一时一地的作品，从组织结构上看，也不是一个有机整体。但总的说来，确实都是"不能自已于言"的言志抒愁之作。那么诗人"不能自已于言"的具体原因是什么呢？

阮籍生活在"魏晋易代之际"，腐败无能的曹魏政权如大厦之将倾，阴险狠鸷的司马集团已成篡权夺位之势，双方正在进行最后的激烈较量。与历史上大多数王朝的更替不同，晋之代魏与魏之代汉一样，都是采用所谓"禅代"的方式，这种方式虽然没有公开的大规模战争，但同样充满血腥和杀戮。司马集团为了争取舆论的支持，而当时的舆论中心——名士阶层便成了瞩目的主要对象，对他们采取或争取笼络，或残酷镇压的双重政策。对那些支持和投靠自己的人，如钟会、山涛等往往许以高官，委以重任，对那些忠于曹魏政权，或公开拒绝合作的名士，则进行无情的杀戮，何晏、邓飏、夏侯玄、李丰、张缉、嵇康、吕安等人均纷纷被杀，以至史称"天下多故，名士少有全者"，一时造成了十分恐怖的局面。阮籍是魏晋玄学思潮的主要代表，又是"竹林七贤"的重要成员。从主观上说，他既不愿做司马氏政治阴谋的工具，也不想为曹魏政权作无谓牺牲。但是阮籍所处的社会政治环境和个人思想性格上的弱点，终于使他不仅未能超脱政治纷争，反而身不由己地被卷入现实政治斗争的大漩涡，终其一生，始终徘徊于超世与入世之间，内心充满极度的矛盾痛苦，惶惧不安。他的"酣饮沉醉"，他的"登山长啸"，都是内心痛苦的发泄。据《晋书·阮籍传》记载："（籍）时率意独驾，不由径路。车迹所穷，辄恸哭而返。"这则故事充满象征意味。阮籍《咏怀诗》所展现的，正是一位清高而又软弱的玄学名士的感情世界，实际上都可以说是诗人的"穷途之哭"。

本诗开头两句，字面上虽然没有直接说到悲愁而深愁自见。夜深难寐，起坐弹琴，都因为悲愁难遣。"薄帷"两句，就眼前所见景物略加点缀，勾勒出一片凄清氛围，烘托诗人寂寞悲凉的心境。接下去用"孤鸿"与"翔鸟"两个充满象征意味的意象，把读者的视觉引向听觉，形象地展示了诗人彷徨忧惧的内心世界：像失群的孤雁哀号于茫茫旷野，像迷途的倦鸟在莽莽林海悲鸣。最后两句直抒胸臆，点明主题。

古代不少学者每每用具体历史事件比附诗意，例如吕向说："孤鸿，喻贤臣孤独在外；翔鸟，鸷鸟，好回飞，以比权臣在近，则晋文王（司马昭）也。"这种牵强的比附，把阮籍诗歌的意义局限在狭隘的政治斗争范围之内，把诗歌丰富的内容都与曹魏和司马集团的争斗捆绑在一起，不仅违背历史事实，也没有把握《咏怀诗》的深层意蕴，而且必然会削弱和降低诗歌作品的时代意义。对这种倾向，前人已有所批评。冯惟讷就指出："籍《咏怀诗》八十余首，非必一时之作，盖平生感时触事，悲喜拂郁之情感寄焉。……后之解者，必欲引喻于'昏乱'，附会于'篡夺'，穿凿拘挛，泥文已甚。"黄侃则进一步指出："阮公深通玄理，妙达物情，《咏怀》之作，固将包罗万态，岂仅措心曹、马兴衰之际乎？迹其痛哭穷途，沉醉连句，盖已等南郭之仰天，类子舆之鉴井。大哀在怀，非恒言所能尽，故一发之于诗歌。颜、沈以后，解者众矣，类皆摭字以求是，改文以就己。固哉高叟，余甚病之。"黄侃认为，不应该仅仅从曹魏和司马两大政治集团斗争的角度来阐释《咏怀诗》的内涵，而应该从更加广阔的时空背景来理解阮籍诗歌所表现的"大哀"。黄侃先生所说的"大哀"究竟何所指呢？从具体作品看，应该包括对生命无常的深沉感喟，对永恒和超越的苦苦追求，对污秽浊世的深深厌恶，以及济世与避世的内心矛盾，对险恶政治环境中个体生命安全的担忧等等。所有这些，在《咏怀诗》中都有深刻而广泛的表现。

　　本诗结尾两句，含蓄地点明诗人彷徨孤独、寂寞忧伤的心绪，但却不明白说出所忧为何事何物，言尽而意余，为读者留下了广阔的想象空间。

【其二】

二妃游江滨，逍遥顺风翔。
交甫怀环佩，婉娈有芬芳①。
猗靡情欢爱，千载不相忘②。
倾城迷下蔡，容好结中肠③。
感激生忧思，萱草树兰房④。

---

① "二妃"四句，用江妃二女与郑交甫的典故。旧题刘向《列仙传》："江妃二女者，不知何所人也。出游于江、汉之湄，逢郑交甫。见而悦之，不知其神人也。谓其仆曰：'我欲下请其佩。'仆曰：'此间之人，皆习于辞，不得，恐罹悔焉。'交甫不听，遂下与之言曰：'二女劳矣。'二女曰：'客子有劳，妾何劳之有？'交甫曰：'橘是柚也，我盛之以笥，令附汉水，将流而下。我遵其傍，采其芝而茹之。以知吾为不逊，愿请子之佩。'二女曰：'橘是柚也，我盛之以莒，令附汉水，将流而下，我遵其傍，采其芝而茹之。'遂手解佩与交甫。交甫悦，受而怀之，中当心。趋去数十步，视佩，空怀无佩。顾二女，忽然不见。"婉娈，年少美好貌。
② 猗靡，情致缠绵。
③ "倾城"二句，意谓二妃姿容绝世，引起郑交甫深深爱慕之情。"倾城""迷下蔡"均形容其美貌。《汉书·外戚传》载李延年歌曰："绝代有佳人，遗世而独立。一顾倾人城，再顾倾人国。"又宋玉《登徒子好色赋》："（臣东家之子）嫣然一笑，惑阳城，迷下蔡。"
④ "感激"二句，意谓二妃因感郑交甫爱慕而生相思之情。萱草，又名忘忧草，传说可以令人忘忧。《诗经·卫风·伯兮》："焉得谖草，言树之背。"兰房，芳香的居室，泛指妇女居处。

膏沐为谁施？其雨怨朝阳①。
如何金石交，一旦更离伤②。

【译义】

两位仙女在江边游戏，逍遥自在地顺风翱翔。
公子翩翩，身系环佩，柔婉娇媚，美好芬芳。
浓情蜜意，无限欢爱，千秋万世，定不相忘。
姿容绝世，人人艳羡，深情厚意，心中永藏。
乐极生悲啊爱极而痛，忘忧萱草啊遍种兰房。
芬芳膏沐我为谁而施？盼望下雨偏偏出骄阳。
至死不渝的金石之交，一旦离别令人更忧伤。

【解析】

阮籍《咏怀诗》被后人视为千古不解之谜，可能有两方面的原因。就主观方面而言，虽然《咏怀诗》的内容，大多具有强烈的现实针对性，但是由于诗人所处的险恶政治环境以及玄学家特殊的思维方式，诗人往往喜欢采用寄托象征的艺术手法表情达意，或意内而言外，

---

① "膏沐"二句，用《诗经·卫风·伯兮》句意，写二妃为相思所苦。《诗经·卫风·伯兮》："岂无膏沐，谁适为容？"意谓难道是没有膏沐（古代妇女用以润发的化妆品）吗？但打扮起来给谁看呢？又《诗经·卫风·伯兮》："其雨其雨，杲杲出日。"意谓下雨吧下雨吧，却偏偏出太阳。比喻事与愿违。
② 金石交，牢固如金石的交情。《汉书·韩信传》："项王恐，使盱台人武涉往说信曰：'……今足下虽自以为与汉王为金石交，然终为汉王所禽矣。'"

或指此而言彼，或托意于草木虫鱼、风光节侯，或寓怀于神仙美女、高士畸人。加之年代久远，史实无征，因而读者往往难以确切把握其内在含义。就客观方面来说，我国古代的解诗方法存在一种偏向，即过于重视作品历史背景的考订，而忽略美学意蕴的探求。这种偏向在汉儒对《诗经》的解释中达到了相当极端的程度。历代学者对《咏怀诗》的诠释，从颜延之、沈约开始，历千余年直至黄节《阮步兵咏怀诗注》，大多都没能跳出这一传统框架，其结果不是把诗意搞得扑朔迷离，就是造成穿凿附会的缺点。对本诗的解释，是一个典型例子。

例如《文选》五臣注张铣说："言美貌倾人之城，迷惑下蔡之邑，由此容貌美好结人心肠，皆谓晋文王初有辅政之心，为美行佐主有如此者。后遂专权而欲篡位，使我感激生忧思。萱草，忘忧也；兰，香草也。言我将忘此忧，自修芳香之行。膏沐，仁义之道，念天下若此，谁为施之。"张铣把诗中江汉二妃比作司马昭，把阮籍比作屈原一样的曹魏的忠臣，显然这样的解释不仅牵强附会，而且离开历史事实也很远。此后，刘履、蒋师爚等一批人，也都有近似的解读。这些人的共同特点是：从儒家正统的忠君观念出发，认定阮籍是曹魏政权的忠臣，司马氏篡权行为的坚决反对者，进而断定《咏怀诗》批判讥刺的主要对象就是司马氏集团，这种看法既没有文本依据，也缺乏史实依据。作为魏晋玄学思潮的代表人物，竹林名士的主要角色，阮籍厕身于两大政治集团的争斗中，处境十分困难。斗争双方都要利用他、拉拢他，但他既不愿成为曹魏政权的牺牲品，也不想阿附司马集团，成为其篡政夺权的工具。他曾经多次拒绝曹魏政权的征辟，对当时势力强大的司马集团，也不能不虚与委蛇。他的确替郑冲写过《劝进笺》，但是也未必出于甘心自愿。据《晋书·阮籍传》记载："会帝让九锡，公卿将劝进，使籍为其辞。籍沉醉忘作。临诣府，使取之，见籍方据案醉眠。使者以告。籍便书案，使写之，无所改窜，辞甚清壮。"这篇题为《为郑冲劝晋王笺》的文章，如今保存在《晋书·文帝纪》中，全文才短短三百余字。这则记载有两点值得注意。首先，这是一篇重要的文章，实际上是代表全体朝臣和名士在政治上表态。这样的事情怎么可能"沉醉忘作"？如此重要的文字，又如何可以"援笔立就"？很明显，"沉醉"是因为想推托，"立就"是由于已经事先打好了腹稿。另外，此文的题目也颇值得玩味，就是前面冠以"为郑冲"三字，加了这三个字，就表明此文是别人要他写的，而不是自己主动要写。须知，写作这篇文章是一件大功劳，但在当时的历史语境中，投靠权贵却也不是什么值得炫耀的事情。作为正始名士的代表，清高的诗人不愿为此事背锅，是自然的事情。但是阮籍的性格和嵇康不同，又有软弱的一面，他之所以最后还是为郑冲写了《劝进笺》，必定有难言的苦衷。如果单就个人恩遇而言，阮籍得之于司马集团远胜过曹魏集团，他不仅长期担任司马父子的从事中郎，当卫道士何曾等人对阮籍恶意攻击，并主张将他"流之海外，以正风教"时，司马昭总是多方加以回护。对阮籍这样的名士，只要他不像嵇康那样站在反对立场，即使放荡不羁，有悖名教，留着他也无碍大局，杀掉他反易蒙受恶名。这也是政治家司马昭高明老练之处。因此从正统的忠君立场认定阮籍忠于曹魏政权，反对司马氏篡权夺位，缺乏事实依据。

明白了以上几点，再来看这首诗，含义可能会比较清楚。诗歌结尾"如何金石交，一旦更离伤"，乃是点题之句。正如陈祚明所言："金石离伤，明翻云覆雨之易。"阮籍虽然是老庄的信徒，但内心深处一直为儒家思想所浸润。他不仅尚存用世之心，而且非常重视朋友交谊和人生气节，在诗中一再慨叹翻云覆雨的人情世态。他表面上"不与世事"，实际上却感情热烈，爱憎分明。在魏晋易代的社会大变动之时，在激烈凶险的政治斗争之中，自命清高的名士集团迅速分化，多数人毫无信义气节可言。即以"竹林七贤"为例，山涛和王戎做了晋朝的开国功臣，向秀在嵇康死后被迫入洛，做了司马氏的散骑侍郎，刘伶与阮咸则终日浸泡在酒糟之中，而阮籍本人也一直依违于曹魏和司马两大集团之间，"终生履薄冰"，过着痛苦的日子。在封建暴政的高压之下，出于自身利益和安全的考虑，士人们或托迹于权门，或反复于两姓，或柔佞以干进，或卖友而求荣，传统道德所重视的气节和信义几乎荡然无存。阮籍对此非常不满，在《咏怀诗》中多次予以讽刺和谴责。例如第三十首说"谗邪使交疏，浮云令昼冥"，第五十六首说"婉娈佞邪子，随利来相欺"，第六十九首说"人知结交易，交友诚独难"，第七十二首说"亲昵怀反侧，骨肉还相雠"，第七十四首说"季叶道陵迟，驰骛纷垢尘"，第七十七首说"百年何足言，但苦怨与雠"等等，都是对当时浇薄世风的批评。在《猕猴赋》中，诗人托物言怀，通过猕猴性状的描写，对当时的世态人情做了尖锐的讽刺："外察慧而内无度兮，故人面而兽心。性褊浅而干进兮，似韩非之囚秦。扬眉额而骤呻兮，似巧言而伪真。……耽嗜欲而眄视兮，有长卿之妍姿。举头吻而作态兮，动可增而自新。沐兰汤而滋秽兮，匪宋朝之媚人。终蛩弄而处绁兮，虽近习而不亲。多才伎其何为兮？固受垢而貌侵。"这段生动的文字，哪里是写猕猴，分明是刺世寄愤，表现诗人对当时世态人情的不满。

　　这首诗的内容，就是借用古代神话中郑交甫与江汉二妃相逢相爱，结果又相离相弃的故事，抒发对世风浇薄、人情翻覆的感慨。诗的前半部分，着力描写二妃与交甫相爱至深，"猗靡情欢爱，千载不相忘"，希望爱情天长地久，永不相弃。接下去"倾城迷下蔡，容好结中肠"并非另起一意，只是极力称赞二妃容貌美丽，表明彼此感情深浓而已。"感激生忧思"以下四句，用《诗经·伯兮》典故，表达郑交甫离去之后，二妃的忧愁幽怨，相思不尽。结尾二句突然转折，诗人感叹说，为何原本以为坚如金石的交情，忽然就断绝了呢？表达了深深的遗憾。托意男女之事，抒发个人感慨，是我国古代诗歌重要的抒情手法之一。屈原《离骚》对美女的苦苦追求，寄托了诗人对美政的理想；曹植诗中思妇的悲怨，表现了诗人政治上失意的苦闷。同样，阮籍本诗虽然描写了一个悲剧的爱情故事，然而他所托寓的实际内容却未必是爱情，或许是诗人对丑恶人情世态的不满和批判。

【其三】

嘉树下成蹊，东园桃与李①。

秋风吹飞藿，零落从此始②。

繁华有憔悴，堂上生荆杞③。

驱马舍之去，去上西山趾④。

一身不自保，何况恋妻子。

凝霜被野草，岁暮亦云已⑤。

【译义】

春天盛开桃李花，游人来往踩成路。

肃杀秋风吹飞藿，落花纷纷委泥土。

人世繁华有消歇，华屋高堂生杂树。

策马扬鞭快快走，首阳山下结茅庐。

世乱自身难保全，何况眷恋妻与子。

凝霜遍地百草枯，岁暮途穷复何语！

---

① 嘉树，指桃李。嘉，美。蹊，小路。《史记·李将军列传》："桃李不言，下自成蹊。"
② 藿，豆叶。
③ 憔悴，衰败。班固《答宾戏》："朝为荣华，夕为憔悴。"荆、杞，灌木名，泛指杂树。二句言世事变化无常，繁华有衰败消歇之时，殿堂上亦有杂树丛生之日。
④ 西山，即首阳山，在今河南洛阳城北，相传为殷商末年贤人伯夷、叔齐、隐居之处。趾，山脚。
⑤ 凝霜，浓霜。已，止、毕。

【解析】

诗歌前半部分以季节景物的迁移变化，推言世事人生之反复无常；后半部分抒写大祸将临的恐惧，表达避世全身的急迫心情。全诗音节迫促，语调悲苦，在时间跨度极大的风景意象的急剧转换中渲染出一片紧张惶怖的气氛，正如沈德潜所说，"有去之恐不速意"。

据《晋书·阮籍传》记载："籍本有济世志，属魏晋之际，天下多故，名士少有全者。籍由是不与世事，遂酣饮为常。"《世说新语·德行》也记载："阮嗣宗至慎，每与之言，言皆玄远，未尝臧否人物。"很明显，他的"酣饮为常"，他的"言皆玄远"，都是处于险恶政治环境和复杂社会关系中避祸全身的预防措施。为了镇压亲曹魏集团士人的反抗，司马氏屡兴大狱。嘉平元年（249）诛杀何晏、邓飏，正元元年（254）夏侯玄、张缉之夷灭三族，尤其是景元三年（262），阮籍友人嵇康、吕安之惨遭杀害，都是历历在目的前车之鉴。这首诗集中表现了诗人急于超越纷争乱世，挣脱危险政治漩涡的痛苦急迫心情。

本诗最大特点是采用托物寓怀的手法，以风景时节的变易无常，象征世事时局的变化难测。桃李盛开与秋风落叶，华屋高堂与荆杞杂树分别象征繁华之景与衰败之象，形成鲜明强烈对比，加深了惊恐忧虑的气氛。"驱马"两句运用历史典故，表明了避祸全身的愿望。"一身"两句直抒胸臆，极言形势的严峻和紧迫。结尾紧承繁华零落而翻进一层说，岁暮天寒，浓霜遍地，百卉尽枯，暗示如不赶快逃离，或将有及身之祸，与草木同枯。

"西山"一典，在《咏怀诗》中屡见，前人多以为托寓了诗人忠心曹魏政权，有"义不食周粟"之意。这种看法过于拘执典故的原始事实，但并不符合诗歌本意。其实，阮籍一生经历了曹魏之代汉以及司马之篡魏两大政治变故。司马之篡魏固然违背儒家正统伦理观念，曹魏之代汉又何尝符合儒家伦常？从阮籍生平及其作品看，他不存在，也没有理由一定要忠于曹魏政权。诗中所说的"去上西山趾"，只不过表明自己希望隐居避世，不愿与世人同流合污之意，也就是他在《首阳山赋》中所说的"怀分索之情一兮，秽群伪之乱真。信可宝而弗离兮，宁高举而自僨"。这也是阮籍超逸绝尘的玄学理想之一。总之不满司马并不意味忠于曹魏，把两者生硬地联系在一起，并不符合历史事实。

【其四】

天马出西北，由来从东道①。
春秋非有托，富贵焉常保②。
清露被皋兰，凝霜沾野草③。
朝为美少年，夕暮成丑老④。
自非王子晋，谁能常美好⑤。

【译义】

汗血宝马原本出自西北，却为何来到向东的大道？
自己的生命也无所依托，身外的荣华又岂能永保。
清清露水正润泽着皋兰，严霜降临成了满地野草。

---

① 天马，骏马。《史记·大宛传》："初……得乌孙马，好，名曰天马。及得大宛汗血马，益壮，更名乌孙马曰西极，名大宛马曰天马云。"又《文选》李善注引《汉书》："天马来，从西极，涉流沙，九夷服。……天马来，历无草，径千里，循东道。"诗意本此。
② 春秋，岁月。托，应作讬，或传写之误。讬，止。一说春秋指盛壮之年。托，依凭。意谓盛壮之年不可依凭。
③ "清露"二句，以春秋二季景物变换之迅速，比喻生命短促，年华易逝。皋兰，泽中兰草。《楚辞·招魂》："皋兰被径兮斯路渐。"王逸注："皋，泽也。"
④ 夕暮，傍晚。
⑤ 王子晋，即王子乔，古代传说中的仙人。《列仙传》：王子乔者，周灵王太子晋也。好吹笙，作凤凰鸣，游伊、洛间。道士浮丘公接以上嵩山，后于缑山乘白鹤驻山头数日，举手谢时人而去。

早晨还是一位美貌少年，到傍晚就变得又丑又老。
世人都不是神仙王子晋，谁能够像他般朱颜长好。

【解析】

对生命无常的慨叹，是阮籍《咏怀诗》的重要主题之一，除了本诗之外，第三十二、第三十五、第五十、第五十二、第七十一等篇，都从不同角度表现了这一共同主题。此外《咏怀诗》中那些托意超世游仙的诗篇，也无不回响着生命无常的沉重叹息。

对个体生命存在的价值，儒、道两家本来就有不同看法。儒家重视个体生命的社会价值，道家珍视个体生命的自我价值。儒家认为，生命的本质意义在于兼济天下，修、齐、治、平，立德、立功、立言。因此孔子在历尽艰辛，到处碰壁之后，仍旧不倦地兜售自己的政治主张；司马迁在遭受腐刑之后，依然发奋著书，传之后世，都是这种价值观的集中体现。儒家虽然主张厚葬久丧，但对死亡的看法却比较通达，认为只要能够实现政治理想，死亡并不可怕。所以孔子说："朝闻道，夕死可矣。"又说："发愤忘食，乐以忘忧，不知老之将至。"道家则认为，生命的存在是一种自然现象，生命是属于个人的，因此人们应该追求自由、自适、自纵。他们还认为，死亡同样是一种自然现象，"其生也顺，其死也归"，死亡不过是生命的另一种存在形式而已。所以庄子主张"齐万物，一死生"，并且认为因死亡而伤心痛哭的行为是"遁天倍情"。在以上两种观念，尤其是儒家思想的影响支配之下，在先秦两汉的文学作品中，人们几乎听不到这种忧生之叹。

但是从汉末到魏晋，随着儒家大一统局面的衰微，人们的思想观念开始发生变化。加之现实世界战乱连年，疾疫肆虐，饥荒遍地，人命危浅，士人们不仅难以实现儒家倡导的生命价值，而且连把握眼前短暂的生命都十分困难。建安二十二年（217）的一次大灾疫，竟使"建安七子"死亡殆尽。曹丕《与吴质书》沉痛地说："昔年疾疫，亲故多离（罹）其灾，徐、陈、应、刘，一时俱逝，痛可言耶！……古人思秉烛夜游，良有以也。"既然生命无常，难以把握，那就不如及时行乐。正如《列子·杨朱篇》所说："且趣当生，奚遑死后。"所以，从《古诗十九首》到三曹七子的作品，急剧地响起了生命无常，及时行乐的慨叹："人生天地间，忽如远行客。""生年不满百，常怀千岁忧。昼短苦夜长，何不秉烛游？"（《古诗十九首》）"对酒当歌，人生几何？譬如朝露，去日苦多。"（曹操）"人生如寄，多忧何为？"（曹丕）"惊风飘白日，光景驰西流。盛时不可再，百年忽我遒。"（曹植）既然生命是如此短促，那么就应该及时充分地享受人生。李泽厚先生认为："它实质上标志着一种人的觉醒，即在否定旧有传统标准和信仰价值的条件下，人对自己生命、意义、命运的重新发现、思索、把握和追求。"的确如此，这种对生命无常的感叹和及时行乐的讴歌，不是恰好从反面说明诗人对个体生命的珍惜和短暂人生的留恋吗？

本诗正是从这样的角度，表现了诗人阮籍的"忧生之嗟"，表现了对生命价值的肯定。岁月既不能长留，富贵又岂能常保？春露未晞，秋霜忽降，"朝为美少年，夕暮成丑老"，凡人皆不免老死，唯有神仙才能长生。这首诗的主题非常明白，唯有开头两句，历来聚讼纷纭，莫衷一是。有人以为"天马从西而东，喻万事不定"（五臣）；有人以为"天马虽来，北风之思自切"，喻己"违时失地，与世乖左"（陈祚明）；有人以为"天马二句，喻司马有必兴之势"（张琦）；有人以为，天马二句"求马喻求士也"（王闿运）这些意见，都比较勉强。因而吴琪指出："说者往往曲为之说，以求切于下文，则是比也，非兴也。不过以天马之出，引起春秋云云。"认为二句并无深意，不过是用天马兴起下文而已。罗宗强先生推衍吴说，认为"盖取天马之东以起兴，言事有固然，如春秋代序，非有所依凭，自然而然耳"。这一说法，相对合理，也勉强可通。

【其五】

平生少年时，轻薄好弦歌①。
西游咸阳中，赵李相经过②。
娱乐未终极，白日忽蹉跎③。
驱马复来归，反顾望三河④。
黄金百镒尽，资用常苦多⑤。
北临太行道，失路将如何⑥？

---

① 平生，往日。
② 咸阳，战国时秦国首都。赵李，历来有多种解释。一、赵飞燕、李夫人（颜延年）。二、汉成帝小妾赵李（杨慎）。三、赵飞燕、李平亲属（何焯）。四、赵钦、赵䜣及李延年。五、李斯、赵高（陈伯君）。按："赵李"诗中似泛指能歌善舞之乐妓，不必过于坐实。相经过，相互来往。
③ 蹉跎，虚度光阴。
④ 三河，古人称河东、河南、河北为三河，属秦之三川郡（今河南荥阳）。阮籍故里河南陈留属三川郡，在河南东部，自咸阳望陈留，概称三河。
⑤ 镒，二十四两。百镒言其多。资用，财货。
⑥ "北临"二句，用《战国策·魏策》季梁说魏王典：魏王欲攻邯郸，季梁闻之，中道而反，衣焦不申，头尘不去，往见王曰："今者臣来，见人于太行，方北面而持其驾，告臣曰：'我欲之楚。'臣曰：'君之楚，将奚为北面？'曰：'吾马良。'臣曰：'马虽良，此非楚之路也。'曰：'吾用多。'臣曰：'用虽多，此非楚之路也。'曰：'吾御者善。'此数者愈善，而离楚愈远耳。今王动欲成霸王，举欲信于天下，恃王国之大，兵之精锐，而攻邯郸，以广地尊名，王之动愈数而离王愈远耳。犹至楚而北行也。"连上二句，大意谓：黄金虽尽，财货虽多，结果终如太行道上南辕北辙之人，归于失败。失路，走错路。

【译文】

回忆起无知的少年时光，生性轻薄只知爱好弦歌。
西游咸阳混迹花花世界，交游娼女一味耽于逸乐。
欢愉的日子还不曾过够，岁月匆匆青春忽已蹉跎。
我驱赶着马儿回转故乡，回头又望见了故里三河。
万贯家财已经挥霍殆尽，日常的资用实在太多。
要往南方去却向北面走，迷失了道路前途将如何？

【解析】

本诗主题，刘履认为："此嗣宗自悔其失身也，言少时轻薄而好游乐，朋侪相与，未见终极而白日已暮，乃欲驱马来归，则资费既尽，无如之何。以喻初不自重，不审时而从仕。服事未几，魏室将亡，虽欲退休而无计。故篇末托言太行失路，以喻懊叹无穷之情也。"从文字表面看，这种说法不无道理，本诗的确含有自叙成分和自悔语调，这种情况在《咏怀》第十五、第二十九、第六十一、第六十八首中也反复出现。但是深入考较就会发现，刘履的解释曲解了诗歌的原意，也不符合阮籍的思想状况。

由于历史资料缺乏，《咏怀诗》的写作年代如今已难确考。明人冯惟讷说："籍《咏怀诗》八十余首，非必一时之作，盖平生感时触事，悲喜怫郁之情感寄焉。"(《诗纪》)清人吴汝纶也认为："八十一章决非一时之作，吾疑其总集平生所为诗，题为《咏怀》耳。"(《古诗抄》卷二) 冯、吴二氏之说，都是推断之词。但从现存《咏怀诗》的内容和风格看，其中绝大部分可能是诗人中年以后之作，本诗"平生少年时"和第六十一"念我平常时"两句,多少可以证明这一点。

《太平御览》卷六〇二引《魏氏春秋》说:"阮籍幼有奇才异质,八岁能属文。性恬静,兀然长啸,以此终日。"《晋书·阮籍传》又记载:"籍容貌瑰杰,志气宏放,傲然独得,任性不羁,而喜怒不形于色。或闭户视书,累月不出;或登山临水,终日忘归。博览群书,尤好庄、老。嗜酒,能啸,善弹琴。当其得意,忽忘形骸,时人多谓之痴。"从这两段记叙足以看出,阮籍完全是一派玄学名士作风,他"以庄周为模则"(《三国志·王粲传》),毕生都在努力追求清虚寥廓、恬淡无欲的境界,深深厌恶庸俗卑陋之风。但是,他所处的现实环境却不允许他按照自己的理想生活,而且还深陷于政治斗争的泥淖之中。历史上所记载他不拘礼法、放浪形骸的种种行为,都是诗人内心矛盾痛苦的表现。《世说新语·任诞》记载王忱的话说:"阮籍胸中垒块,故需酒浇之。"可谓知人之言。作为老庄哲学的信徒,魏晋玄学的代表,阮籍不可能同时又是一个轻薄浮躁、耽于逸乐的纨绔子弟。本诗的真实含义主要在于刺世警世而非自悔自艾,是讽刺当时的世风,而非"嗣宗自悔其失身"。批评讽刺的对象是那些醉生梦死、一味耽于逸乐的膏粱子弟。诗歌虽然使用了第一人称,但是并不等同于作者描绘自己的真实身世,这种情况在古典诗歌中并不鲜见。

这首诗的内容还附着了浓厚的老庄思想色彩,《老子》九章:"持而盈之,不如其已。揣而锐之,不可长保。金玉满堂,自遗其咎。"《庄子·山木》:"自伐者无功,功成者堕,名成者亏。"本诗就是在阐释这种思想。《咏怀》的其他篇章,也经常表达了同样的思想理念,如第四:"春秋非有托,富贵焉常保";第六:"膏火自煎熬,多财为患害";第十:"轻薄闲游子,俯仰乍浮沉";第二十四:"逍遥未终晏,朱华忽西倾";第二十七:"愿为三春游,朝阳忽蹉跎";第三十:"从容在一时,繁华不再荣",等等。那么出路何在呢?诗人没有给出正面回答,只在诗篇的末尾留下一个悬念:"北临太行道,失路将如何?"不过,在《咏怀》的其他诗篇中,诗人对此作了回答,例如第二十八首:"系累名利场,驽骏同一辀。岂若遗耳目,升遐去殷忧。"又第五十三首:"登彼列仙岨,采此秋兰芳。时路乌足争?太极可翱翔。"在《大人先生传》中又说:"故与世争贵,贵不足尊;与世争富,富不足先。必超世而绝群,遗俗而独往,登乎太始之前,览乎汋漠之初,虑周流于无外,志浩荡而自舒,飘飖于四运,翻翱翔乎八隅。"当然,升遐既不可能,列仙也不可遇,"太始之前"和"汋漠之初"的境界毕竟玄远空虚,诗人超越人生、超越社会的理想追求实际上根本不可能实现,因此只能依旧跌落到现实人生,在矛盾和焦虑中度过一生。

解释本诗时,前人曾努力考证"赵李"究指何人,杨慎、王世贞、顾炎武等人都发表了意见。陈伯君先生在列举了五种成说之后认为,"诸说皆非","阮诗中之赵李,亦泛指贵家子弟而言",并断定颜延年"赵李"是指赵飞燕、李夫人的意见"其错易辨",理由是"赵李以皇后之尊,身处后宫,自不得言与之'相经过'"。陈先生的看法,过于执着文本的表面意义了。阮籍诗歌深受《庄》《骚》影响,颇具浪漫色彩,常用比喻象征方法表情达意。更何况赵、李二人虽有"皇后之尊",如果寻根究源,二人也不过"以善歌妙舞幸于二帝也"(颜延之语）。二人也并非出于名门世家，"盖李夫人，故倡也；而飞燕亦阳阿家歌舞"（姚范说）。用她们比喻一般歌舞伎，其实亦无不可。不过在这首诗中，"赵李"具体指谁，并不重要，主要应该弄清的是"赵李"是什么身份的人。李善认为，阅读《咏怀诗》，应该掌握"粗明大意，略其幽旨"的方法，对有的问题，不必寻根究底。这也许不失为一种正确可行的方法。

【其六】

昔闻东陵瓜，近在青门外①。

连畛距阡陌，子母相钩带②。

五色曜朝日，嘉宾四面会③。

膏火自煎熬，多财为患害④。

布衣可终身，宠禄岂足赖⑤？

【译义】

听说当年东陵侯，隐居种瓜青门外。

瓜藤蔓蔓连阡陌，子母瓜儿相钩带。

朝阳照耀五色瓜，招引嘉宾四面来。

---

① 《水经注》卷十九《渭水》：长安十二门……第三门本名霸城门，王莽更名仁寿门。……民见门色青，又名青城门，或曰青绮门，亦曰青门。门外旧出好瓜。昔广陵人召平为秦东陵侯，秦破，为布衣，种瓜此门，瓜美，故世谓之东陵瓜。是以阮籍《咏怀诗》云："昔闻东陵瓜，近在青门外……"

② 畛（zhěn），田界。距，至，到。阡陌，田间路，南北为阡，东西为陌。钩带，连结。

③ 五色，传说古时会稽有五色瓜，乃瓜中珍品。见《述异记》，诗中是对瓜的美称。子母瓜，即五色瓜。

④ "膏火"句，《庄子·人间世》："山木自寇也，膏火自煎也。"郭庆藩疏："膏能明照，以充灯炬，为其有用，故被煎烧。"膏，油脂。

⑤ 布衣，平民的服装。阮籍《大人先生传》："召平封东陵，一旦为布衣。"宠禄，恩宠与俸禄。赖，依靠。

膏火熊熊自煎熬，家财万贯成祸害。
布衣之人享天年，恩宠爵禄岂足赖？

【解析】

　　《史记·萧相国世家》："召平者，故秦东陵侯。秦破，为布衣。贫，种瓜于长安城东。瓜美，故世俗谓之'东陵瓜'，从召平以为名也。"又《庄子·人间世》："山木自寇也，膏火自煎也。桂可食，故伐之；漆可用，故割之。人皆知有用之用，而莫知无用之用也。"本诗就是通过召平种瓜的典故，阐述庄子以无为无用为避祸全身的道理，抒发诗人忧生惧祸的心情和渴望超脱政治纷争的愿望。诗歌以平实的语调叙事说理，但在表面的平静之下，却凝结着深沉的忧伤惶惧，这就是李善所称的"忧生之嗟"，也是《咏怀诗》的基调之一，在《咏怀诗》各篇均有表现。例如第三首"一身不自保，何况恋妻子"；第三十三首"终身履薄冰，谁知我心焦"；第四十一首"生命无期度，朝夕有不虞"；第七十六首"纶深鱼渊潜，矰设鸟高翔"，等等。在表现阮籍主要玄学人生理想的《大人先生传》中，诗人假托采薪者的口吻，唱了两首歌，以表达他对世事人生的看法，其中也提到东陵侯召平的故事。歌曰："日没不周方，月出丹渊中。阳精蔽不见，阴光代为雄。亭亭在须臾，厌厌将复东。离合云雾分，往来如飘风。富贵俯仰间，贫贱何必终？留侯起亡虏，威武赫荒夷。召平封东陵，一旦为布衣。枝叶托根柢，死生同盛衰。得志从命升，失势与时隤。寒暑代征迈，变化更相推。祸福无常主，何忧身无归。推兹由斯理，负薪又何哀？"

这两首所谓"薪者之歌",内容与风格与《咏怀诗》基本相同。尤其是第二首,其所用典故和表达的思想感情与本诗最为相似。这两首歌的演唱人"薪者",分明是一位追求避祸全身的隐士,与本诗所写的东陵侯是同一类人物。当然从玄学理论的高度要求,这两人与理想的人生境界还有差距。所以大人先生听后笑曰:"虽不及大,庶免小矣。"一般说来,阮籍《咏怀诗》更多表现其内心世界,与现实社会的关系较近,而《达庄论》《大人先生传》等玄学理论文章,则更多地表现其精神世界,与现实的距离较远。不过,诗人天天生活在现实世界之中,《咏怀诗》中所表现的喜怒哀乐、悲愤忧伤,无不由此而产生;而他所构想的理想世界,毕竟在玄虚飘缈的"天地之外",在可望而不可即的"彼岸世界","超漫漫,路日远",连大人先生自己也不禁发出这样的感叹。

其实阮籍从来都不是真正超世的人,终其一生也没有达到"以死生为一贯,是非为一条"的境界。《晋书·阮籍传》说:"籍本有济世志。"《咏怀诗》第十五也说:"昔年十四五,志尚好诗书。被褐怀珠玉,颜闵相与期。"由于玄学思潮的影响冲击,而儒学济世实际上已不可能,阮籍的思想后来完成了由儒学向玄学的转变,他的生活也是一派玄学名士作风。但是,在阮籍心理世界底层,依旧积淀着儒学思想的陈渣,并没有完全被道家思想同化。"忧生"和"忧世"时常交替叩击诗人的心灵,本诗就是这种矛盾心情的产物。本诗开头六句,以召平隐居东门种瓜的典故,说明避祸全身之道,借古讽今。末尾四句,用庄子"膏火自煎,多财为祸"的道理,告诫世人,同时也用以警戒自己。在魏晋易代之际,在司马与曹魏两大集团的激烈斗争中,大批名士惨遭杀身之祸。主要原因就是他们大多介入了这场政权之争,而贪恋荣名和宠禄,便是致败之由。虽然阮籍一生都没能做到"布衣可终身",这有多方面的原因。但是他深感危机四伏,处境艰难,所以在政治上十分谨慎。他多次托故婉拒曹魏政权的"征召",以后虽然长期担任司马集团的官职,"恒游府内,朝晏必预",但始终没有参与机要,甚至借醉酒拒绝司马昭为儿子求婚,不愿与司马家族结亲。也许正因为他在司马与曹魏的血腥斗争中,采取相对超然的态度,所以能苟全性命于乱世,有幸躲避了杀身之祸。

阮籍这类借古讽今的作品,实际上也可称为咏史诗,为后来左思等人的《咏史》开启了先河。

【其七】

炎暑惟兹夏,三旬将欲移①。

芳树垂绿叶,青云自逶迤②。

四时更代谢,日月递参差③。

徘徊空堂上,忉怛莫我知④。

愿睹卒欢好,不见悲别离⑤。

【译文】

今年夏季分外炎热,三旬过后秋风便起。

青青芳树低垂绿叶,蓝天之上白云逶迤。

一年四季自然更代,太阳月亮彼此轮替。

徘徊踯躅在空堂之上,忧愁悲痛无人知我意。

但愿相亲相爱能终始,永远不见悲痛之别离。

【解析】

本诗的含义比较清楚明白。诗人慨叹岁月流逝,世无知己,因

---

① 炎暑,炎热的夏天。三旬,指六月的三旬。三旬将欲移,谓由夏入秋。
② 逶迤,缓慢漂移。
③ 四时更代谢,指春夏秋冬的更替。参差,一作"差驰",不齐貌,形容日月之升降。递,交替。
④ 忉怛(dāo dá),悲痛。
⑤ 卒,终。

而感到寂寞悲伤。李善解释说："言四时代移，日月递运，年寿将尽，而人莫己知。恐被谗邪，横遭摈斥，故云：愿卒欢好，不见离别。"

　　就本诗的前半部分而言，李善的解释比较符合实际。感叹生命无常，原是魏晋时代诗人的一个心结，也是阮籍《咏怀诗》的重要主题之一。这种思想感情，在《咏怀诗》的其他篇章中也屡屡有所表现。问题在于对最后两句的解释。李善对两句的解释是："恐被谗邪，横遭摈斥。"意思是说阮籍像屈原一样，畏谗忧讥，害怕被当权者疏远和摈弃。作为魏晋名士的代表人物，尤其是他离经叛道，放诞自纵的言行，的确招致了不少谗言，卫道士何曾就向司马昭进言，要求把阮籍"流放海外，以正风教"。裴頠也攻击他"口谈虚无，不遵礼法，尸禄耽宠，仕不事事"。《晋书·阮籍传》记载，"籍又能为青白眼，见礼俗之士，以白眼对之。……喜弟康闻之，乃赍酒挟琴造焉。籍大悦，乃见青眼。"阮籍这种爱憎分明的态度，对礼法之士的极度蔑视，深深刺痛了何曾等人的自尊心，"由是礼法之士疾之若仇，而帝（司马昭）每保护之"。但是阮籍与屈原完全不同，他并不是一个入世的人，也没有什么辅佐帝王实现美政的念头。相反，由于认识到政治形势的无比凶险，由于厌恶虚伪透顶的礼法之士，也由于追求理想的玄学精神世界，诗人在内心渴望超脱世俗，远离仕途。虽然由于阮籍的名望和才能同时受到曹魏政权和司马集团的赏识，终生都不得不走在仕途之上，但这并非其初衷。诗人第一次走上仕途就是被迫的。据《晋书·阮籍传》记载："太尉蒋济闻其有隽才而辟之，籍诣都亭奏记曰……初，济恐籍不至，得记欣然，遣卒迎之，而籍已去。济大怒，于是乡亲共喻之，乃就吏。

后谢病归。复为尚书郎。少时,又以病免。及曹爽辅政,召为参军。籍因以疾辞,屏于田里。岁余而爽诛,时人服其远识。"从三十三岁到三十八岁的六年间,阮籍曾经三次辞官,而最后一次辞官使他侥幸得以逃过一场杀身之祸。曹爽被诛杀,标志着司马集团胜势的确立。阮籍不愿做曹魏政权的官,但也并不情愿做司马集团的官。曹爽被司马懿诛杀那年(249),阮籍四十岁,曹魏政权虽已名存实亡,但依然延续了十余年。终阮籍之一生,表面上曹魏集团仍旧执政,但司马氏实际上掌握了军政大权。从这年开始,阮籍入朝做官,曾任从事中郎、散骑常侍、步兵校尉,期间还被封为关内侯,直到五十四岁去世。那么是否因为看到司马氏已经胜券在握,阮籍便甘心情愿地入朝做官,投靠权贵了呢?历史资料表明,事实并非如此。《三国志·王粲传》注引《魏氏春秋》曰:"太傅及大将军乃以为从事中郎。后朝论以其名高,欲显崇之。籍以世多故,禄仕而已。"《北堂书钞》卷五十八引《七贤传》曰:"高贵乡公以籍为散骑常侍,非其好也。"《世说新语·任诞》注引《文士传》曰:"籍放诞有傲世情,不乐仕宦。晋文帝亲爱籍,任其所欲,不迫以职事。"又《太平御览》卷九〇一引《晋阳秋》:"晋文帝阮籍,恒与谈戏,任其所欲,不迫以职事。"以上事实说明,阮籍也不愿做名为曹魏政权,实际却由司马集团掌控的朝廷的官。司马昭授予阮籍的官职,其实也是并无实权的虚职,如从事中郎之类。老谋深算的司马昭这样做,既是对阮籍的笼络,又是对他的约束,使阮籍只能常随左右,"恒游府内",而不能任意离去。阮籍显然并不喜欢这种荣宠和约束,因此两次"托故求去"。第一次是要求外派东平相,这样就可

29

以远离当时的都城洛阳。可是阮籍在东平相任上只逗留了十几天,"便乘驴去",自动离职了。第二次是求为步兵校尉,理由非常可笑,因为"闻步兵厨营人善酿,有贮酒三百斛"。很明显,这也不过是托故求去而已。阮籍虽然担任过不少官职,但似乎从未认真履行职责,"作二千石不治官事","禄仕而已"。以上事实说明,阮籍的确不乐仕宦。因此,李善对本诗最后两句的解释,就缺乏根据了。其实,结尾两句的含义并不复杂。诗人生活于黑暗污浊的时代,浮沉于凶险多变的环境,人情反复,世态炎凉,没有信任,没有友谊,没有寄托和慰藉,因此内心异常孤独和寂寞。他在诗中一再说:"徘徊将何见?忧思独伤心"(第一),"独坐空堂上,谁可与亲者"(第十七),"多虑令志散,寂寞使心忧"(第六十三),"人知结交易,交友诚独难"(第六十九),"亲昵怀反侧,骨肉还相雠"(第七十二)。因此诗人渴望人与人之间的信任,渴望真诚坚固的友谊,这就是结尾两句的含义,与统治者的信任或摈弃,并没有关系。至于有人认为末二句是规劝司马氏要忠于曹魏,莫存篡夺之心,那更是离题太远了。

【其八】

灼灼西颓日，余光照我衣①。
回风吹四壁，寒鸟相因依②。
周周尚衔羽，蛩蛩亦念饥③。
如何当路子，磬折忘所归④。
岂为夸誉名，憔悴使心悲⑤。
宁与燕雀翔，不随黄鹄飞⑥。
黄鹄游四海，中路将安归⑦？

---

① 灼（zhuó）灼，光亮貌。颓，落下。
② 回风，旋风。相因依，相互依偎在一起。
③ 周周，鸟名，亦作翢翢。蛩（qióng）蛩，兽名，亦作邛邛、巨虚。《韩非子·说林》下："鸟有翢翢者，重首而屈尾，将欲饮于河，则必颠。乃衔其羽而饮之。"又《山海经·海外北经》："有素兽焉，状如马，名曰蛩蛩。"
④ 当路子，指当权的官吏。磬折，如磬之折。这里比喻弯腰曲背的样子。磬，一种乐器，其形弯曲。曹植《矴篌引》："谦谦君子德，磬折欲何求。"
⑤ 夸誉名，虚名。"憔悴"句，黄节曰："盖言易姓之际，当仕路者虽磬折忘归，而终不免于被弃之悲耳。"
⑥ "宁与"二句，《史记·陈涉世家》："嗟呼，燕雀安知鸿鹄之志哉？"诗中反其意而用之。
⑦ "黄鹄"句，《汉书·张良传》："上歌曰：'鸿鹄高飞，一举千里。羽翼已就，横绝四海。'"句意本此。中路，半路。

31

【译义】

灼热的太阳渐渐西下,淡淡的余光返照我衣。
旋风呼啸着回荡四壁,寒鸟儿瑟瑟相偎相依。
周周饮河尚知衔羽自惜,蛩蛩负蟨只为觅食充饥。
为何衮衮诸公身居要位,弯腰曲背依旧乐而忘回。
人世浮名犹如云烟过眼,何必为此疲惫又悲催。
宁愿与燕雀低飞篱落,也不随黄鹄振翅高飞。
黄鹄高飞啊遨游四海,翅短力竭半路将何归?

【解析】

对本诗的解释,历来异说纷纭。归纳起来主要有两种意见:一是以沈约和沈德潜等人为代表的刺世说,二是以刘履、陈沆、曾国藩等人为代表的比附说。分歧集中在对最后四句的不同理解。

持刺世说的沈约认为:"天寒即飞鸟走兽尚知相依,周周衔羽以免颠仆,蛩蛩负蟨以啮美草,而当路者知进趋不念暮归,所安为者惟夸誉名,故致憔悴而心悲也。"又说:"若斯人者,不念己之短翮,不随燕雀为侣,而欲与黄鹄比游;黄鹄一举冲天,翱翔四海,短翮追而不逮,将安归乎?"沈德潜进一步分析说:"此章为知进而不知退者言,末见己非冲天之质,宜相随燕雀,不宜与黄鹄并举也。盖鄙薄之之词。"主张比附说的刘履则认为:"此篇责群臣之附司马氏者,而因以自励也。言魏室虽微,尚皆被其恩宠,比之日虽西颓,而其余光犹灼灼然照我也。回风、寒鸟,以比司马僭逼之势既盛,犹有卑下小臣知附王室而不敢违者。且谓周周、蛩蛩特禽兽耳，亦能饥渴相须，患难相济；如何当朝执政之臣率皆趋附权奸而不顾返，尔岂欲夸大其声誉而然乎？殊不知屈己以媚人，其实憔悴而可悲也。末章所谓'燕雀'，即上文寒鸟之属；'黄鹄'以指司马晋公，言其志大，必将一举冲天而游于四海。为今之计，宁辞尊而居卑，庶几韬晦以自全。若攀附高远，一遭篡夺之变，则我既为魏臣岂忍复事于晋？此所以虑中路之无归也。"比较两种看法，二沈的解释比较平实，从文本出发，就诗论诗，不做牵强的比附，对后人理解本诗有一定启发，但是相对浅表。刘履等人的意见，虽然注意诗歌深层意蕴的探究，不过存在浓厚的封建正统观念，他们总是以曹魏为正统，以司马氏为篡逆，把阮籍看做曹魏政权的忠臣，司马氏篡权夺位行为的反对者，这种看法既不符合历史事实，也不符合阮籍诗歌原意。假若真是如此，阮籍可能早已像嵇康一样，成为司马氏的刀下之鬼，哪里还能够得到司马氏的多方回护、提携，而且"卒以寿终"？要知道，为了夺取政权，司马氏剪除异己从不手软。同为玄学名士的嵇康，其实也没有公开反对司马氏的行为，只是拒绝合作而已，便遭杀身之祸。很难想象，精明凶残的司马氏，居然能够容忍一心忠于曹魏政权，处处反对自己夺取政权的大名士，这不是太荒唐了吗？比附说的代表刘履等人，从封建正统观念出发，把阮籍设定为魏室忠臣，这就使他们对阮籍诗中比喻象征意义的解释，往往显得牵强附会，脱离实际。

　　本诗共分三层意思。前四句采用比喻象征手法，落日、晚霞、旋风、寒鸟这四个意象组成一幅肃杀凄清的画面，表明时运的衰颓和环境的险恶。接下去六句，从周周、蛩蛩一类禽兽尚知自爱自惜，全生

33

保命,联想到当前汲汲于功名,参与权力斗争的士人,他们像庄子所批评的那样:"终身役役而不见其成功,苶然疲役而不知其所归,可不哀邪?"(《庄子·齐物论》)在阮籍看来,这种人是丧失了自性,所以说他们"忘所归"。老子和庄子多次讲到"归"的问题,归就是复归于道,回归自然本性。而这些人为名利所困,因而迷失了本性,这才是人生最大的悲哀,所以说"憔悴使心悲"。最后四句从"当路子"所作所为,引起了诗人的感叹,这就自然产生了刺世之意,也就是沈德潜所说的"为知进不知退者言"。《老子》曾经说:"知足不辱,知止不殆。"然而人们往往不知足不知止,因而引来灾难,于是又有了下文黄鹄和燕雀的比喻。黄鹄与燕雀一类含义相反的喻象在《咏怀诗》中屡屡出现,例如第二十一首"玄鹤"与"鹎鹠"对举;第四十一首"六翮"(黄鹄)与"浮鸢"对举;第四十六首"鸳鸠"与"海鸟"对举,第四十七首"高鸟"与"燕雀"对举,都表现了诗人内心的矛盾。"黄鹄""玄鹤""海鸟"一类意象象征志向远大,意气超迈,而"燕雀""鹎鹠""鸳鸠"一类意象则象征胸无大志,卑凡庸俗。阮籍的思想感情,往往徘徊于两者之间,有时前者占据上风,有时后者占据上风。本诗末四句认为,追随燕雀,可以保命全身,而效仿黄鹄,则前途凶险难测。其实,这正是毕生困扰诗人的矛盾,使他内心万分痛苦的根源。

【其九】

步出上东门，北望首阳岑[1]。
下有采薇士，上有嘉树林[2]。
良辰在何许？凝霜沾衣襟[3]。
寒风振山冈，玄云起重阴[4]。
鸣雁飞南征，鶗鴂发哀音[5]。
素质游商声，凄怆伤我心[6]。

---

[1] 上东门，洛阳城东门。洛阳城东门有三，最北为上东门。首阳岑，首阳山，在今河南偃师县西北二十五里；上有伯夷、叔齐庙。
[2] 采薇士，指伯夷、叔齐。周武王灭殷，伯夷、叔齐反对"以暴易暴"，耻之，义不食周粟，隐于首阳山，采薇而食，终于饿死。事详《史记·伯夷列传》。
[3] 良辰，美好时光。二句以季节喻世事。何许，何处。
[4] 玄云，乌云。
[5] 《楚辞·九辩》："雁廱廱而南游兮，鹍鸡啁哳而悲鸣。"又《楚辞·离骚》："恐鹈鴂之先鸣兮，使夫百草为之不芳。""鸣雁"二句诗意本此。意谓秋天已到，天气转寒，雁群南归，鶗鴂悲鸣。鶗鴂即鹈鴂，鸟名。洪兴祖补注引《广韵》："鹈鴂关西曰巧妇，关东曰鸹鴂，春分鸣则众芳生，秋分鸣则众芳歇。"
[6] "素质"二句，意谓秋声起而草木凋落，触景生情而引起哀感。素质，贞素之质，指代世间美好事物。商声，秋声。李善注引《礼记》曰："孟秋之月，其音商。"陈祚明曰："以违时之素质，当商风之摧残。"认为二句有所托寓。

【译义】

快步走出上东门，向北眺望首阳山。
山下曾有贤士居，山上树木绿年年。
命中好运何时至？凛凛寒霜沾衣带。
寒风呼啸震山冈，乌云重重起阴霾。
大雁南飞一路鸣，杜鹃啼血声声哀。
秋风回荡草木枯，阵阵悲凄伤心怀。

【解析】

方东树说，本诗"因乱极而思首阳以寄慨"，不过，诗人步出东门，北望首阳，回顾历史，托意夷、齐，所寄托的究竟是什么感慨呢？《文选》李善注引沈约语说："夷、齐尚不食周粟，况取之以不义者乎？"意思是说周以正义之师灭殷，尚且遭到伯夷、叔齐的反对，他们认为不应该"以暴易暴"，就逃入首阳山，坚持气节，义不食周粟，最后双双饿死。何况晋以不义代魏，阮籍望首阳而寄慨，也产生了"义不食周粟"的心情。这种看法缺乏史实根据。按今本《阮籍集》中有《首阳山赋》一篇，其中第一节的内容与本诗十分相似，其言曰："在兹年之末岁兮，端旬首而重阴。风飘回以曲至兮，雨旋转而纤襟。蟋蟀鸣于东房兮，鹍鸠号乎西林。时将暮而无俦兮，虑凄怆而感心。……聊仰首以广颣兮，瞻首阳之冈岑。树丛茂以倾倚兮，纷萧爽而扬音。"岁暮天寒，回风呼啸，鹍鸠悲鸣，寸心多感，赋中所写不仅意境与本诗近似，而且所用词汇意象如"重阴""鹍鸠""凄怆""首阳""感心""纤襟"等等都是相同或者相似的。

阮籍《咏怀诗》中涉及首阳山的还有第二十六首（朝登洪坡颠，日夕望西山），第六十四（朝出上东门，遥望首阳基）。首阳山万古长存，而诗人的思想不断变化，诗中使用同一典故，并不能据以断定诗歌作于同时。但像本诗与《首阳山赋》，不仅内容相同，而且词汇和意象也大同小异，两者作于同一时期的可能性就很大。阮籍《首阳山赋》小序称"正元元年秋，余尚为中郎，在大将军府。独往南墙下，北望首阳山，赋曰"云云。正元元年（254），阮籍四十五岁。这年秋天，阮籍仍在洛阳，任大将军司马师的从事中郎，《首阳山赋》及本诗或许均作于此时此地。这年冬天，魏高贵乡公曹髦即位，阮籍被封为关内侯，徙散骑常侍。曹髦当时不过是一个傀儡皇帝，这当然还是司马氏对他的恩宠。阮籍写作这首诗时，离司马炎正式称帝尚有二十多年，怎么会产生"义不食周粟"的想法呢？沈约推想阮籍有类似伯夷、叔齐的思想感情，恐怕不妥。再说《首阳山赋》也并没有多少称颂夷、齐的话语，相反却说"又何称乎仁义"，"何美论之足慕"，似乎略有微词。这也可以证明，沈约等人的忠君说，缺乏根据。而黄节认为本诗与第三首（嘉树下成蹊）作于同一时期，却有一定合理性。

  首阳山有好几处。据《山西通志》记载，伯夷、叔齐饿死的首阳山，其实在蒲州南四十五里，一名雷首，又名方山，二人的坟墓、祠庙如今尚存。阮籍诗赋中所说的首阳山，却在河南偃师县西北二十五里，相传伯夷、叔齐曾经在此地隐居。陈伯君先生指出："首阳山数处有之，此文所指，乃洛阳城北之首阳山，伯夷、叔齐饿死之地当不在此地。此无关紧要，盖阮籍不过因此山名而念及夷、齐之事，因而寄意。"陈先生的意见很对。阮籍在《咏怀诗》中用了许多历史典故，但他是一位充满浪漫色彩的诗人，诗中用典，往往不拘故实之本义，挥洒自如，变化多端。如若过分执着史实去探索其幽旨，有时不免求之过深，失之反远。《咏怀诗》凡四次使用首阳山之典，大多是因景生情，触物起兴，遥望首阳，托寓自己离群索居的思想情怀。《首阳山赋》说得很清楚："怀分索之情一兮，秽群伪之射真。信可宝而弗离兮，宁高举而自倏。"阮籍原本就心怀超世离群，高举保真的玄学人生理想，而今面对秽乱肮脏、凶险伪善的社会环境和人群，自然更加强烈地产生这种愿望。诗歌就表现了这种愿望。不过诗歌的表现方法十分含蓄，没有像第三首直接说出"去上西山趾。"本诗前四句先写北望首阳，思念夷、齐，表达离世隐居之意，接下来以浓重的笔墨，阴沉的意象，渲染出一片悲凉气氛，使人悲叹兴怀，凄怆感伤。"良辰"以下六句，表面是写景，实际象征诗人面对的黑暗现实。这样就很自然地回到开头：离开这秽乱的人世，到首阳山做隐士。当然阮籍心中的这种玄学人生理想，从来就没有实现，而且也不可能真正实现。欲去而不能，欲留而不愿，徒然怀此高洁之理想而难以实现，这就是阮籍的悲剧，也是本诗的主题。

【其十】

北里多奇舞,濮上有微音①。

轻薄闲游子,俯仰乍浮沉②。

捷径从狭路,黾勉趋荒淫③。

焉见王子乔,乘云翔邓林④。

独有延年术,可以慰我心。

【译义】

北里多的是奇歌艳舞,濮上荡漾着靡靡之音。

轻狂放浪的浮薄弟子,醉生梦死,随俗浮沉。

总喜欢抄走近便小路,一味地贪图逸乐荒淫。

何处可见仙人王子乔,驾驭白云翱翔邓林?

人世间只有长生之术,可以安慰我痛苦心灵。

---

① 北里、濮上,殷都附近地名。《史记·殷本纪》:"(纣王)于是使师涓作新淫声,北里之舞,靡靡之乐。"又《礼记·乐纪》:"桑间、濮上之音,亡国之音也。"
② 闲游子,游手好闲之徒。俯仰乍浮沉,谓趋时附势,随波逐流。
③ 捷径,近便的小路。比喻投机取巧,做事不循规矩。《论语·雍也》:"有澹台灭明者,行不由径。"又《楚辞·离骚》:"何桀纣之昌披兮,夫唯捷径以窘步。"黾勉,努力奋勉。趋,奔赴。
④ 邓林,神话传说中的树林。《山海经·海外西经》:"夸父与日逐走,入日。渴,欲得饮。……未至,道渴而死。弃其杖,化为邓林。"

【解析】

本诗内容与第五首（平生少年时）近似，都批评和讥讽当时浇薄世风。魏晋时代，人们在感叹生命无常的同时，更加强烈地感到生命弥足珍贵。于是既不能把握人生，就要充分享受人生的观念，迅速在上层士大夫中弥漫开来，他们开始蔑视传统礼教束缚，追求逍遥自适。少数人信奉老庄，向往自由恬淡的人生境界，努力追求精神的超脱；多数人趋向享乐纵欲，寻求肉体感官的逸乐，从统治阶层到贵胄士夫，普遍荒淫纵欲。如吴帝孙皓、蜀帝刘禅、魏帝曹芳，虽然其政权已岌岌可危，但依旧醉生梦死，酗酒纵欲。"上有所好，下必甚焉"，整个社会风气遭到败坏，史称"风俗淫僻，耻尚失所"。不过本诗与第五首有两点不同：第五首有明显的自叙成分，而本诗则完全是它指。第五首在结尾留下意味深长的悬念，表现了诗人的彷徨心态。本诗则明确指出，只有摆脱世累，追随神仙，才是出路。前文已经说过，慨叹生命短促，世事无常，是阮籍《咏怀诗》的基调之一。如何解决这一矛盾？作者阮籍自己提出了三种方式：求仙、长生术和离世隐居。前两种意在解决人与自然的矛盾，后一种意在解决人与社会的矛盾。这三种方法都是古已有之，并非阮籍所独创。秦皇、汉武都曾通过方士寻求不死之药和长生之术。《庄子》书中不仅多次写到神仙，而且记载了许多隐士的故事，庄子本人就是一位避世者的典型。汉末魏晋以来，随着儒学衰落，佛道盛行，玄学兴起，在当时黑暗混乱的社会条件下，求仙之行、长生之术、离世之思迅速蔓延，这种思想感情，三曹、七子的诗歌作品就有所表现。不过在阮籍的《咏怀诗》中，这种思想表现得更加集中和浓烈。《咏怀诗》中出现得最频繁的是传说中的神仙形象，大约有二十次，其次才是长生和归隐，足见诗人对神仙的仰慕，这也是时代风会的表征。

但是仔细考校以后，我们却又发现，诗人对于神仙是否存在，似乎又抱着怀疑以至否定的态度。例如《咏怀》第四十一说"采药无旋返，神仙志不符"；第五十五说"黄鹄呼子安，千秋未可期"；第七十六说"兹年在松乔，恍惚诚未央"；其七十八说"可闻不可见，慷慨叹咨嗟"；第八十说"三山招松乔，万世谁与期"，等等。这种对神仙的疑似态度，其实在《古诗十九首》及三曹诗中已经时有出现，如《古诗十九首》"服食求神仙，多为药所误"，"仙人王子乔，难可与等期"；曹丕《折杨柳行》"王乔假虚词，赤松垂空言"；曹植《赠白马王彪》"虚无求列仙，松子久吾欺"。阮籍对神仙的怀疑，与前人的思想一脉相承。因此，与其说求仙是诗人的一种真实信仰，毋宁说求仙不过是他心目中的理想境界，而这种境界只是诗人心情的寄托。成为神仙就可以超越纷争世界，超越自我，超越人生。神仙既可以解决人与自然的矛盾，超越短促的生命；也可解决人与社会的矛盾，超越纷争的社会。因此神仙作为一个具有象征意义的意象，在《咏怀诗》中反复出现，就很自然了。

【其十一】

湛湛长江水，上有枫树林①。

皋兰被径路，青骊逝骎骎②。

远望令人悲，春气感我心③。

三楚多秀士，朝云进荒淫④。

朱华振芬芳，高蔡相追寻⑤。

一为黄雀哀，泪下谁能禁？

---

① 湛湛，水深貌。《楚辞·招魂》："湛湛江水兮上有枫。"二句意本此。
② 皋兰，水边兰草。青骊，黑色骏马。逝，往。骎骎，急速奔驰貌。《楚辞·招魂》："皋兰被径兮斯路渐。"又："青骊结驷兮齐千乘。"
③《楚辞·招魂》："目极千里兮伤春心。"二句本此。
④ 三楚，古称江陵为南楚，吴为东楚，彭城为西楚，统称三楚。秀士，文才杰出之士，如宋玉等人。朝云，宋玉《高唐赋》："妾在巫山之阳，高丘之岨，旦为朝云，暮为行雨，朝朝暮暮，阳台之下。"写巫山女神与楚王幽会的故事。二句意谓，三楚虽有许多文才杰出之士，但是他们只用此类荒淫之词取悦君王。
⑤ 朱华，红花。振，散发。高蔡，今河南上蔡县。此句连下二句用《战国策·楚策》庄辛谏楚襄王的典故："庄辛谓楚襄王曰：'……郢都必危矣。……王独不见乎蜻蛉乎？……而下为蝼蚁食也。夫蜻蛉其小者也，黄雀因是以。俯噣白粒，仰栖茂树，鼓翅奋翼，自以为无患，与人无争也。不知夫公子王孙，左挟弹，右摄丸，将加己乎十刃之上，以其类为招。……蔡灵侯之事因是以。南游乎高陂，北陵乎巫山，饮茹溪之流，食湘波之鱼，左抱幼妾，右拥嬖女，与之驰骋乎高蔡之中，而不以国家为事。……君王之事因是以。左州侯，右夏侯，辇从鄢陵君与寿陵君，饭封禄之粟，而载方府之金，与之驰骋乎云梦之中，而不以天下国家为事。不知夫穰侯方受命乎秦王，填黾塞之内，而投己乎黾塞之外。'"诗中引用历史典故，慨叹统治者只顾荒淫享乐，不计后患，并表达自己的悲痛之情。

【译文】

　　深蓝湛碧的长江水啊，岸上有茂密的枫林。
　　芬芳的兰草披满道路，黑骏马就在路上飞奔。
　　远望时胸中漾起悲情，春风拂煦我心绪难平。
　　三楚之地虽然多才俊，却只会媚主助荒淫。
　　红花遍开时芳香四溢，游乐无度定会招来祸衅。
　　黄雀捕蝉不知弹丸在后，思今念古泪下谁能禁？

【解析】

　　这首诗借古讽今，借楚王之荒淫无道而终致身死国灭，讽刺当时的统治者身处危机四伏之境而不知自振，反而醉生梦死，荒淫无度，其前途如何，自然不言自明了。最后两句"一为黄雀哀，泪下谁能禁"，运用历史典故表达了诗人对时局的关切和忧虑。这里有一个问题，由于本篇与时事的关系比较密切，诗中又用了《战国策》庄辛谏楚襄王的典故，所以前人在解释楚襄王比喻谁的问题上产生了分歧。一种意见认为："此篇以襄王比明帝，以蔡灵侯比曹爽。"（何焯）另一种意见则认为："此借楚王之无道将亡，以比今日之曹爽。"（方东树）也有人认为："此伤魏主芳以淫不能自振，致有黄雀之哀也。"（张琦）其实这三种意见并不矛盾，魏明帝曹叡、齐王曹芳固然是君王，而曹爽也是齐王在位时的实际掌权者，以楚襄王比喻其中的任何一个都可以算是恰当的，此其一；根据历史记载，明帝曹叡和齐王曹芳都是昏庸荒淫、耽于逸乐的亡国之君，曹爽则是魏齐王曹芳时期的实际掌权人，他不仅权倾朝野，生活也奢靡无度。

43

据《三国志·曹爽传》记载："爽饮食车服，拟于乘舆，尚方珍玩，充牣其家，妻妾盈后庭。又私取先帝才人七八人，及将吏、师工、鼓吹、良家子女三十三人，皆以为伎乐。诈作诏书，发才人五十七人送邺台，使先帝婕妤教习为伎。擅取太乐乐器，武库禁兵。作窟室，绮疏四周，数与（何）晏等会其中，饮酒作乐。"不仅如此，曹爽还拒绝别人的劝谏。史载，曹爽的弟弟曹羲看见这种情况，非常忧虑，曾多次提出劝告，并且专门写了文章，陈述"骄淫盈溢之致祸败"的道理，情辞十分恳切，但都遭到了拒绝。曹爽最后被司马氏加上"阴谋反逆"的罪名，遭到了灭族的下场，这固然是司马氏夺权斗争的牺牲，但也的确是咎由自取。因此，方东树认为诗人以楚襄王比曹爽，也是比较切合的。还有一个问题，即诗中"三楚多秀士，朝云进荒淫"两句中的"秀士"到底又是喻指什么人。据蒋师爚考证是指党附曹爽的何晏、邓飏等名士。何晏虽是著名的玄学家，邓飏也是"少有士名"的人，但他们又都是贪图名利、竞慕浮华之徒。史载何晏等人在官尚书期间招权纳贿，强占民田，私吞官产，坑害无辜，生活糜烂，与玄学家"以无为本"的理论主张背道而驰。蒋氏还考证，何晏和邓飏都是楚地人，所以"三楚秀士"是喻指何、邓等人。由于本诗与时事比较贴近，而其中所用历史典故与当时政治形势也比较吻合，因此使上述看法显得言之凿凿，也能够自圆其说而较少穿凿附会的色彩。但是，诗歌毕竟不是历史，诗人触景生情或触物起兴，所要表达的主要是一种主观的感受而不是客观历史的复制。因此，上述所有这些解释，毕竟还是过于呆板和狭隘。这首诗很可能是诗人身游楚地，回顾历史，放眼当前而引起的对国家前途的深沉忧患。

诗歌的前六句，基本上从《楚辞·招魂》的结尾脱胎，诗人身历楚地，只见满眼苍苍江水，葱葱林木，芳兰披径，青骊奔驰，望眼前之美景，感岁月之流逝，因而哀叹兴怀。据王逸考证，楚辞《招魂》是宋玉的作品。宋玉"怜哀屈原，忠而斥弃"，所以为之招魂。诗人游历楚地，不禁想起这段往事，因而化用《招魂》结尾《乱》中的一段话，用来表达怀古伤今之情，也是很自然的。中间四句，也是就楚地而生发的感慨，诗人认为，三楚地灵人杰，秀士济济，本应国富民强，但这些秀士有的却是谗佞之徒，他们投楚王之所好，陷王于荒淫之地。因为诗句中"朝云"二字是宋玉《高唐赋》中之语，不免使人想起"进荒淫"者似乎是宋玉一类人。其实，这种看法并没有多少根据。宋玉生平材料虽然很少，但从现存作品《九辩》看，他实际上不过是一位失职的贫士、不得志的士人。即便是见于《文选》的托名宋玉的《高唐赋》，也非但没有荒淫之意，反而有讽谏之心。因此，这"进荒淫"的，很可能是指楚襄王身边的佞人，而不是指宋玉。前面说过，阮籍用典往往不主故常，"朝云"者，不过是女色的代称而已，用不着一定与宋玉相联系。结尾四句，借古讽今，批判了统治者的荒淫误国，而不知危亡在即，并发出深深的感慨，表现了诗人对现实的关怀和深沉的忧患意识。本诗在艺术结构上很有特色。诗人先以写景起兴，然而美景反而引起诗人的悲感，这是一个跌宕。接下去回顾历史，又写楚地人物之盛，而帝王荒淫纵欲，所用匪人，终致身死国灭，这是第二个跌宕。再接下去用历史典故影射现实，借古讽今，但又神龙见首不见尾，无端而来，忽然而去，使人捉摸不定。最后一结，意在笔中而情余言外，给人以无限低回寻味之余地。方东树评论说："此篇文法高妙，而血脉灌注。一起苍莽无端，兴象无穷。原本前哲，直书即目。五句将一'望'字束上四句，又起下悲哀。所悲者何？悲彼相与荒淫耳。笔势雄远跌宕，通篇用比，而意在言外。"这样的评价，并不过分。

【其十二】

昔日繁华子，安陵与龙阳①。

夭夭桃李花，灼灼有辉光②。

悦怿若九春，磬折似秋霜③。

流眄发姿媚，言笑吐芬芳④。

携手等欢爱，宿昔同衣裳⑤。

愿为双飞鸟，比翼共翱翔⑥。

丹青着明誓，永世不相忘⑦。

---

① 繁华子，像春花般美丽的人。安陵，战国时楚共王宠臣，因封安陵，世称安陵君。事详《战国策·楚策》一。龙阳，战国时魏安釐王男宠，因食邑龙阳，号龙阳君。事详《战国策·魏策》四。
② 夭夭，茂盛。灼灼，鲜明貌。《诗经·周南·桃夭》："桃之夭夭，灼灼其华。"
③ 悦怿，美丽可爱。九春，春季的九十天。磬折，如磬之曲折，见其八注。形容二人之柔顺。
④ 流眄，眼波流动，即顾盼。发姿媚，表现娇媚姿态。吐芬芳，口吐芳香之气。
⑤ 等欢爱，同欢爱。宿昔，经常。同衣裳，喻关系亲密。《诗经·秦风·无衣》："岂曰无衣，与子同裳。"
⑥ 双飞鸟，雌雄并飞之鸟。《古诗为焦仲卿妻作》："中有双飞鸟，自名为鸳鸯。"比，并列。
⑦ 丹青，陈伯君曰："以丹书于帛，经刀刻于竹简，所以示信守也。"扬雄《法言·君子》："圣人之言，炳若丹青。"誓，誓言。

【译义】

古代帝王的宠幸，无过于安陵和龙阳。

他们艳若桃李争芳吐蕊，明亮如日月灼灼生辉光。

美貌怡人一如春阳温软，柔顺恭谨又像草披秋霜。

美目流盼时风姿娇媚，言笑晏晏他口吐芳香。

携手相欢好像一对爱侣，永世与你同衣又同裳。

真想变成双飞的小鸟，一直在天空比翼翱翔。

让我们立下丹青盟誓：终生相守，永不相忘。

【解析】

这首诗的构思与用典都非常特别，因此，给后人在理解上造成很大困难。安陵君与龙阳君分别是战国时楚王和魏王的两个宠臣，他们非常善于迎合主子的心意，因此一直受到楚王和魏王的宠幸。安陵君主动向楚王要求"以身为殉"，因此"王大悦，乃封为安陵君"。龙阳君以鱼为喻，表达了对魏王的忠诚和对自身命运的担忧，于是"于是布会于四境之内曰：'敢言美人者族！'"终于巩固了自己的地位（事详《战国策》楚策一、魏策四）。按照传统的看法，安陵君和龙阳君都不过是"以色事人"，而他们的所谓"善谋"和"知时"也不过是巩固自己宠幸地位的一种诈术而已。"以色事人"，历来受到正统儒家伦常道德的谴责。但是，细绎阮诗全文，我们竟然找不出一句讽刺责备的话语，相反，诗中极力描写刻画二人的美丽柔顺和忠贞不渝。因此就产生了两种分歧的理解：其一为比附说。这种说法以吕延济为代表，他认为："言安陵、龙阳以色事楚、魏之主，尚犹尽心如此；而晋文王蒙厚恩于魏，而不能竭其股肱而将行篡夺。籍恨之甚，故以刺也。"其二是反言说。这种说法以何焯为代表。他说："结交不以正，如刘放、孙资之属也。此首全以反言取意。"其实，不论是比附说或反言说都缺乏事实根据。比附说的无理在于：先设定一个前提，即在曹魏与司马氏的保权和夺权斗争中，阮籍是坚决站在曹魏一边，而对司马氏的篡夺行为则十分痛恨。前文已有辨析，这一大前提本不存在，因而这种比附自然就难以成立。反言说的缺点在于，完全脱离文本，纯粹以假设立论，因而也难以令人信服。本诗的含义还应该从诗歌本身去寻找。在这首诗中，诗人不仅生动地描写了安陵、龙阳二人的美如春华，而且还表现了二人对楚王和魏王的温柔恭顺、感情笃好、寸步不离。在最后四句，又用热情的语言歌颂了他们"愿为双飞鸟，比翼共翱翔"的愿望，表现了对爱情的热烈和忠诚。很明显，在这首诗中，阮籍已经把安陵君、龙阳君以色事人的历史形象加以改造，使之成为美丽、温柔、热烈、忠贞的爱情形象，以适合诗人表达主观情思的需要。在《咏怀诗》中，诗人常常引用历史典故，但却总是根据自己的抒情需要而加以改造，此即一例。那么，阮籍为什么要歌颂历史上这样一场"丹青著明誓，永世不相忘"的忠贞爱情呢？在《咏怀诗》中，凡是写到神女（如其二、其十九）、美女（其六十四）的诗篇，往往都表现了诗人对人生理想的追求。这种手法，得之于屈原。屈原在《离骚》《九章》中曾多次用美女来象征自己的政治理想，即使是《九歌》中那些描写神人之恋的缠绵悱恻的情歌，多少也寄托了诗人对忠贞不渝的感情的讴歌与向往。本诗也是这样，诗中安陵、龙阳两位宠臣，已脱离了他们具体的历史外壳,而被提炼成为一种象征形象,表现了抒情主体对理想人际关系的追慕之情。

陈伯君《阮籍集校注》引邹思明语曰:"此诗以私昵方道义,凡事君交朋皆期于贞固,率是类也。"阮籍的理想,就是在世风浇薄、人情翻覆的黑暗时代,追求一种"贞固"的交友之道。如果说,这首诗有什么讥刺或警世之意的话,大约即在于此。

【其十三】

登高临四野，北望青山阿①。

松柏翳冈岑，飞鸟鸣相过②。

感慨怀辛酸，怨毒常苦多③。

李公悲东门，苏子狭三河④。

求仁自得仁，岂复叹咨嗟⑤。

【译义】

登高远眺，面临四野，青山曲处有累累坟墓。

森森松柏遮蔽了山冈，一群群鸟儿飞鸣而过。

辛酸的往事令人感慨，世间的仇怨实在太多。

---

① 山阿（ē），山坳。《楚辞·九歌·山鬼》："若有人兮山之阿。"王逸注："阿，曲隅也。"
② 翳（yì），遮蔽。岑，小而高的山。
③ 怨毒，仇怨。
④ 李公，指李斯。李斯仕秦，官至丞相。后遭赵高构陷，被秦二世处死，腰斩于咸阳。临刑时，对其子说："我再也不能与你牵黄犬，出上蔡东门打猎了。"详《史记·李斯列传》。苏子，指苏秦。苏秦嫌两周三河之地太狭小，不足以施展抱负，故离开家乡游说诸侯，以博取功名富贵。后遇刺而死。详《史记·苏秦列传》。二句意谓，李斯、苏秦均为功名所累身亡。
⑤ "求仁"二句，《论语·述而》："（冉有）曰：'伯夷、叔齐何人也？'曰：'古之贤人也。'曰：'怨乎？'曰：'求仁而得仁，又何怨！'"句意本此。意谓如伯夷、叔齐之坚守气节，不求富贵，就不会有怨悔了。

李斯临刑念东门之乐,苏秦富贵却难逃灾祸。

伯夷叔齐求仁而得仁,无怨无悔岂用叹息咨嗟。

【解析】

本诗前四句景中见情,慨叹生命无常,明显受到《古诗》的影响。《古诗十九首·驱车上东门》:"驱车上东门,遥望郭北墓。白杨何萧萧,松柏夹广路。下有陈死人,杳杳即长暮。潜寐黄泉下,千载永不寤。浩浩阴阳移,年命如朝露。人生忽如寄,寿无金石固。万岁更相送,贤圣莫能度。服食求神仙,多为药所误。不如饮美酒,被服纨与素。"所不同的是,古诗因慨叹生命短促,神仙渺茫,从对死亡的恐惧中引出"不如饮美酒,被服纨与素"的及时行乐的念头,鼓吹享受现世的生命;而阮诗则从生命无常的感叹中生发出求仁得仁的价值观念,希望充分实现生命的价值。这正是积淀于诗人心理底层的儒家生命价值观的折射。诗句表面上并没有触及死亡,但诗中"北望青山阿""松柏翳冈岑"两句却含蓄地向人们提示了这一点。李善引应劭《风俗通》曰:"葬于郭北,北首,求诸幽之道。"又引仲长统《昌言》曰:"古之葬,植松柏、梧桐以识坟。"古诗也说:"出郭门北望,但见丘与坟。"又说:"遥望是君家,松柏冢累累。"足见诗中用"北望""青山阿""松柏""冈岑"等词语和意象,正是用以表述对生命无常的悲哀,所以李善解释说:"'北望青山阿'所见为陈死人之坟墓,因而引起感慨也。"

"感慨怀辛酸,怨毒常苦多"二句,直抒胸臆,悲叹在如此短促而无常的生命中,却充满着"怨毒",人们互相争斗、倾轧、陷害和杀戮，因此更加令人"辛酸"，进一步深化了前四句的意思。"李公"二句，引出两个显赫一时的历史人物李斯和苏秦，借古以讽今。苏秦在纷争不息的战国时代，纵横捭阖，直至"为纵约长，并相六国"；李斯担任秦国的丞相，"长男由为三川守，诸男皆尚秦公主，女悉嫁秦诸公子"，可谓富贵极矣。但是，他们都以悲剧的命运而告终，李斯遭到腰斩灭族之灾，而苏秦也"被反间以死，天下共笑之"。从道家的观点看，苏秦和李斯是"殉利"和"殉名"的典型人物，他们的悲剧结局，完全合乎事物发展的必然规律。而用儒家的价值观来评判，苏、李二人一味贪图富贵功名的行为也不合孔子提出的原则："富与贵是人之所欲也，不以其道得之，不处也；贫与贱，是人之所恶也，不以其道得之，不去也。"因此诗人用这两个典型人物的命运来警示当代那些一味贪图和追求功名利禄之人，并且暗示他们的结局，恐怕不会比李斯、苏秦更好。最后两句，暗寓伯夷、叔齐的典故。但是，我们在理解时也不一定胶着于伯夷、叔齐的历史事实。诗人运用此典，只是表明这样一种信念：人必须按照自己的理想和信念生活，而不能像李斯和苏秦那样，终身成为功名利禄的奴隶。阮籍在《咏怀诗》中多次引用夷、齐的典故，但其所表现的心绪却常有变化，有时是表达隐遁全身之愿，有时是表示独立超世之情，在这首诗中则更多地表达了他的人生理想。本诗格调悲凉，辞意酸苦，寄托诗人对某些已遭不测的友人的追怀和对某些熟悉的奔竞之徒的告诫，也不无可能，只是难以具体确指罢了。

【其十四】

开秋兆凉气,蟋蟀鸣床帷①。
感物怀殷忧,悄悄令心悲②。
多言焉所告?繁辞将诉谁③?
微风吹罗袂,明月耀清晖。
晨鸡鸣高树,命驾起旋归④。

【译文】

秋天一到就感到丝丝凉气,床头蟋蟀开始了断续嘶鸣。
触物感怀总使我深深忧虑,心中涌起莫名的悲痛酸辛。
满腹衷情向何处去倾诉?许多话语有何人能谛听?
阵阵微风吹拂着我的罗袂,冷冷明月使大地笼罩清晖。
高树上晨鸡已开始啼叫,驾起马车我踏上了归程。

【解析】

这首诗的主旨与其一(夜中不能寐)相近,都诉说诗人内心的

---

① 兆,开始。《诗经·豳风·七月》:"七月在野,八月在宇,九月在户,十月蟋蟀入我床下。"
② 殷忧,深忧。悄悄,忧愁貌。《诗经·邶风·柏舟》:"忧心悄悄,愠于群小。"
③ 繁辞,即多言。
④ 命驾,驾车而行。

寂寞与悲凉。阮籍是一位"外坦荡而内淳至"的人。他表面放荡不羁，内心却十分规矩正派。他又是一位爱憎分明的性情中人，史载他善为青白眼，见礼法之士，以白眼对之。而好友嵇康来，"乃见青眼"。不过历史又记载，阮籍是非常谨慎的人，他"口不言人过"，从不评论时事，臧否人物，以免惹来是非。前者是阮籍性格的本质，而后者却是阮籍性格的表象，是迫于险恶政治环境不得不采取的自我保护措施。一个如此热情而爱憎分明的人，却被迫"口不言人过"，不评论时事，不臧否人物，这种内心与外表的不一致，思想和行为相背离，必然会造成人格的分裂、精神的扭曲和内心的痛苦。诗人首先感受到的痛苦便是深深的寂寞，这种感受在《咏怀诗》中反复表现，例如其一就说："徘徊将何见？忧思独伤心。"诗人为深深的孤独寂寞而痛苦不堪。其十七又说："独坐空堂上，谁可与亲者。"悲叹世上竟没有一个可以说话的人。其三十又说："晨朝奄复暮，不见所欢形。"感叹好友不能相见。在这首诗中又说："多言焉所告？繁辞将诉谁？"悲叹满腹心事无人可以倾诉。可是阮籍又是一个非常高傲的人，情愿忍受寂寞的煎熬，也不愿与庸人和礼俗之士交往，所以其四十三说："岂与乡曲士，携手共言誓"；其五十八又说："岂与蓬户士，弹琴诵言誓。"在这一点上，他仍旧恪守儒家先贤教导的"道不同，不相为谋"的原则。

　　本诗开头四句，诗人触景生情，感物生悲，从气候的变化，蟋蟀的悲鸣，写到自己内心的悲哀。"悄悄令心悲"与其一"忧思独伤心"同义。接下去两句说，这悲哀如沉重地郁结于心头，但是却无法向别人倾诉，也无人可以倾诉，因此更加深了内心的寂寞和痛苦。

55

"微风吹罗袂,明月耀清晖"两句写凄清夜景,用以烘托诗人内心悲感。这两句所表现的意境与其一"薄帷鉴明月,清风吹我襟"也十分相似。结尾两句"晨鸡鸣高树",表明已经夜尽天明,含蓄地点明自己彻夜未眠,足见痛苦之难以排遣。最后诗人说天已拂晓,可以驾车归去了。有人推测说:"此引疾告去之辞。"(王闿运)据《晋书·阮籍传》记载,阮籍曾经三次辞去曹魏集团任命的官职,本诗所记,究竟是哪一次呢?《晋书·阮籍传》又记载:"及曹爽辅政,召为参军。籍因以疾辞,屏于田里。岁余而爽诛,时人服其远识。"把本诗的写作时间定为此次辞官时所作,也许与诗的内容比较契合。因为此时曹魏集团与司马集团的斗争,已成白热化状态,面对如此凶险的政治环境,诗人内心的忧虑,惶惧一定更加深重,因而在此时选择辞去官职,命驾旋归,也是比较合乎情理之事。当然,这也是一种推测,我们不必断定本诗作于此时。远离政治斗争漩涡"归去",一直是诗人念念不忘的事情。因此"归去"可以是确指,也可以是泛指,把"命驾旋归"的含义理解得宽泛一点,有何不可呢?

【其十五】

昔年十四五，志尚好诗书①。

被褐怀珠玉，颜闵相与期②。

开轩临四野，登高望所思。

丘墓蔽山冈，万代同一时③。

千秋万岁后，荣名安所之。

乃悟羡门子，噭噭令自嗤④。

【译义】

少年时我也志存高远，一心一意地攻读诗书。

身怀珠玉却身穿粗布，期望能追随颜闵大儒。

如今我开窗面临四野，登高望远，心怀所思。

累累丘墓遮蔽了山冈，古今贤愚同埋于黄土。

千秋万代转眼而逝，荣耀高名又在何处？

---

① 志尚，有志于。诗书，指儒家经典。
② 被褐，穿粗布衣服。怀珠玉，身藏珍珠美玉。"被褐怀珠玉"比喻有才德而深藏不露。《孔子家语》卷三："子路问于孔子曰：'有人于此，被褐而怀玉，何如？'子曰：'国无道，隐之可也；国有道，则衮冕而执玉。'"颜闵，颜回与闵子骞，孔子弟子，均以德行著称。二句意谓希望做一个像颜回和闵子骞那样的贤人。
③ 丘墓，坟墓。"万代"句，意谓古往今来所有人都不能免于死亡。
④ 羡门子，古代传说中的仙人。《史记·秦始皇本纪》："秦皇之碣石，使燕人卢生求羡门、高誓。"裴骃《集解》："（羡门、高誓）古仙人。"《史记·封禅书》作"羡门高"。噭噭（jiào），笑声。嗤，讥笑。

才知羡门子无比逍遥，追悔无及啊自责自嗤。

【解析】

这首诗的含义比较清楚。何焯认为："此言少时敦昧诗书，期追颜、闵，及见世不可为，乃蔑礼法以自废，志在逃死，何暇顾身后荣名哉？因悟安期、羡门，亦遭暴秦之代，诡托于神仙耳。"大体上把握了本诗的旨意。但是，何焯把羡门看成是阮籍的前代知己，他也是为逃避秦国的暴政而诡托于神仙的避世者，这却未免有些牵强。其实羡门不过是古代传说中的一位神仙，他在阮籍《咏怀诗》中只出现过一次，远不像松乔那样频繁出现。但是，羡门在阮籍这首诗中，也仅仅是作为诗人追求长生，追求生命超越的一种象征形象而出现的，是阮籍诗中神仙系列中的一员，而不是诗人政治上的异代知己。阮籍从小接受儒家的思想教育，曾是一位具有济世之志的青年儒者。但是由于身处乱世，"天下多故"，他的"济世之志"非但不能实现，而且还可能因此招致杀身之祸，不得已而转向避世，也就是史书上所说的"遂不与世事，酣饮为常"。但是这种济世之志并未完全从他心头消泯，即使在生命的后期，他的理性世界已经完成了从儒学向玄学的转变之后，积淀于诗人心理世界深层的儒学意识，仍旧以各种形式顽强地表现出来。在《咏怀诗》其三十八、其三十九、其四十二、其五十九、其六十中，这种意识固然表现得十分明显，即使在那些鼓吹超世和离世的充满玄学色彩的诗篇中，那弥漫于全诗的深沉的忧患意识，实际上也刻烙着儒家思想的深深印记。从这首诗中，我们也可以清楚地看到这种儒学思想的痕迹，同时还可以触摸到诗人从儒学向玄学转变过渡的脉络。这是一首交织着美好回忆与深沉喟叹的诗篇，同时也是一首以玄学人生观来否定儒学价值观的诗篇，虽然这种否定还充满着悲痛和遗憾。"丘墓蔽山冈，万代同一时"，这的确是事实，人生不管贤愚，最后总不免一死。如果从老庄哲学的理性层面分析，"齐万物，一死生"才合乎道，死和生循环不已，本是自然规律，完全不必为之动情。但是人之为人，自然有生之留恋，有生命价值的期望，阮籍诗中之所以对死亡充满着深深的忧虑和感叹，是合乎人的本性的。最后两句表达了诗人的追悔之情，"自嗤"是嗤笑自己，即"觉今是而昨非"之意。正如黄节所分析："'所思'谓颜、闵之徒，然已成丘墓矣。虽有千秋荣名，不如羡门之长生耳。是以今日自嗤，嗤昔年之志于颜、闵也。"按《古诗十九首》："人生非金石，岂能长寿考？奄忽随物化，荣名以为宝。"阮籍却说："千秋万岁后，荣名安所之。"其四十一又说："荣名非己宝，声色焉足娱。"这表现了儒学人生观与玄学人生观的差异。从"荣名以为宝"到"荣名非己宝""荣名安所之"，也表明了阮籍思想观念的一大变化。

【其十六】

徘徊蓬池上，还顾望大梁①。
绿水扬洪波，旷野莽茫茫②。
走兽交横驰，飞鸟相随翔③。
是时鹑火中，日月正相望④。
朔风厉严寒，阴气下微霜⑤。
羁旅无俦匹，俯仰怀哀伤⑥。
小人计其功，君子道其常。
岂惜终憔悴，咏言著斯章⑦。

---

① 蓬池，地名，在大梁东北，为一片沼泽地。《汉书·地理志》："河南开封县东北有蓬池。"大梁，战国时魏国都城，今河南开封。
② 洪波，巨浪。莽茫茫，辽阔无际貌。
③ 交横，纵横错乱。以上四句写深秋郊野的荒凉景象。
④ 鹑火中，即鹑火的位置移到南方正中，时当九、十月之交。鹑火，星名。我国古代天文学家把天空中主要星象列为二十八宿。南方的井、鬼、柳、星、张、翼、轸七宿，称朱雀七宿。首位称鹑首，中间三、四、五合称鹑火，末位称鹑尾。日月正相望，指每月十五，此言时当九月十五。
⑤ 朔风，北风。厉，猛烈。阴气，阴寒之气。《文选·咏怀诗》李善注："阴气腾则凝为霜。"
⑥ 俦匹，伴侣。古时以二人为匹，四人为俦。
⑦ 咏言，吟咏，作诗。《书·舜典》："诗言志，歌永言。"斯章，此章。指本诗。

【译义】

> 我踯躅徘徊在蓬池上，回望离开不久的大梁。
> 绿水扬起了滔滔巨浪，旷野是一片莽莽苍苍。
> 走兽仓皇地四散奔走，飞鸟急匆匆相随飞翔。
> 今天正好是九月十五，鹑火的位置移到南方。
> 北风带来了凛冽寒气，阴气向大地洒下微霜。
> 羁旅漂泊，无伴无侣，思前想后，满怀忧伤。
> 庸俗小人他只计功利，贤德君子应固守其常。
> 身心憔悴亦无所顾惜，满腔忧愤啊写入诗章。

【解析】

这是一首即景言情之作，诗人徘徊旷野，触景生情，抒发了对世事人生的深沉感喟。王国维说过："一切景语皆情语也。"诗中所写的茫茫旷野、朔风严寒、鸟飞兽走、孑立无依的景象，带有浓厚的主观感情色彩和明显的象征含义，表现了诗人身处乱世的寂寞与悲伤。这段写景使人联想起曹植名作《赠白马王彪》的诗句："秋风发微凉，寒蝉鸣我侧。原野何萧条，白日忽西匿。归鸟赴乔林，翩翩厉羽翼。孤兽走索群，衔草不遑食。感物伤我怀，抚心长太息。"曹植在骨肉相残，被迫归藩的道路上，抚今追昔，触物伤怀，因而笔下的风光景物，无不带有浓厚的主观色彩，实际上是诗人心态的外化。不过曹植主要从一己之穷愁否泰，联想到人生短促和生命无常；而阮籍却从社会的黑暗纷乱，引起了知己难遇和理想难求的悲伤，因而其含义更为沉厚深广。阮籍生活的时代，儒家大一统的思想堤坝开始溃决，但儒家思想毕竟是汉代四百多年统治的思想基础，在当时也仍旧占据着主导地位。不管是司马氏与曹氏，他们为了保权或夺权，都还离不开正统儒家礼法名教的思想武器。尤其是司马氏，他们以名教之名行反名教之实，因而其行为就必然带有极大的虚伪性。这不仅引起了政治上同情曹魏集团的士人的不满，也招致了许多正直士人的愤慨。不过司马氏为夺取帝位苦心经营了数十年，外拥重兵，内擅朝政，杀戮异己，培养亲信，其夺位篡政的一切条件均已成熟。这种政治形势促使上层士大夫迅速分化，奔竞逐臭之徒、势利争宠之士比比皆是。他们或投机攀附，或卖友求荣；有的俨然以名教代表自居，有的公然以朝三暮四为能，其目的都是为了求取官职和宠信。阮籍对这种现象非常不满，他在《咏怀》其八说："如何当路子，磬折忘所归。"其十说："轻薄闲游子，俯仰乍浮沉。"其十八说："君子在何许，叹息未合并。"其五十三说："如何夸毗子，作色怀骄肠？"其五十六说："婉娈佞邪子，随利来相欺。"这些诗句都是对这一类无耻小人的批评和谴责。

如果我们仅仅从忠于曹魏还是倾向司马的传统角度来看待这种批评和谴责，就可能失之浮浅。这种批评和谴责，主要表现了诗人对自由意志和人格尊严的追求，反映了中国传统士人保持独立人格和坚持纯正理想的愿望，诗人表示不惜终身憔悴，也要做一个忠于理想的君子，正如屈原《涉江》所说的"吾不能变心而从俗兮，固将愁苦而终穷"。这种精神是我国古代士大夫传统道德中最可贵的因素。当然，阮籍未能像屈原那样勇敢而决绝地为理想而献出一切，而希图在极其复杂的政治斗争中得以保命全身。但是，他也不愿与卑鄙小人同流合污，在政治高压之下，于纷纷乱世之中，仍能保持其独立的人格与高尚的情操，这种精神与屈原也是相通的。这就是本诗后四句的深层含义。

【其十七】

独坐空堂上，谁可与亲者①。
出门临永路，不见行车马②。
登高望九州，悠悠分旷野③。
孤鸟西北飞，离兽东南下。
日暮思亲友，晤言用自写④。

【译义】

　　独自坐在空堂上，能够与谁去亲近？
　　出门面临无尽的大路，不见车马往来的踪影。
　　登高眺望漠漠九州，只见旷野悠悠无尽。
　　孤独的鸟儿匆匆北飞，离群的野兽仓皇南奔。
　　日暮黄昏我思亲念友，何时会面再倾诉衷情？

【解析】

　　诗歌抒写深深的寂寞孤独之感，展示了封建暴政高压下有才能难以施展、有意见无从表达的士人的心理状态。阮籍早年曾经接受

---

① 亲者，亲近的人。"亲"一作"欢"。
② 永路，长路。
③ 九州，指中国。《尚书·禹贡》把中国行政区划分为冀、兖、青、徐、扬、豫、荆、梁、雍九州。悠悠，广远貌。
④ 晤言，相对而谈。用，以、因。写，倾吐。

传统儒学的经典教育，渴望成为一个真正的儒者，以实现兼济天下的志愿，但是现实社会不仅不允许他济世，反而逼迫他"不与世事，酣饮为常"。后来他信奉老庄，热爱自由，渴望超脱人世的纷争，但是政治环境不仅不允许他超脱世累，反而身不由己地被卷入权力斗争的漩涡。他热情坦荡，爱憎分明，但是险恶的处境迫使他小心翼翼，"口不言人过"，度着"终身履薄冰"的日子。总之，希望济世而不能济世，企图避世又难以避世，力求超脱却无力超脱，渴望自由独立反而备受压制羁縻，这种深刻的矛盾给诗人的心灵造成巨大的伤痛。浓重的寂寞孤独感，正是这种心灵伤痛的表现。诗歌采用即景言情、直抒胸臆的方法，随着抒情主体位置的转移与变换，由近及远、从狭到广地逐步展开视野。表面上只描绘了即目之所见，但是寂寞的空堂，漫漫的长路，荒漠的原野，惊惶的鸟兽这些充溢着悲凉色彩的意象所构成的画面，分明是那个黑暗纷乱、阴森恐怖的社会现实的总体象征。

这首诗使人联想起唐代陈子昂的《登幽州台歌》："前不见古人，后不见来者。念天地之悠悠，独怆然而涕下。"后者可能受到前者的直接影响。但《登幽州台歌》主要是历史的感兴，通过纵向的联想，表现诗人有才难展于盛世的感慨；而这首诗主要是横向的展示，借助具体的风景画面，更多地表现生当乱世的忧患，这是两者的主要差别。

【其十八】

悬车在西南，羲和将欲倾①。

流光耀四海，忽忽至夕冥②。

朝为咸池晖，蒙汜受其荣③。

岂知穷达士，一死不再生④。

视彼桃李花，谁能久荧荧⑤？

君子在何许，叹息未合并⑥。

瞻仰景山松，可以慰吾情⑦。

【译义】

羲和的马车在西南歇驾，火红的日轮正渐渐西倾。

---

① 悬车，古代计时的名称，指黄昏前一段时间。《淮南子·天文训》："（日）至于悲泉，爰止其女，爰息其马，是谓悬车。至于虞渊，是谓黄昏。"羲和，日驭，指代太阳。《楚辞·离骚》："吾令羲和弭节兮，望崦嵫而勿迫。"
② 忽忽，迅速。冥，夜晚。
③ 咸池、蒙汜，古代神话传说中日出和日落之处。《淮南子·天文训》："日出于阳谷，浴于咸池，拂于扶桑，是为晨明。"又《楚辞·天问》："出自汤谷，次于蒙汜。"
④ "岂知"二句，意谓无论穷困或显达之士，最后同归于死亡。
⑤ 桃李花，喻指生命。荧荧，光鲜貌。
⑥ 君子，指贤人。《诗经·郑风·风雨》："既见君子，云胡不夷。"《诗小序》："思君子也，乱世则思君子，不改其度焉。"合并，会见。
⑦ 景山，高山。《诗经·商颂·殷武》："陟彼景山，松柏丸丸。"

满天的霞光照耀着四海,忽然间就到了日暮黄昏。
早晨从咸池沐浴而出,晚上到蒙汜将息安寝。
穷困和显达同归于尽,死亡之后不会再重生。
请看那鲜艳的桃李花,谁能够花开久荧荧?
世道昏昏,君子何在?叹息遗憾,相见无因。
高山的苍松令人景仰,终岁不凋可安慰我心。

【解析】

这首诗从茫茫宇宙观照渺渺浮生,因日月的变动不居,时光的无情流逝而感慨人生之短促,生命之难再。《易·丰卦》:"彖曰:日中则昃,月盈则食,天地盈虚,与时消息,而况于人乎?"就是申述此意。"岂知穷达士,一死不再生"二句从自然推及人生。"穷达"二字连用,其义则相反。黄侃说:"穷达虽殊,终尽则一,故相挈为言。"不管你生前荣达也好,困穷也好,终归难逃一死,而且死后既没有来世,也没有灵魂,一切都归于虚无。接下去诗人进一步展开联想:不仅人难免于死亡,世间万物无不如此,试看春天到来之时,那繁桃艳李亦何等鲜丽;但是,随着春天归去,一切都化为无影无踪,宇宙万品没有任何东西可以长盛不衰。从理性上说,阮籍对生命与死亡的看法是比较通达的。他在《达庄论》中说过:"人生天地之中,体自然之形。身者阴阳之积气也……故以生死为一贯,是非为一条也。"因此,"至人者恬于生而静于死。生恬则情不惑,死静则神不离,故能与阴阳化而不易,从天地变而不移。生究其寿,死循其宜,心气平治,消息不亏"。认为人生不过是阴阳二气的积聚,"聚则为生,散则为死"(《庄子·知北游》),因此,"至人"应该平静地面对生死,"畏死而荣生者失其真"(《达庄论》)。阮籍这种生死观明显地受到庄子的影响。但是,为什么《咏怀诗》却又对死亡流露出那么多的悲伤、恐惧,而对生命又表现出如此深深的眷恋之情呢?这反映了诗人感情和理性的矛盾。热爱生命、惧怕死亡是人的本能,在这个问题上,理性的认知和心灵的感受常常会不一致。《庄子·至乐》中有这样一则故事:"庄子妻死,惠子吊之。庄子则方箕踞鼓盆而歌。惠子曰'与人居,长子,老,身死,不哭亦足矣,又鼓盆而歌,不亦甚乎?'庄子曰:'不然。是其始死也,我独何能无概然?察其始而本无生,非徒无生也而本无形,非徒无形也而本无气。杂乎芒芴之间,变而有气,气变而有形,形变而有生,今又变而之死,是相与为冬夏春秋四时行也。人且偃然寝于巨室,而我噭噭然随而哭之,自以为不通乎命,故止也。'"这段话也反映了庄子这位古代道家哲人理性与感情的矛盾。对待妻子之死,他起初也不能没有感慨和悲伤,但是继而认识到人的生死,就像自然界春夏秋冬变化的规律,过分为之悲伤,就是"不通乎命"了,从感情的悲伤起而止于理性的清醒。阮籍在诗中所表现的矛盾心情,正与庄子相似。"君子在何许,叹息未合并"二句,意思是说自己生活于这纷纷乱世,与理想中的古圣先贤无缘一见,故而令人惆怅。正如黄侃所说:"先民已往,吾谁与归?"最后两句,历来有各种不同的理解。黄侃认为表现了诗人对延年长寿的祈盼:"必寿如凌云之松,乃足以慰吾志也。"刘履、朱嘉徵等人则认为是诗人自勉之词:"惟瞻仰高山之松得以坚贞自持,可用慰吾情耳。""景山之松，经霜不凋，君子人欤？"松树是坚贞的象征，孔子曾经说过："岁寒然后知松柏之后凋也。"诗人叹息自己生于乱世，未遇先贤，故以松树自励。但是应该说明，这里所说的坚贞，主要指坚持高逸的人格理想和精神情趣，而与是否忠于曹魏政权，并没有联系。

【其十九】

西方有佳人，皎若白日光①。

被服纤罗衣，左右佩双璜②。

修容耀姿美，顺风振微芳③。

登高眺所思，举袂当朝阳④。

寄颜云霄间，挥袖凌虚翔⑤。

飘飖恍惚中，流眄顾我傍⑥。

悦怿未交接，晤言用感伤⑦。

【译义】

遥远西方有一位美女，容光焕发像太阳光亮。

她身穿着薄薄的罗衣，左右佩戴了碧玉双璜。

她美貌绝伦光彩照人，顺风飘来了阵阵幽香。

---

① 佳人，美女。《诗经·邶风·简兮》："云谁之思？西方美人。"皎，明亮。
② 被服，穿着。纤罗，精细的丝绸。《古诗十九首》："被服罗裳衣，当户理清曲。"璜，半璧形的玉器，古代妇女所佩饰物，两端以丝带悬二璜，称双璜。
③ 修容，美丽的容颜。
④ 袂，衣袖。当，对。宋玉《高唐赋》："扬袂障日而望所思。"
⑤ 寄颜，寄身。凌虚，凌空。
⑥ 眄，看。一作"盼"。顾，回视。
⑦ 悦怿，悦乐，相爱。交接，交往。晤言，见面交谈。《诗经·陈风·东门之池》："彼美淑姬，可与晤言。"用，因。

登高而眺望所思何在，举起了衣袂遮挡朝阳。
身居高高的云霄之间，挥舞着衣袖凌空翱翔。
飘摇恍惚啊若隐若现，美目流盼啊顾我身旁。
两情相悦却未能交接，难通款曲我心中感伤。

【解析】

这首诗的内容与其二（二妃游江滨）相近，也是通过美女形象来寄托诗人的社会人生理想。不同的是前者运用《列仙传》江妃与郑交甫始合而复离的典故，抒发人情浇薄和世事反复的感慨，故有"如何金石交，一旦更离伤"的悲叹；这首诗则着重表现理想渺茫、难以寻求的惆怅，故有"悦怿未交接，晤言用感伤"的情绪，两者同中有异。

以美女形象来寄托人生理想和追求，这种比兴象征方法在阮籍之前就已被广泛采用。屈原《离骚》中苦苦追求的"佚女"，虽然未必就如王逸所说是确指楚怀王，但至少是诗人理想的象征。正因为如此，所以前人往往把阮籍诗中的美女形象与圣主贤君的政治理想联系在一起。刘履说："'西方佳人，托言圣贤，如西周之王者。……此嗣宗思见圣贤之君而不可得，中心切至，若有其人于云霄间恍惚顾盼而未获际遇，故特为之感伤焉。"也有人认为佳人是指司马昭或曹爽（吴汝纶、黄节）。但这种说法都不符合阮籍的思想。与屈原等人不同，阮籍《咏怀诗》中不仅从未出现过圣主贤君的形象，相反，他在《大人先生传》中还对君主制进行了严厉的抨击，说："君立而虐兴，臣设而贼生，坐制礼法，束缚下民，欺愚诳拙，藏智自神，强者睽眡而凌暴，弱者憔悴而事人。"并且指出："竭天地万物之至，以奉声色无穷之欲，此非所以养百姓也。"因此，诗人为自己建构了一个"无贵无贱，无富无贫，无君无臣"的虚幻的"至德之世"，以托寓对黑暗现实的激愤批判之情。这首诗所描写的美女形象虽然光彩照人，皎如日月，但是又迷离恍惚，可望而不可即，这似乎在暗示，诗人所追求的社会人生理想在现实世界中并不存在，因而最终又从幻想的驰骋中跌落，"悦怿未交接，晤言用感伤"，以深深失望而告终。

诗歌全用虚笔勾勒，情节迷离扑朔，曲折低回，但感情的脉络依然十分清晰：先写美女之修容美姿，光彩照人；继写她含情顾盼，欲去还留；最后说虽然彼此爱慕，但却难以接近，只能痛苦地离去。这种欲抑先扬的结构方法加深了全诗的悲剧气氛，给读者以言尽意余之感。

【其二十】

杨朱泣歧路，墨子悲染丝①。
揖让长离别，飘飖难与期②。
岂徒燕婉情，存亡诚有之③。
萧索人所悲，祸衅不可辞④。
赵女媚中山，谦柔愈见欺⑤。
嗟嗟途上士，何用自保持？

---

① 《淮南子·说林》："墨子见练丝而泣之，为其可以黄可以黑；杨子见逵路而哭之，为其可以南可以北。"此二事详见《列子·说符》《墨子·所染》。逵路指四通八达的大路。歧路、染丝均比喻时局变化不定，人情反复无常。
② 揖让，谓让位于贤者。《孔丛子》："曾子谓子思曰：'舜禹揖让，汤武用师，非相诡，乃时也。'"二句意谓揖让高风已经不复存在。飘飖，飘摇。
③ 燕婉，温柔和顺貌。旧题《苏武答李陵诗》其二："欢娱在今夕，燕婉及良时。"
④ 祸衅，祸端，灾祸。
⑤ "赵女"二句，黄节先生引《吕氏春秋》曰："赵襄子以女弟妻代君，遂谒而请觞之，先令舞者置兵羽中数百人，先具大金斗，代君酒酣，反斗击之，尽杀其从者。"事详《吕氏春秋·孝行览·长攻篇》。谦柔，谦卑柔顺。又陈伯君先生据姚范《援鹑堂笔记》卷四认为，"赵女"据《荀子·富国篇》，当作"处女"，不作"赵女"。按《荀子·富国篇》："辟之是犹使处女婴宝珠、佩宝玉，负戴黄金而遇中山之盗也，虽为之逢蒙视，诎要桡膪，君卢屋妾，犹将不足以免也。"陈先生的推测有理，如把"赵女"二句译为"就像女子遇上了强盗，磕头求饶也难免身亡"，更易贯通上下文。

【译义】

> 杨朱临歧路曾失声痛哭,墨子见染丝也引起悲伤。
> 揖让的高风久已经绝迹,远古的传说也踪迹渺茫。
> 谦和柔媚为了使人迷惑,心怀叵测令你国破家亡。
> 杂草丛生处芳兰就萧索,祸蚺降临时无人能躲藏。
> 美丽的赵女谦卑柔媚,代君被欺骗国破身亡。
> 那些奔竞仕途的士人啊,灾祸来临何以自保提防?

【解析】

李善指出:"嗣宗身仕乱朝,常恐罹谤遭祸,因兹发咏,故每有忧生之嗟。"细分起来这种"忧生之嗟"可包括多方面的内容,首先是慨叹人生短促,生命无常;其次是感叹政争酷烈,自恐不免;再次是感叹生不逢辰,有才难展。这几种情绪在《咏怀诗》中往往纠结在一起,并且互为因果互相影响。本诗即为这类作品的代表之一。

诗歌共分三层意思。从"杨朱泣歧路"到"飘飖难与期",用杨朱临歧路而哭泣及墨子见染丝而悲哀的典故,慨叹人情之反复无常,世态之变幻莫测。三、四两句接着分析造成目前这种形势的原因:古代理想社会中那种互相揖让的高尚风概已成为遥远的过去,而眼前只见你争我夺,互相争斗。从"岂徒燕婉情"到"谦柔愈见欺"六句,以男女之情,比喻国家之事。正如曾国藩所说:"不特燕婉之情如此,即国之存亡亦不过一反覆间耳。""萧索"两句比喻社会黑暗,政治昏乱。身处这样的环境,一不小心就可能灾祸临头,性命难保。这种灾祸临头的预感是当时士人普遍的心理状态,在正始时代的诗作中经常有所反映。例如何晏这位著名的玄学家、曹魏集团的重要谋士就这样写道："鸿鹄比翼游，群飞戏太清。常恐夭罗网，忧祸一旦并。岂若集五湖，顺流唼浮萍。逍遥放志意，何为怵惕惊。"诗歌用比兴的手法，表现了自己对大祸临头的担忧惊怕之情。嵇康《答二郭诗》也说："详观凌世务，屯险多忧虞。施报更相市，大道匿不舒。夷路值枳棘，安步将焉如？权智相倾夺，名位不可居。鸾凤避罻罗，远托昆仑墟。庄周悼灵龟，越稷畏王舆。至人存诸己，隐璞乐玄虚。功名何足殉，乃欲列简书。所好亮若兹，杨氏叹交衢。去去从所志，敢谢道不俱。"这首诗，以明白无误的语言，表达了自己对当代社会政治的不满和遣责，表现了对灾祸与危机的忧虑。这两位玄学名士在诗中与阮籍一样，都表现了强烈的避祸全生的愿望。可惜两人都没有逃脱司马氏的政治网罗而遭灭顶之灾。何晏热衷名利，最后遭灭族之祸，固然是人们意料中之事；嵇康不慕荣利，淡泊自守，却也没能躲过司马氏的屠刀。这是时代的悲剧。接下去"赵女"两句，运用代君亡国的历史典故，指出在这机诈万端的世界上，有些人表面谦卑柔顺，其实更加凶险。这两句诗，在当时可能具体有所指称，到底指什么人，现已无从确考。传统的解释一般都认为是指司马氏。例如方东树说："此盖专指曹、马之交，危机如此，而爽不悟，权一失即灭亡也。"黄节说："彼篡夺之人，貌为安顺，让王徒见其燕婉之情而已，岂知诚有关于国之存亡乎？故天下萧然，人皆知祸衅不可免。不见赵之图代，以谦柔而行其欺，亦犹篡夺者以燕婉而亡人国。"这样的解释，单从上下文的意思来说是可以贯通的，但与阮籍的生平思想却不大符合。聊备一说，以

75

作参考。

  最后两句是第三层意思。诗人感叹说,生活在这样的社会环境中,人们尤其是士人想保命全生,是何等艰难!"途上士"在这里泛指那些奔竞于世路之人,当然也包括诗人自己,既悲世人亦复哀已。结尾以问号作结,而不像嵇康那样以肯定的语气"远托昆仑墟"作结,也反映了诗人内心的彷徨忧惧、不知所从。

【其二十一】

于心怀寸阴,羲阳将欲冥①。
挥袂抚长剑,仰观浮云征②。
云间有玄鹤,抗志扬哀声③。
一飞冲青天,旷世不再鸣④。
岂与鹌鹑游,连翩戏中庭⑤。

【译义】

> 岁月匆匆我心倍加珍惜,太阳暗淡即将沉入幽暝。
> 我挥舞着衣袖手按长剑,仰观浮云缓缓地南行。
> 云层间翔飞着一只玄鹤,昂首高鸣发出阵阵哀声。
> 陡然间一飞冲上青天,世间今后再难闻此音。
> 仙鹤岂愿与鹌鹑作伴,连翩游戏于篱落中庭?

---

① 怀寸阴,珍惜光阴。寸阴,形容很短的时间。《淮南子·原道训》:"故圣人不贵尺之璧而重寸阴,时难得而易失也。"羲阳,一作"羲和",太阳。
② 抚,轻按。征,行。
③ 玄鹤,俊鸟。《楚辞·九叹》"听玄鹤之晨鸣兮,于高岗之峨峨。"王逸注:"玄鹤,俊鸟也。君有德则来,无德则去,若鸾凤矣。"抗志,一作"抗首"。
④ 旷世,旷绝一世,形容年代久远。《史记·滑稽列传》:"此鸟不飞则已,一飞冲天;不鸣则已,一鸣惊人。"句意本此。
⑤ 鹌鹑,俗名鹌鹑。《楚辞·九怀》:"凤凰不翔兮,鹌鹑飞扬。"王逸注:"贤智隐处,深藏匿也;小人得志,作威福也。"

【解析】

　　这首诗表现了诗人的超世之情和傲世之态。阮籍生性高傲，虽然由于环境的压迫他常常不得不与世委蛇，但是在他的内心深处却仍然充满对世俗功名、平凡庸俗的蔑视。《晋书·阮籍传》说："籍容貌瑰杰，志气宏放，傲然独得，任性不羁。"又说："尝登广武，观楚汉战处，叹曰：'时无英雄，使竖子成名。'"足见阮籍对自己的才能非常自负。而玄学家的思想理论观念，更加重了阮籍的这种超世之情和傲世之态。在表现阮籍"胸怀本趣"的《大人先生传》中，这种超世和傲世之态表现得更加强烈。他借大人先生的口说："是故不与尧舜齐德，不与汤武并功；王许不足以为匹，阳丘岂能与比踪。……披九天以开除兮，乘云气以驭飞龙。专上下以制统兮，殊古今而靡同，夫世之名利胡足以累之哉？"虽然阮籍描述的理想世界显得玄虚飘渺，可望而不可即，但作为对现实世界的一种否定，确实表现了诗人超世绝群、遗俗独往的批判精神。不过与《大人先生传》不同，这种批判精神在诗中不是通过理念的阐述，而是通过象征的形式表现出来的。在这首诗中，有两个主要的意象即玄鹤和鹑鷃。这是两个含义完全相反的意象，前者象征志行高洁、超世绝群；后者则象征卑凡庸俗、渺小苟安。玄鹤的态度非常决绝，高飞云间的玄鹤绝对不肯与游戏中庭的鹑鷃为伍。在这里，玄鹤当然是诗人自况，所以黄侃解释说："欲与玄鹤为俦，远举云中，不欲与凡禽同居局促之地。"这两个对比鲜明强烈的意象组合在一起，充分表现了诗人超凡脱俗的情怀以及不愿与流俗妥协的决心。

　　这首诗的思想与艺术构思，明显地受到《庄子·逍遥游》的影响，而所表现出来的一往无前、义无反顾的决绝态度,又与屈原有几分相似。《庄子·逍遥游》中记载了一则大鹏与斥鷃的故事:"有鸟焉,其名为鹏,背若泰山,翼若垂天之云,抟扶摇羊角而上者九万里,绝云气,负青天,然后图南,且适南冥也。斥鷃笑之曰:'彼且奚适也?我腾跃而上,不过数仞而下,翱翔蓬蒿之间,此亦飞之至也。而彼且奚适也?'"很明显,阮籍从庄子的这则寓言故事中受到了思想和艺术构思的启发。诗中的玄鹤就像大鹏,而鹑鷃就是斥鷃。当然庄子在寓言中说的仅仅是大小之别,而阮籍在诗中却更强调高远与卑凡的差异。庄子虽然极力描写形容大小之别,但是其哲学旨归却指向齐一大小、混同万物的至道。因此,与其说这首诗的思想来自庄子,还不如说它来自屈原。屈原在他的作品中所反复表明的思想是明辨是非,坚持理想,决不与流俗妥协。他说:"鸷鸟之不群兮,自前世而固然。"(《离骚》)又说:"吾不能变心而从俗兮,固将愁苦而终穷。"(《九章·涉江》)又说"宁与黄鹄比翼乎?将与鸡鹜争食乎?"(《卜居》)阮籍在本诗中所表现出来的不与流俗妥协的态度,就像对礼法之士的"白眼"。从这样的角度说,明人靳于中在《阮嗣宗文集序》中所说的"其生平出处,心迹尤肖灵均"的论断是有道理的。不过,这种决绝的态度在《咏怀诗》中并不经常出现,表现得更多的却是彷徨和犹豫、依违和妥协。因此,严格说来,阮籍既没有庄子那样的超脱,又没有屈原那样的坚贞,而是在特殊社会政治条件下依违两端、苦闷彷徨的玄学士人的代表。

还应该指出,在本诗开头的那位心怀寸阴、昂首抚剑的人物,充满着对时光流逝、壮志难酬的惆怅。这也表明,在阮籍的"玄心"

之下，其实还深深潜藏着一个儒学人生理想，这种理想在《咏怀诗》中也时有表现。最明显的是其三十八"炎光延万里"，其三十九"壮士何慷慨"，其四十二"王业须良辅"，其六十"儒者通六艺"。造成诗人内心苦闷的一个十分重要的原因，也是这种儒学人生理想与道家人生观念的碰撞与分裂。从这个意义上讲，前人说《咏怀诗》是"仁人志士之发愤"（陈沆），也是有一定道理的。

【其二十二】

夏后乘灵舆，夸父为邓林①。

存亡从变化，日月有浮沉②。

凤皇鸣参差，伶伦发其音③。

王子好箫管，世世相追寻④。

谁言不可见，青鸟明我心⑤。

【译义】

夏后乘龙车驰骋在天上，夸父追太阳终化为邓林。

万事存亡顺从自然变化，太阳和月亮也会有升沉。

凤凰和鸣声音如笙箫，帝命伶伦制乐发其声。

---

① 夏后，夏后启，夏禹之子。《山海经·海外西经》："大乐之野，夏后启于此儛九代，乘两龙，云盖三层。"舆，车子。夸父为邓林，见其十注④。
② "存亡"二句，意谓人之存亡与万物之变化同理，一如日月升起和陨落。
③ 参差，指洞箫。《楚辞·九歌·湘君》："望夫君兮未来，吹参差兮谁思？"洪兴祖补注："舜作箫，其形参差，像凤翼。参差，不齐之貌。"伶伦，即泠纶，传说中的黄帝乐官。《汉书·律历志》上："黄帝使泠纶自大夏之西，昆仑之阴取竹之解谷生、其窍厚均者，断两节而吹之，以为黄钟之宫。制十二筒（竹筒）以听凤之鸣，其雄鸣为六，雌鸣亦六，比黄钟之宫。而皆可以生之，是为律本。"
④ 王子，王子晋，周灵王太子。详其四注⑤。
⑤ 青鸟，西王母信使。《山海经·大荒西经》："沃之野有三青鸟，赤首黑目，一名曰大䳅，一名曰少䳅，一名曰青鸟。"郭璞注："皆西王母所使也。"

仙人王乔喜欢吹箫管，遂令后人世代相追寻。

谁说仙凡永隔不可见，仙使青鸟可为我传情。

【解析】

本诗和其二十三、其二十四都可归入游仙诗。诗歌以日月浮沉为喻，推言世间万物变灭无常，即使古代神话传说中的夏后启和夸父，也不能超越这一自然规律。只有乘鹤吹箫、飞升羽化的王子晋能够超越生死，获得长生。最后用问答的句式表明这样的愿望：神仙并不是可望而不可求，只要此心耿耿，青鸟（这里泛指神界的信使）即可在我们凡人与神仙之间互通信息。

前面已经说过，游仙也是阮籍诗歌的重要主题之一，《咏怀诗》中有近四分之一篇章涉及这个问题。产生阮籍游仙诗的原因是多方面的，既有社会政治环境方面的原因，也有个人思想心理方面的原因。社会政治原因，是诗人企图通过求仙来摆脱恐怖、纷争、虚伪、机诈的环境的压迫；思想心理方面的原因，是阮籍受到庄子自然哲学的影响，他企图通过游仙来超脱现实，超越自我，回归自然，达到精神上的逍遥与解脱。这两种因素互相影响、互为因果。正因为社会环境如此令人厌恶，所以诗人才强烈地追求神仙境界。因此，神仙在《咏怀诗》中只不过是理想境界的象征，是精神的寄托。但是，游仙诗在阮籍诗中大量出现，除了上述原因之外，还有没有其他更实质性的内涵呢？换句话说，就是阮籍对于神仙是否存在，以及凡人通过服药和修炼是否的确能够羽化飞升，长生不死，究竟相信不相信呢？除了老庄哲学之外，在魏晋时代相当流行的巫术、神仙方术及道教对阮籍的思想有没有直接的影响呢？回答应该是肯定的。从汉末到魏晋时代，士人的心灵普遍为死亡的阴影所笼罩，追求神仙导引之术，服丹药以求延年以至羽化登仙，成为相当普遍的风气。例如阮籍的好友嵇康，就曾跟随当时著名的隐士孙登游历三年之久（详《晋书·孙登传》）。《晋书·嵇康传》又记载他曾"采药游山泽"，又说："康又遇王烈，共入山。烈尝得石髓如饴，即自服半，余半与康，皆凝而为石。又于石室中见一卷素书，遽呼康往取，辄不复见。烈乃叹曰：'叔夜志趣非常，而辄不遇，命也。'"虽然史家认为《晋书》好采"诡谬碎事，以广异闻"，其所说不一定十分可靠，但这两则传说至少可说明，嵇康对服食求仙之事是相当迷恋的。《晋书·嵇康传》又说："常修养服食之事……以为神仙禀之自然，非积学所得。至于导养得理，则安期、彭祖之伦可及，乃著《养生论》。"他在《与山巨源绝交书》中也说："又闻道士遗言，饵术黄精，令人久寿，意甚信之。"明确地说自己相信服食长生之术是接受道士的思想影响。与嵇康一样，阮籍诗中的求仙长生观念，也受到道士们的影响。《晋书·阮籍传》记载："籍尝于苏门山遇孙登，与商略终古及栖神导气之术，登皆不应，籍因长啸而退。至半岭，闻有声若鸾凤之音，响乎岩谷，乃登之啸也。遂归著《大人先生传》，其略曰……此亦籍之胸怀本趣也。"孙登是魏晋之际一个颇具传奇色彩的人物，与阮籍、嵇康都有交往。他之所以归隐，似乎也有政治方面的原因。他对嵇康和阮籍的思想都产生过影响。孙登是不是一位道士，本传中言之不详。但《世说新语·栖逸篇》称他为"真人"，而所言"栖神导引之术"正是道士修炼的主要内容之一。因此，说阮籍诗中的求仙观念受到道教和道士的影响,并不是没有根据的。

不过阮籍对于神仙的观念是矛盾的,态度往往在疑似之间,这在《咏怀诗》中也表现得很清楚。他有时似乎确信神仙存在,服药定可长生,如本诗和其二十三、二十四说:"谁言不可见,青鸟明我心","岂安通灵台,游溆去高翔","三芝延瀛洲,远游可长生"。其二十八:"岂若遗耳目,升遐去殷忧。"其三十二:"愿登太华山,上与松子游。"其三十五:"登彼列仙岨,采此秋兰芳。"其五十:"乘云招松乔,呼噏永矣哉。"其六十八:"休息晏清都,超世又谁禁?"但是阮籍毕竟是一个注重理性的玄学思想家,而神仙世界又过于虚无缥缈,因此他在相信神仙的同时,有时又表现出对此的怀疑甚至否定。例如其四十一说:"采药无旋返,神仙志不符。"其五十五说:"黄鹄呼子安,千秋未可期。"其六十五说:"焉见浮丘公,举手谢时人。"其七十八说:"可闻不可见,慷慨叹咨嗟。"其八十说:"三山招松乔,万世谁与期。"这种对神仙的矛盾认识,同时构成了诗人内心的矛盾痛苦,这也是《咏怀诗》的基调之一。

对本诗的最后两句,历来有不同看法。方东树说:"竟不解其指意所在,末二句语意亦未详。"黄侃则说:"伶伦、王子往矣,后世追寻,亦畴得而见之哉?青鸟明心,徒虚想耳。"其实我们如果了解阮籍对神仙和长生的矛盾心理,那么对后两句诗的理解也会比较简单。"谁言不可见",是说伶伦、王子晋等并非不可求索,不可企及,只要此心诚信恳挚,即可将心意传达给他们。表达了诗人对神仙的向往与仰慕之情。

【其二十三】

东南有射山，汾水出其阳①。

六龙服气舆，云盖切天纲②。

仙者四五人，逍遥晏兰房③。

寝息一纯和，呼噏成露霜④。

沐浴丹渊中，照耀日月光⑤。

岂安通灵台，游潒去高翔⑥。

【译义】

东南有座姑射山，汾水源头出山阳。

六龙驾车行云天，旌旗飘飘触天纲。

---

① 射山，即藐姑射（yè）之山，又名姑射、石孔山，在今山西临汾。《庄子·逍遥游》："藐姑射之山，有神人居焉。"汾水，河名，在今山西省。阳，山南。
② 服，驾驭。气舆，云车。切，迫近，靠近。天纲，天之纲维，意即指天。
③ 兰房，芳香的房子。曹植《离友》："迄魏都兮息兰房，展宴好兮唯乐康。"晏，安。
④ 寝息，睡眠时的呼吸。纯和，平和纯正。呼噏，呼吸。
⑤ 丹渊，水名，相传为月出之处。阮籍《大人先生传·采薪者歌》："日出不周西，月出丹渊中。"
⑥ 岂安，安乐。岂，通"恺"。通灵台，不详。疑指神仙所居处。黄节先生引《庄子·庚桑楚》郭象注曰："灵台，心也。"把通灵台解释为心地澄明之境，亦勉强可通。游潒，逍遥游乐。潒，通"漾"。

上有神仙四五人，逍遥安乐住兰房。
气息纯和睡沉沉，呼吸之气成露霜。
清晨沐浴丹渊中，时时照耀日月光。
安详和乐心澄明，自由自在远翱翔。

【解析】

这首诗描写了诗人想象中的神仙生活境界，寄托了自己对现实世界的不满和对理想世界的向往。在《咏怀诗》中，这是唯一用欢快和明朗的笔调来描写神仙境界的诗篇。《庄子·逍遥游》："藐姑射之山，有神人居焉，肌肤若冰雪，绰约若处子，不食五谷，吸风饮露，乘云气，御飞龙，而游乎四海之外。其神凝，使物不疵疠而年谷熟。"很明显，这首诗的意境就是根据庄子的描写敷衍铺叙而成的。那么在阮籍的笔下，这群居住于姑射山旁的"仙者"有什么不同于凡人的特点呢？首先当然是他们都远离人世，居住于遥远缥缈的仙乡。诗中所写的姑射山，就是《庄子·逍遥游》中描写的"有神人居焉"的地方；其次是他们能够乘"六龙"，"服气舆"，具备超凡的能力，这也是古代神话传说中神仙的一般特点；再次是他们都无忧无虑，自由自在，而不像凡间那样充满着拘束、痛苦和灾难。还有就是这些神仙都在进行养生修炼，行吐纳之术，这实际上是把道士的修炼方法附着在想象中的神仙身上。最后，正因为如此，所以他们都能够达到心地澄明，逍遥自得的境界。而这种境界，正是诗人苦苦追求而不得的理想境界，也就是阮籍《大人先生传》中所描写的"飘飖于天地之外，与造化为友，朝食汤谷，夕饮西海，将变化迁易,与道周始"的"大人先生",就是那位"肆云舆,兴气盖,徜徉回翔兮滂瀁之外"的"真人"的世界。关于这一点,黄节亦曾予以指出,他说:"嗣宗《大人先生传》云:'大人微而勿复兮,扬云气而上陈。召太幽之玉女兮,接上王之美人。'亦诗所谓'仙者四五人'也。"

诗人怀着如此企仰与艳羡的心情描写了一幅神仙生活的图景,但其思想和心理根源,是在于对现实社会环境的不满和厌恶。诗人笔下的神仙世界充满着神奇、自由、平和、逍遥,而所有这一切,正是现实人生中所缺乏的,它与现实人生之平庸、拘束、倾轧、机诈形成了鲜明的比照。

这首诗的托意虽比较明白,但却仍被历代的比附说歪曲得支离破碎,不知所以。例如蒋师爚说:"'仙者四五人',谓司马氏及其用事之人;'呼吸成露霜',谓威福作于顷刻。'沐渊'谓司马引病之日谋诛曹爽也。"这种源于偏见的牵强附会习气,每每影响读者正确理解《咏怀诗》的真实含义。

【其二十四】

殷忧令志结,怵惕常若惊①。
逍遥未终晏,朱华忽西倾②。
蟋蟀在户牖,蟪蛄号中庭③。
心肠未相好,谁云亮我情④?
愿为云间鸟,千里一哀鸣⑤。
三芝延瀛洲,远游可长生⑥。

【译义】

深深忧虑令心情郁结,经常恐惧我胆战心惊。
逍遥游乐还没有尽兴,火红的太阳忽然西倾。
窗户下蟋蟀断续哀叫,秋蝉在庭院声声悲吟。
满腔热情却无人交好,谁能够理解我的心情?
真愿变成那云间飞鸟,高飞千里发一声哀鸣。
海外瀛洲遍地长芝草,远游去采食可以长生。

---

① 殷忧,深忧。殷,大。志,心志。怵惕,惊惧貌。
② 晏,晚。《楚辞·离骚》:"及年岁之未晏兮,时亦犹其未央。"朱华,红太阳,指夕阳。
③ 蟪蛄,蝉的一种。《庄子·逍遥游》:"蟪蛄不知春秋。"
④ 亮,明。
⑤ "愿为"二句,其二十一云:"云间有玄鹤,抗志扬哀声。"意近可参。
⑥ 三芝,灵芝仙草。瀛洲,传说中的海外仙山,秦始皇曾派人往采不死之药。事详《史记·秦始皇本纪》。

【解析】

这也是一首游仙诗，诗人又从无忧无虑的神仙世界跌落到充满痛苦的现实人间。

黄侃解释说："年岁易晏，好会易离，所以令人殷忧莫解，怵惕若惊，唯有长生可以无此患也。"大体上符合本诗的主旨。但是诗人"殷忧莫解，怵惕若惊"的原因不仅仅因为"年岁易晏，好会易离"而已，《咏怀诗》其三十三说"终身履薄冰，谁知我心焦"，与本诗开头两句"殷忧令志结，怵惕常若惊"意义非常相似。诗人所忧虑的不单是痛感个体生命的短暂，而有着更为深刻的社会心理背景。阮籍生活在一个充满血腥的时代，由于政治斗争和权力斗争的需要，当时有大批名士接连被杀，在这些被杀的名士中，也包括阮籍的好友嵇康等人，以致史称"名士少有全者"，"名士杀戮过半"。阮籍是当时名士的领袖人物之一，面对着这种恐怖的政治局面，自然不免胆战心惊。作为老庄的信徒和玄学思潮的代表人物，阮籍力图超脱政治，躲避纷争，但是无论曹魏政权或司马氏集团都紧紧抓住他不放。他先是被迫担任曹魏政权的官职，后又勉强担任司马氏的官职。虽然他从未进入过权力中枢，并不处于政治斗争的漩涡中心，但始终也没有能跳出漩涡之外，这就随时有遭灭顶之灾的危险。阮籍信奉老庄哲学，追求个性自由，讨厌虚伪的礼法和礼法之士。他的言行，招来了不少人的嫉恨。只是由于他在政治上的极度谨慎以及司马氏的有限容忍，才得以保全性命。但这种危险仍旧时刻存在。阮籍是一个感情热烈、爱憎分明的人，但政治环境却迫使他言皆玄远，口不臧否人物，因而其内心的寂寞与痛苦自然倍于常人。诗中

"心肠未相好,谁云亮我情"二句即因此而发。世上没有真正的知己,有谁能了解自己的心情呢?这种情绪如此强烈,必须有所宣泄,但人间却没有宣泄之处。所以诗人希望自己变成一只云间之鸟,"千里一哀鸣",把郁结在心头的痛苦在茫茫天际尽情地释放。

最后两句点明游仙的愿望,远游仙乡,采食芝草,企盼长生。实际上这也是一种无可奈何的解脱办法。本诗情调和气氛低沉悒郁,悲抑凄迷,充分表现了诗人内心痛苦之深沉难遣。

【其二十五】

拔剑临白刃,安能相中伤①。

但畏工言子,称我三江旁②。

飞泉流玉山,悬车栖扶桑③。

日月径千里,素风发微霜④。

势路有穷达,咨嗟安可长⑤。

【译义】

拔出利剑与白刃格斗,又何能使我身受创伤。

只怕善于进谗的小人,挑拨离间我防不胜防。

看玉山之上流泉飞泻,羲和悬车息马到扶桑。

日月经行,迢遥千里,寒风凛冽降下了微霜。

仕路崎岖,穷达多变,富贵荣华岂能久长!

---

① 安能,何能。
② 工言子,善于花言巧语之人。称,言说。三江,原指吴江、钱塘江、浦阳江一带,为越国疆土。《国语·越语》:"三江环之。"越国战胜吴国之后,勾践听信谗言,诛杀文种等贤臣,故三江或可借指越国统治者。诗中用此典故,暗讽当时的掌权者。以上四句意谓谗言伤人更甚于刀剑。
③ 飞泉、玉山,均为古代神话中地名。扶桑,神木名。《九叹·远游》:"结余轸于西山兮,横飞谷以南征。"王逸注:"飞谷,日所行道也。言乃旋我车轸,横度飞泉之谷,以南行也。"《淮南子》:"爰止羲和,爰息六螭,是谓悬车。"此句谓太阳经行,比喻时光飞逝。
④ 径,行经,经过。素风,秋风。
⑤ 势路,显赫之路,指仕途。二句承前意,谓日月尚有升沉,季节随时变化,声威显赫亦难以长久保持,申言盛极必衰之理也。

【解析】

　　蒋师爚、黄节等人都认为，这首诗是因钟会而发的，这一看法有一定道理。钟会是名家之后，《三国志·钟会传》注说他"雅好书籍，涉猎众书，特好《易》《老子》"，也是当时一位玄学名士。但他热衷功名，攀附权贵，最终成为司马氏的亲信和爪牙。他是一个专事阴谋和告密的人，嵇康之被杀，钟会向司马昭进谗言就是原因之一。《晋书·嵇康传》详细地记载了这事件的始末："颖川钟会，贵公子也，精练有才辩，故往造焉。康不为之礼，而锻不辍。良久会去，康谓曰：'何所闻而来？何所见而去？'会曰：'闻所闻而来，见所见而去！'会以此憾之。及是，言于文帝曰：'嵇康，卧龙也，不可起。公无忧天下，顾以康为虑耳。'因谮康欲助毌丘俭，赖山涛不听。昔齐戮华士，鲁诛少正卯，诚以害时乱教，故圣贤去之。康、安（吕安）等言论放荡，非毁典谟，帝王者所不宜容。宜因衅除之，以淳风俗。帝既昵听信会，遂并害之。"这真是典型的"谮人"的言论和手段。这一故事同时见于《三国志·嵇康传》注引《魏氏春秋》及《世说新语·傲诞篇》，可见当时是流传颇广的一则传闻。钟会不仅用告密和谗毁的手段害死了嵇康和吕安，《三国志·钟会传》还说："嵇康等见诛，皆会谋也。"足见因钟会之阴谋告密而死的尚不止嵇康等一二人。钟会也曾企图用同样的手段陷害阮籍。《晋书·阮籍传》记载："钟会数以时事问之，欲因其可否而致之罪，皆以酣醉获免。"只是由于阮籍政治上的极端谨慎，对司马氏集团态度也不像嵇康那样决绝，对告密者的态度也不像嵇康那样激烈，钟会的阴谋才未能得逞。从这一事件可以推知，阮籍虽然"至慎，口不言人过",虽然不评论时事、臧否人物,但他仍是统治者时时关注的人物、告密者经常窥伺的对象。因此蒋、黄等人认为诗中"工言子"是指钟会也不无道理。

但是,由于阮籍是竹林名士中的首要人物,他那高远超世的玄学理想,他那放诞不羁的生活态度,他对礼法的厌恶与蔑视,他对世俗功名的鄙弃与轻视,以至于司马昭对他的特殊关照与庇护,这一切都引起了许多人的嫉妒与仇恨。礼法之士不但"疾之若仇",司马氏的重臣何曾不仅当面指斥阮籍为"败俗之人",而且正式向司马昭建议:"宜摈四裔,无令传染华夏。"阮籍在《咏怀诗》中亦曾反复表现忧谗惧毁之意,例如其三十:"谗邪使交疏,浮云令昼冥。"其七十七:"百年何足言,但苦怨与雠。"可见当时谗毁他的人绝不止何曾、钟会。因此蒋、黄认为此诗专为钟会而发,又不完全正确。总之这首诗确是阮籍忧谗畏讥之作,但"工言子"不仅指钟会,乃是指一切攻击、污蔑、离间、谗毁自己的人。

"飞泉流玉山"以下四句,黄节说:"飞泉、悬车,皆喻日月运行之速。玉山在西,扶桑在东,故曰'径千里'。"这是诗句的表面意义。至于其寓意,黄侃认为是指"物理相循,荣必有悴"。秋风一起,万物零落,这就是"悴",并引起结句盛极必衰、物极必反的理性判断。末二句"咨嗟"究竟是自指还是他指呢,应该是他指。黄节注引《易·夬·上六》:"无号,终有凶。"《象》曰:"无号之凶,终不可长也。"王弼注曰:"处夬之极,小人在上,君子道长,众所共弃,故非号所能延也。"阮诗二句似乎采用《周易》的意思,那么这"咨嗟"二字当指钟会等煊赫一时、终遭杀戮之人,于义为顺了。

【其二十六】

朝登洪坡颠，日夕望西山①。

荆棘被原野，群鸟飞翩翩。

鸾鹥特栖宿，性命有自然②。

建木谁能近？射干复婵娟③。

不见林中葛，延蔓相勾连④。

【译义】

  清晨登上了高坡之顶，傍晚遥望苍茫的西山。

  荆棘披覆了漠漠原野，群鸟惊惶地翻飞翩翩。

  孤高的鸾凤单栖独宿，秉性如此都出自天然。

  那神奇的建木谁能靠近？西方的射干也美好婵娟。

  你看林中野葛攀缠处处，他们爬行遍地枝蔓勾连。

---

① 洪坡，高坡。洪，大。西山，即首阳山，详其三注④。
② 鸾鹥（yī），凤凰一类神鸟。张衡《思玄赋》："感鸾鹥之特栖兮，悲淑人之希合。"特栖，单独栖宿。性命，天性。
③ 建木，神话中的树木。据说高百仞而无枝，生长于天地正中，众神由此攀援而上下。《山海经·海内经》："建木，百仞无枝，有九欘，下有九枸，其实如麻，其叶如芒，大暤爰过，黄帝所为。"《吕氏春秋·有始》："白民之南，建木之下，日中无影，呼而无响，盖天地之中也。"《淮南子·地形训》："建木在都广，众帝所自上下。"射干，树木名。《荀子·劝学篇》："西方有木焉，名曰射干，茎长四寸，生于高山之上，而临百仞之渊。"婵娟，姿态美好貌。
④ 葛，多年生蔓草。《诗经·唐风·葛生》："葛生蒙楚，蔹蔓于野。"

【解析】

陈伯君认为，这首诗的旨意与其二十一（于心怀寸阴）相近，"亦玄鹤高飞，不与鹑鹦同游之意"，大体上是不错的。但其二十一语意连贯，喻象含义清晰，读者一目了然。而本诗则不然，不仅诗意的跳跃性很大，而且除了"鸾鷖特栖宿"句中"鸾鷖"这一喻象的含义清晰之外，其余许多意象的喻义都不甚清楚，容易产生多重歧义，这给读者在理解上带来一定困难。

诗的开头也采用即景言情的抒情方式。诗人一早登上山顶，傍晚，在暮色苍茫中遥望西山，只见荒漠的原野遍长荆棘，茫茫的天空中飞翔着鸟群，这种荒寂的景象既暗示所处环境的恶劣，也透露出诗人内心的寂寞与悲凉。西山即首阳山，阮籍在诗中多次写到首阳山，都托寓了思念伯夷、叔齐，隐居避世之意，本诗也不例外。"鸾鷖特栖宿，性命有自然"两句，以鸾凤与群鸟对比，既以称夷、齐，亦用以自喻。屈原《离骚》："鸷鸟之不群兮，自前世而固然"，表达了诗人特立不群的情绪。《庄子·秋水》中也曾用鹓雏（凤凰之属）与鸱鸺（猫头鹰）作比照，表达自己超越世俗的感情。阮籍在《咏怀诗》中多次使用凤凰这个意象来表达自己的超世之情和愤世之感，显然直接受到庄子和楚骚的影响。最后四句，也采用对比手法。建木、射干都是古代神话中的神木，这两个意象分别象征崇高和超世；林中葛是一种多年蔓生的野草，象征世俗与卑下。从物性上区分，建木、射干属于鸾鷖之类，他们崇高、美好，但却孤独不群，所以说"特栖宿""谁能近"；而群鸟翩翩，遍于荒原，野葛绵延，勾连林中，似乎是暗示与象征小人、俗人之无处不在，常常得志。

本诗的最大特点是把诗歌的主旨隐藏在象征意象的后面,隐而不说,完全通过两组含义相反的象征意象来传达诗人的超世之情和出世之念,因而造成理解上的困难。而最后四句所用的两组意象,又是前人没有用过的,因而其象征指意隐晦而不清晰,释读较为困难。但是一经点明,其意义也就豁然贯通了。

【其二十七】

周郑天下交,街术当三河①。

妖冶闲都子,焕耀何芬葩②。

玄发照朱颜,睇眄有光华③。

倾城思一顾,遗视来相夸④。

愿为三春游,朝阳忽蹉跎⑤。

盛衰在须臾,离别将如何⑥?

【译义】

周郑之交是天下的枢纽,大路四通八达紧傍三河。

路上来了一位美丽少年,容光焕耀犹如春天花朵。

乌亮的头发与红颜照映,他美目流盼闪闪发光华。

倾城而出都想一睹风采,风采迷人啊众口齐相夸。

---

① 周,今河南洛阳、巩义市一带。郑,今河南郑州、新郑一带。天下交,居于天下中心,四方交通要冲。街,大路。术,城中道路。三河,见其五注④。
② 妖冶,艳丽。闲都,娴雅美好。闲,一作"娴"。司马相如《上林赋》:"若青琴、宓妃之徒,绝殊离俗,妖冶娴都。"焕耀,光彩夺目。芬葩,香花。张衡《南都赋》:"从风发荣,斐披芬葩。"
③ 玄发,黑发。睇眄(dì miǎn),斜视。
④ 倾城,见其二注③。遗视,窃视,偷看。《楚辞·招魂》:"蛾眉曼睩,目腾光些,靡颜腻理,遗视矊些。"王逸注:"遗,窃视。"
⑤ 蹉跎,见其五注③。
⑥ 盛衰:指世事人生。

人人都渴望与他同游乐,朝阳忽西斜岁月已蹉跎。
盛衰不长久须臾生变化,忽然将离别悲痛又如何?

【解析】

这是一首刺世诗。曹植《杂诗》:"俯仰岁将暮,荣耀难久恃。"本诗的末句也说:"盛衰在须臾,离别将如何?"两者意思十分相近。其差别在于,前者是慨叹自己,而后者却悲叹别人。曹植以美女自喻,慨叹自己怀才不遇的命运;阮籍则身逢乱世,目睹世人之醉生梦死,一味贪图逸乐,因而发此浩叹。黄侃解释说:"儇薄之子,当年盛色荣,足以致倾城之顾;而荣华不久,旋复丑衰,始于合而终于离,非人力所能与也。"大体上切合本诗的旨意。其实,从不同的角度,表现这同一主题的诗篇在《咏怀诗》中有好几首。例如其四:"春秋非有托,富贵焉常保。……朝为美少年,夕暮成丑老。"其十:"北里多奇舞,濮上有微音。轻薄闲游子,俯仰乍浮沉。"其中尤其以其五(平生少年时)内容与本诗最为相似。在其五和其十中,诗人都指出唯有求仙才是解决矛盾的办法,而在本诗和其五的结尾处却只是意味深长地提出了一个问题:"北临太行道,失路将如何?""盛衰在须臾,离别将如何?"

在魏晋玄风的影响下,士大夫们强烈地感受到生命无常的痛苦,在行动上往往趋向于放荡和纵欲,阮籍正因为"纵情背礼败俗"而多次遭到礼法之士的攻击。史书上也记载着许多有关他"背礼放诞"的事例,但是仔细分析起来,他的这些行为几乎无一不是与虚伪礼法相抗的愤激之行和率性之举。而率性任真正是庄子所追求的理想人生态度。《晋书·阮籍传》曾记载阮籍这样几件违礼的事："籍嫂尝归宁，籍相见与别。或讥之，籍曰：'礼岂为我设邪？'邻家少妇有美色，当垆沽酒，籍尝诣饮，醉便卧其侧。籍既不自嫌，其夫察之亦不疑也。兵家女有才色，未嫁而死，籍不识其父兄，径往哭之，尽哀而还。"史臣在记叙了这三件事后加了这样一句评语，说："其外坦荡而内淳至，皆此类也。"意思是说阮籍的所作所为，从外表看来虽然率性放荡，他的内心却十分正派，这一评论是公正的。从上述三件事情看，阮籍虽然完全不顾俗礼的约束和舆论的谴责，与嫂子相见又送别，醉卧邻家少妇之侧，哭吊兵家少女之夭折，他这样做，完全是尽性尽情而已，并不心存邪念。比起那些"外厉贞素谈，户内灭芬芳"（其六十七）的伪君子的所作所为，要光明磊落得多。

阮籍的所谓"纵情背礼败俗"，除了饮酒过当之外①，主要是对虚伪礼法的蔑视。与何晏等入世的玄学名士不同，阮籍、嵇康等人所追求的主要并不是现世的物质享受，而是彼岸的精神超脱，是庄子式的逍遥游，也就是精神上的绝对自由。庄子曾经说过："吾观夫俗之所乐，举群趣者，诬诬然如将不得已，而皆曰乐者，吾未之乐也，亦未之不乐也。果有乐无有哉？吾以'无为'诚乐矣，又俗之所大苦也。"（《庄子·至乐》）正因为如此，所以在阮籍看来，那些醉生梦死，一味追求物质享受的人，是可悲而又可怜的。因为他们的行为既不了解人生（人生是转瞬即逝的），也背离了至道（至

---

① 《晋书·阮籍传》及《世说新语》等书中有大量阮籍醉酒的故事。《世说新语·任诞》：王孝伯问王大："阮籍何如司马相如？"王大曰："阮籍胸中垒块，故须酒浇之。"又：阮籍嗜酒，但《咏怀诗》中绝不出现"酒"字，不像陶渊明好酒，诗中也常有酒。

道是恬淡无为的）。阮籍以庄子的这种观点来俯察世事人生，因此在《咏怀诗》中便有了这一类主题的作品，本诗与其五即是比较典型的两首。两者的不同仅仅在于，其五带有一定的自叙成分，而本诗则完全是他指，因而其批判的色彩就更加强烈。

【其二十八】

若木耀四海,扶桑翳瀛洲①。
日月经天涂,明暗不相侔②。
穷达自有常,得失又何求③。
岂效路上童,携手共遨游④。
阴阳有变化,谁云沉不浮⑤。
朱鳖跃飞泉,夜飞过吴洲⑥。

---

① 若木,神话中的树木名,据说生长于西方日入处。《山海经·大荒北经》:"大荒之中有衡石山、九阴山、洞野之山,上有赤树,青叶赤华,名曰若木。"郭璞注:"生昆仑西,附西极,其华光赤下照地。"扶桑、瀛洲分别见其二十五③、其二十四注⑥。翳(yì),荫蔽。
② 天涂,指日月运行的轨道。张衡《思玄赋》:"出阊阖兮降天涂,乘焱忽兮驰虚无。"相侔,齐等。侔,一作"雠"。
③ "穷达"二句,意谓人生或穷或达,皆有定数,非人力可致。或得或失,亦唯自然,非人力所可强求。
④ "岂效"二句,意谓不屑与其为伍。路上童,喻指追名逐利之徒。
⑤ "阴阳"二句,谓世间万物皆变化无常,沉浮不定。
⑥ 朱鳖,传说中的鱼名。《吕氏春秋·本味》:"醴水之鱼,名曰朱鳖,六足。"夜飞,指宝剑。张协《七命》:"或驰名倾秦,或夜飞去吴。"李善注引《越绝书》曰:"阖庐无道,湛卢之剑去之入水,行秦过楚,楚王卧而寤,得吴王湛卢之剑。""夜飞"句意谓,湛卢之剑夜飞而去吴。二句承上,言朱鳖本沉者而能浮,夜飞本浮者而能沉,因知万物之变化不定。

俯仰运天地，再抚四海流①。
系累名利场，驽骏同一辀②。
岂若遗耳目，升遐去殷忧③。

【译义】

若木的光华照耀四海，扶桑的重阴遮蔽瀛洲。

日月经天途升沉交替，光明与黑暗从不相侔。

穷困或显达各由天命，得失相纠何必苦追求。

岂能仿效那世俗子弟，与他们为伴戏耍遨游。

天地阴阳会随时变化，谁说只沉不浮太荒谬。

深潭朱鳖会跃出水面，湛卢宝剑也飞过吴洲。

俯仰之间便可运行天地，片刻之内足使四海横流。

不必被那名缰利锁紧捆，驽骀和骐骥共同驾车辀。

---

① 俯仰，比喻一瞬间。运，运行。抚，触及，到达。《庄子·在宥》："老聃曰：'女慎无撄人心。人心排下而进上……其疾俯仰之间而再抚四海之外。'"庄子本意是说，圣人不得已而治理天下，那就要顺随自然，千万不要去扰乱人心。人心一经扰乱，其发展速度很快，可在片刻之间驰逐于四海之外。诗中用此典故，表达了对人欲横流的现实之不满和担忧。
② 系累，捆绑，拘囚。《孟子·梁惠王下》："若杀其父兄，系累其子弟……如之何其可也？"诗中言为名利所束缚。驽，劣马。骏，良马。辀（zhōu）：车辕，指代车。驽骏同驾一车，比喻不分好坏贤愚。东方朔《七谏》："驽骏杂而不分兮，服罢牛而骖骥。"
③ 遗耳目，遗弃耳目，不闻不见，比喻忘怀世事。《庄子·达生》："子独不闻夫至人之自行邪？忘其肝胆，遗其耳目，芒然彷徨乎尘垢之外，逍遥乎无事之业，是谓为而不恃，长而不宰。"遗，遗忘。升遐，升天。张衡《思玄赋》："涉清霄而升遐兮，浮蔑蒙而上征。"去殷忧，离开深忧，指遗弃世累。

岂若学古人忘情世事？效神仙升遐远离深忧。

【解析】

本诗既有悯世之情，又有愤世之慨，但这种感情却被隐藏淹没于"日月浮沉，时光流逝"和世事无常、阴阳交替的玄学义理之中，因此隐而不显。其实，我们只要剔除蒙在诗歌表面的玄学雾霭，这种悯世之情和愤世之慨就会显现出来。

全诗共分三层意思。第一层从日月晦明和人生穷达，引出第一个结论："岂效路上童，携手共遨游。"意思是说人生有达即有穷，世事有得即有失，正如日月之有升沉更替，不可移易，因此人们要顺应自然，淡泊世事。"岂效"二字，点明不应该仿效世俗之人，营营干求名利，追求享乐。这一层还暗含着这样的警告：否则物极而反，福尽祸至，那时后悔就来不及了。这一层主要表现了诗人的悯世之情。

从"阴阳有变化"开始，展开了第二层意思。这一层用了"朱鳖跃飞泉"和"夜飞过吴洲"两个典故，说明世事反复，变化不定，何况当此滔滔乱世，沧海横流之日，驽骀骐骥并驾一车之时。"系累名利场，驽骏同一辀"两句，寄寓了诗人的愤世之慨。他慨叹社会混乱，政治黑暗，贤愚不辨，好坏不分。用千里马与驽马同驾一辆车子，比喻贤人与小人同处一个朝廷。在这样的时代，人们依旧为名利所役使，正如庄子所说的"多危身弃生以殉物"，"小人以身殉利，士则以身殉名"，"天下莫不以物易其性"。从庄子的观点看，以身殉利和以身殉名，其实并没有本质的不同，都是"人为物役"。

因此既不必分辨贤愚，也不必强分是非。不过这只是从理性上说。从感情上说，积淀于心灵深处的儒家举贤授能的观念，仍使阮籍对从屈原、贾谊以来一直慨叹不已的"驽骏同辀"的不合理现象，表现出深深的不平和愤慨。

第三层是结论，这一结论也就是阮籍在其他诗中反复申述过的忘怀得失，遗弃名利，寻求无忧无虑的神仙世界。当然，这样的世界实际上并不存在，所以诗人也只能痛苦终生了。

【其二十九】

昔余游大梁，登于黄华颠①。
共工宅玄冥，高台造青天②。
幽荒邈悠悠，凄怆怀所怜③。
所怜者谁子，明察应自然④。
应龙沉冀州，妖女不得眠⑤。
肆侈陵世俗，岂云永厥年⑥。

---

① 大梁，古地名，见其十六注①。黄华，山名，在今河南林州市西二十里。
② 共工，神话传说中的人物，相传为帝尧的水官。玄冥，神话传说中的地名。《庄子·秋水》："始于玄冥，反于大通。"高台，传说中共工之台。《山海经·大荒北经》："有系昆之山者，有共工之台，射者不敢北乡。"造，至。
③ 幽荒，悠远广漠之地。张衡《东京赋》："惠风广被，泽洎幽荒。"邈，远。怀，思念。所怜，所爱。
④ "明察"句，意谓合乎自然，方为明察。此句一作"明察自照妍"。
⑤ 应龙，神话传说中的人物。《山海经·大荒北经》："蚩尤作兵伐黄帝，黄帝乃令应龙攻之冀州之野。应龙蓄水，蚩尤请风伯雨师纵大风雨。黄帝乃下天女曰魃，雨止，遂杀蚩尤。魃不得复上，所居不雨。叔均言之帝，后置之赤水之北。叔均乃为田祖，魃时亡之。"黄节先生认为妖女即魃（妭）女，妖女疑为妭女之误。二句大意似说，像应龙、魃女虽建大功，亦无善终。
⑥ 肆侈，放纵奢侈。陵即凌，侵凌。世俗，指世人。永厥年，永其年，长寿。

105

【译义】

昔年曾到大梁游,奋身登上黄华巅。

远古共工住玄冥,巍巍高台接青天。

往事邈邈沉幽荒,凄怆沉冤吾所怜。

欲问所怜是何人?智者明察应自然。

应龙善战死冀州,魑女强梁难安眠。

骄纵放肆陵世俗,岂能保命久延年?

【解析】

这是一首叹古讽今的诗,所讽者为谁?有人认为是讽刺魏明帝。魏明帝"沉毅断识,任心而行",但大兴土木,广选美女。也有人认为是讽刺曹爽、何晏,他们"矜智自负,取忌权奸,而又奢侈荒宴,以取败亡也"。也有人认为共工、妖女是讽刺司马氏的。众说纷纭,难以一致。

诗中出现了两个古代神话传说中的人物——共工、应龙(如果黄节所说妖女即女魃能够成立的话,应该有三个人物)。共工是谁?古书中的说法并不一致。(一)为尧的水官。(二)为舜的工官,理百工之事。(三)为尧的大臣,相传他与骥兜、三苗、鲧并称为四凶,后被尧流放于幽州。又(四)《淮南子·天文训》:"昔者共工与颛顼争为帝,怒而触不周之山,天柱折,地维绝。天倾西北,故日月星辰移焉;地不满东南,故水潦尘埃归焉。"是一位勇敢的反叛者。诗中所用,不会是(一)(二)义,应是(三)(四)义。应龙是为黄帝讨灭蚩尤的主帅,而女魃也是这场战争中协助应龙取得胜利的功臣。

由于复杂的历史原因，中国古代神话系统混乱，资料残缺。究竟共工、应龙、妖女（女魃）的命运结局如何，我们现在已不得其详。但在阮籍生活的时代，可能还有其他更完整的资料。细绎本诗上下文的意思，似乎共工、应龙、女魃三人都有悲剧的结局，所以说"幽荒邈悠悠，凄怆怀所怜"，所以说"应龙沉冀州，妖女不得眠"，他们大概都不得善终。

《周易·乾》："亢龙有悔。"《象》曰："'亢龙有悔'，盈不可久也。"《老子》："持而盈之，不如其已；揣而锐之，不可长保"；又说："自伐者无功，自矜者不长。"《庄子·人间世》："山木自寇也，膏火自煎也。桂可食，故伐之；漆可用，故削之。人皆知有用之用，而莫知无用之用也。"诗人通过古代神话中共工、应龙两位才能杰出、强霸自用的人物的悲剧命运，似乎是向人们说明上述哲学理论："盈不可久也"，"自矜者不长"，"有用"是山木和膏火自寇自煎的原因。所以诗的结尾警告说，像共工、应龙那样骄肆放纵、恃才凌世的人，是决不会长寿善终的。至于这一警告具体针对什么人，现在已难确考了。

从诗的内容倾向看，阮籍对共工、应龙的态度是矛盾的。一方面他对这两位才能杰出、命运悲惨的古代英雄怀着一定的同情，故云："幽荒邈悠悠，凄怆怀所怜。"但是另一方面，从"道"的观点看，像共工、应龙这样强霸的人，遭到悲惨的结局，又是必然的结果，故云："肆侈陵世俗，岂云永厥年。"因此，作者对他们也有所批评。

107

【其三十】

驱车出门去，意欲远征行①。
征行安所如？背弃夸与名②。
夸名不在己，但愿适中情③。
单帷蔽皎日，高榭隔微声④。
谗邪使交疏，浮云令昼冥⑤。
嬿婉同衣裳，一顾倾人城⑥。
从容在一时，繁华不再荣⑦。
晨朝奄复暮，不见所欢形⑧。
黄鸟东南飞，寄言谢友生⑨。

---

① 远征行，远行。
② 安所如，何所往。夸名，虚名。背弃，抛弃。
③ 不在己，不属于自己，意谓乃身外之物。适中情，使内心安适。
④ 帷，帐幔。榭，台上房屋。二句意谓："世事变化，难以预观，皎日之明，而举帷足以蔽之；微声之妙，而高榭足以隔之。"（黄侃）
⑤ 谗邪，爱进谗言的小人。交疏，知交疏远。曹植《赠白马王彪》："谗巧令亲疏。""浮云"句，《古诗十九首》："浮云蔽白日，游子不顾返。"比喻被谗言所蒙蔽。
⑥ 嬿婉，指夫妇和爱。《旧题苏武诗》之二："结发为夫妻，恩爱两不疑。欢娱在今夕，嬿婉及良时。"同衣裳，比喻关系亲密。《诗经·秦风·无衣》："岂曰无衣，与子同裳。"
⑦ 从容，悠闲舒适貌。不再荣：比喻繁华衰歇。荣，草木繁茂。
⑧ 奄，忽然。所欢，所爱之人。
⑨ 黄鸟，《诗经·周南·黄鸟》："维叶萋萋，黄鸟于飞。"黄鸟，黄雀。谢，告。友生，朋友。

【译义】

驾起车儿出门去,这次打算作远行。
远行要到哪里去?抛弃奢华与浮名。
虚誉浮名非己有,但愿适性又怡情。
薄帷飘飘蔽白日,高榭层层隔微声。
奸邪离间交情疏,浮云蔽日白昼冥。
情致缠绵同衣裳,美人一顾足倾城。
舒适悠闲仅一时,繁华谢落不再荣。
早晨很快到黄昏,从此不见情人影。
黄鸟黄鸟东南飞,寄言转告我友人。

【解析】

阮籍之所以孜孜不倦地追求超世,固然由于受到老庄哲学和玄学思潮的影响,但也是由于对现实世界和所处环境的恐惧和厌恶。如果说其二十八是强调了前者,那么这一首却着重表现了后者。诗歌一开始就明白宣称,自己决心抛弃虚名虚利,避世弃世,远离尘俗。那么他的理想追求又是什么呢?诗中说"但愿适中情",所谓适中情,其实就是庄子所说的逍遥游,追求精神上的自由自适。"单帷"以下四句,倒叙原因,慨叹世态无常和人心险恶。四句之中,连用三个比喻,只有"谗邪使交疏"一句,点明本节的中心意思。明亮如太阳,而单帷足以蔽之;美妙如歌声,而高榭便能阻隔;一片浮云便可遮住阳光,使白昼为之昏暗。这三个比喻都用来表现谗邪之人在离间人际关系方面有多么厉害。对这个问题,自古以来的志士仁人都有着切肤之痛。屈原被谗，终被弃逐；贾谊遭毁，悲愤夭折；嵇康因钟会之谗言而遭杀戮；阮籍受礼法之士的攻击而自感岌岌可危，发出"终生履薄冰"的悲叹。什么叫"谗"呢？《庄子·渔父》说："好言人之恶谓之谗。"其实这个定义并不完整。人若有恶，言之亦不为过，而自古以来的谗巧之人，往往是颠倒黑白，以善为恶，借此以达到自己不可告人的目的，所以特别令人憎恨。故《诗经·小雅·巷伯》悲愤地说："取彼谮人，投畀豺虎。"而阮籍在诗中也说："谗邪使交疏，浮云令昼冥。"足见古今同慨。

接下去六句，慨叹世态浇薄，人心多变，交情难久，知己难逢。正如黄侃所说："燕婉之情，岂足终恃？繁荣之卉，卒于凋枯，旦暮之间，所欢遽失。"本节在写作上的特点，是用男女之情来譬喻交友之道，这是《咏怀诗》常用的方法，亦即其二"如何金石交，一旦更离伤"之意。但是，阮籍是感情热烈、爱憎分明的人，在这个世界上，毕竟还有值得青眼相加的知己。所以最后诗人说，想通过东南飞的黄鸟，把远行超世的决定，以及对世态人情的体验，告诉自己的朋友，倾诉自己的悲哀。对这首诗的解释，比附之说很多，但大都失于牵强，故不取。

【其三十一】

驾言发魏都,南向望吹台①。

箫管有遗音,梁王安在哉。

战士食糟糠,贤者处蒿莱②。

歌舞曲未终,秦兵已复来③。

夹林非吾有,朱宫生尘埃④。

军败华阳下,身竟为土灰⑤。

【译文】

驾起车儿出魏都,向南遥望古吹台。

昔日箫管留遗音,昏君梁王今何在?

英武战士食糟糠,贤德良臣处蒿莱。

轻歌曼舞曲未终,虎狼秦兵又到来。

---

① 驾,驾车。言,语助词,犹而。魏都,战国时魏国都城大梁。吹台,亦称繁台、范台,魏国君梁王婴曾在此台宴请诸侯。
② 糟糠,酒渣与谷皮,指代粗劣的食物。《汉书·食货志》:"贫者食糟糠。"蒿莱,草野。处蒿莱,居处于草屋之中,指贤才不得任用,只能穷困终生。《韩诗外传》卷一:"原宪居鲁,环堵之室茨以蒿莱。"
③ "歌舞"二句,意谓梁王行乐未终,秦兵已来进攻。按公元前225年,秦军攻破魏都大梁,俘魏王假,灭魏。
④ 夹林、朱宫,魏王所营建的园囿宫殿。
⑤ 华阳,古地名,在今河南新郑东。公元前273年,秦军围大梁,秦将白起大破魏军于华阳。竟,终究。为土灰,喻指死亡。曹操《步出夏门行》:"腾蛇乘雾,终为土灰。"

夹林宫苑换新主，朱殿寂寂生尘埃。
可怜兵败华阳下，身死名灭成土灰。

【解析】

这是一首咏史形式的政治讽刺诗，通过战国魏梁王荒淫亡国的历史事实，对当时统治者提出了批评和警告。陈祚明说："借吊古以忧时。"蒋师爚说："此借战国之魏喻曹氏之亡也。"都是此意。

在曹魏政权与司马集团保权与夺权的激烈斗争中，阮籍虽然力求超脱，以保全自己。但司马氏篡权夺位的残暴行为与伪善手段，尤其是他们多次大量杀戮名士的暴行，引起了一切有正义感的士人的广泛不满。因此，诗人虽然一直担任司马氏父子的从事中郎，但却始终没有与司马集团建立更加密切的关系。从拒绝与司马氏联姻以及与嵇康的友谊这两点便可窥见其端倪[①]。

不过，曹魏政权到后期已经腐朽，最高统治者在外有敌国窥视，内有权臣谋逆的凶险处境中，仍一味苟且偷安，荒淫逸乐，这就注定难逃覆灭的命运。据《三国志·明帝纪》记载：明帝在战争频繁、京都大疫的灾难中，依旧拒绝大臣的劝谏，"大治洛阳宫，起昭阳、太极殿，筑总章观"。这种情况引起了诗人深深的忧虑和不安。诗歌以焦急的口吻，直切的语言，借古以讽今，表现了强烈的时代忧患意识。正如陈沆所说："阮公凭临广武，啸傲苏门，远迹曹爽，洁身懿、师，其诗愤怀禅代，凭吊古今，盖仁人志士之发愤焉，岂

---

① 《晋书·阮籍传》："文帝初欲为武帝求婚于籍，籍醉六十日，不得言而止。"

直忧生之嗟而已哉!"的确,从根本上看,阮籍并不是一个真正超然物外、与世无争的老庄信徒,而是一个感怀世事、忧国忧民的"仁人志士",这首诗可作证明。

【其三十二】

朝阳不再盛，白日忽西幽①。

去此若俯仰，如何似九秋②。

人生若尘露，天道邈悠悠③。

齐景升丘山，涕泗纷交流④。

孔圣临长川，惜逝忽若浮⑤。

去者余不及，来者吾不留⑥。

愿登太华山，上与松子游⑦。

---

① 盛，旺盛，充足。西幽，西方幽暗之处。
② 九秋，秋季的九十天。"九秋"与"俯仰"对举，言时间漫长。
③ 尘露，灰尘与露水，比喻生命短促。《古诗十九首》："人生寄一世，奄忽若飙尘。"又："浩浩阴阳移，年命如朝露。"悠悠，无尽貌。
④ 《晏子春秋·谏上》："（齐）景公游于牛山，北临其国城而流涕曰：'若何滂滂去此而死乎！'"又《韩诗外传》卷十："齐景公游于牛山之上而北望齐，曰：'美哉国乎，郁郁泰山，使古而无死者，则寡人将去此而何之？'俯而泣沾襟。"
⑤ 《论语·子罕》："子在川上，曰：'逝者如斯夫，不舍昼夜！'"以上四句，引齐景公、孔子典故，慨叹生命短促，光阴易逝。
⑥ 《楚辞·远游》："往者余弗及兮，来者吾不闻。"句意似本此。
⑦ 太华，即华山，在今陕西省华阴市南。松子，即赤松子，传说中的仙人。《史记·留侯世家》："愿弃人间事，欲从赤松子游耳。"司马贞《索引》引《神仙传》："神农时雨师也，能入火自烧，昆仑山上随风雨上下也。"

渔父知世患，乘流泛轻舟①。

【译文】

朝阳已不再光华灿烂，白日忽然沉入了西幽。
俯仰之间便匆匆来去，为什么仿佛长似九秋。
人生短暂犹如微尘朝露，天道无穷无尽邈邈悠悠。
齐景公登牛山北临城郭，触绪纷来不禁涕泗交流。
孔圣人在河边感慨不已，叹息河水奔逝岁月如浮。
过去的事情已不可追及，已经到来的也难以永留。
真想攀上高高泰华山顶，与神仙赤松子一起优游。
或者学深知世患的渔父，逍遥乎中流驾一叶轻舟。

【解析】

　　本诗因岁月流逝而引起生命无常的感叹，从而表达了避世登仙的愿望。从汉末到魏晋南北朝，儒学解体，玄学盛行，思想解放，人性觉醒。一方面是对于人生价值与尊严的肯定与珍视，一方面是战争连绵，民生凋敝，人命危浅，朝不保夕的社会现实。在两者的矛盾与撞击之中，引起了生命无常的慨叹，表达了上层士大夫中普遍存在的矛盾痛苦的心理状态。阮籍原是一位有济世之志的人，虽然由于政治环境险恶而不得不寻求独善其身的道路，但是内心深处

---

① 渔父，传说中古代隐士。《庄子·渔父篇》说他曾经批评孔子"仁则仁矣，恐不免其身；苦心劳形，以危其真"。又《楚辞》也有《渔父》篇，他曾经规劝屈原"不凝滞于物，而能与世推移"。被屈原拒绝。以上四句意谓，纵不能随赤松子羽化登仙，也应效渔父隐居避世。

并未真正忘怀世事，他的诗歌充满了悯时病俗的忧患意识。从这样的意义上讲，前人认为《咏怀诗》是"志士仁人发愤之作"，也是符合实际的。但阮籍又是老庄哲学的信徒和魏晋玄学的代表，作为一位玄学家，他往往从茫茫宇宙来观照渺渺浮生，因而对现实人生的喟叹，最终又导致人生短暂而宇宙无穷的玄学冥想；他那悲天悯人、伤时忧乱的情怀又往往引发超超玄著的出尘之想，这是阮籍与其他许多诗人不同的地方。

本诗即景言情，从日落黄昏联想到生命将尽，诗人把这种现象放在社会和宇宙的大背景上加以思考。人生是如此短暂，在浩茫无际、周流不息的宇宙中，生命正如朝露尘埃之微不足道，这是一个千古难解的情结。历史上无数贵人先哲都为此而悲伤，齐景、孔丘就是两例。但是由于现实生活中痛苦之繁多，这短促的人生却又使人产生秋夜漫漫之感，在强烈的对比反衬中，表现出矛盾痛苦之深沉和难以排遣。因此，诗人只好在幻想中寻求精神的解脱：登上太华之顶，与仙人赤松子同游；或者追随传说中的渔父，驾一叶扁舟，在烟波浩渺中躲避世患。求仙与隐居，在形式上虽有区别，但思想根源都是基于对现实人生的失望。正如曹植所说："九州不足步，愿得凌云翔。"人间的苦难是如此深重，因而只能在虚幻中寻求自我解脱，在玄学的冥想中获得心理上的暂时平衡。

【其三十三】

一日复一夕，一夕复一朝。

颜色改平常，精神自损消①。

胸中怀汤火，变化故相招②。

万事无穷极，知谋苦不饶③。

但恐须臾间，魂气随风飘④。

终身履薄冰，谁知我心焦⑤。

【译义】

朝朝复暮暮，暮暮复朝朝。

平日容颜已改变，精神天天自损消。

心中痛苦如怀汤火，深深的忧患催人老。

世事变化没有穷尽，智谋不够难避难逃。

只怕须臾之间祸临头，死亡之时魂气随风飘。

战战兢兢终身履薄冰，心中的焦虑又有谁知道！

---

① 颜色，面容。
② 怀汤火，比喻心中十分痛苦焦虑。变化，指面容变化，精神消损。招，招致。因为心中悲痛，因而引起精神面貌的变化。
③ 知谋，智谋。苦，患。饶，多。二句言世事多变化，苦于智谋不多，难以应付。
④ "魂气"句，意谓死亡。
⑤ 履，足踏。《诗经·小雅·小宛》："战战兢兢，如履薄冰。"

【解析】

李善曾经指出:"嗣宗身仕乱朝,常恐罹谤遇祸,因兹发咏,故每有忧生之嗟。"(《文选·咏怀诗注》)本诗集中而典型地表现了这种"忧生之嗟"。

阮籍生活在曹魏政权和司马集团进行激烈争斗的年代。作为"竹林七贤"之首的名士,他醉酒佯狂,"不与世事",他"言皆玄远",口不臧否人物,政治上小心翼翼,力图逃避纷争的政治环境而超然独立。不过,阮籍又是一位才能杰出、声誉卓著的名士,他主观上虽然想"不与世事",而当局者却不肯轻易放过他。曹爽、司马昭都曾诱之以爵禄,胁之以权势,企图罗致幕下。他虽然口不臧否人物,但疾恶如仇的性格却使他无法遮掩对礼法之士的轻蔑,因此钟会、何曾都想加害于他。强压着自然本性的流露,周旋于尖锐复杂的矛盾斗争之中,时时要提防发生不测之祸。"心中怀汤火""终身履薄冰"两个比喻,形象地表现了诗人内心痛苦之深沉。这种痛苦其实不仅仅是阮籍一个人的心理感受,也是封建专制暴政高压之下一代士人的共同苦闷,反映了他们维护人格尊严与独立精神的痛苦挣扎和执着愿望。

本诗一反阮籍其他作品习见的比兴象征方法,直抒胸臆,从面容改变、精神颓丧说起,进而抒发了世事难凭、灾祸将临的惊恐忧惧之情。"但恐须臾间,魂气随风飘"两句,把感情的波澜推向高潮。最后以《诗经·小雅·小宛》成句作结,含蓄形象地表现了环境的凶险与诗人担忧惶惧的心情。

【其三十四】

一日复一朝，一昏复一晨。
容色改平常，精神自飘沦①。
临觞多哀楚，思我故时人。
对酒不能言，凄怆怀酸辛。
愿耕东皋阳，谁与守其真②？
愁苦在一时，高行伤微身。
曲直何所为，龙蛇为我邻③。

【译义】

一日复一日，黄昏变清晨。
面容憔悴改平常，精神委顿自沉沦。
举杯自酌多哀楚，深深怀念故时人。
对酒有话不能言，满怀凄怆心酸辛。
愿得躬耕东皋阳，谁能与我共守真？
忧愁痛苦在一时，高行狷介易伤身。
是非曲直何足道，且与龙蛇为比邻。

---

① 飘沦，颓丧消沉。
② 东皋，地名。阮籍《辞蒋太尉辟命奏记》："方将耕于东皋之阳，输黍稷之税，以避当涂者之路。"守真，保持自然本性。《庄子·渔父》："谨修而身，慎守其真，还以物与人，则无所累矣。"
③ "龙蛇"句，意谓应效龙蛇之能屈能伸，以适应环境，保命全身。《周易·系辞》下："尺蠖之屈，以求信也；龙蛇之蛰，以存身也。"

【解析】

本诗与前首一样,都表现诗人的忧生之叹。所不同的是,前者主要抒写悲忧惶惧之情,"终日履薄冰,谁知我心焦",就是这种心情的生动写照;本诗则在此外又多了一层思念故人和保命全身的含义,"曲直何所为,龙蛇为我邻",就是这一愿望的无可奈何的归结。因此可以说,本诗是前诗感情的深化和意义的延伸。

值得研究的是,诗中所思念的"故时人"究竟指谁?对他们的思念何以会引起诗人如此沉痛的哀悼之情,并且还引发了诗人隐居躬耕、保命全身的迫切愿望?前面已经讲过,在魏、晋易代的酷烈政治斗争中,有大批名士被杀,在这些被杀的名士中,有的与阮籍并无交往,有的则与他维持着很深的友谊,例如嵇康等人。这首诗中所说的"故时人",我们现在虽然难以具体确指,但从"对酒不能言,凄怆怀酸辛"这样悲痛的诗句可以推断,他们必定与作者有相当密切的关系,很可能是与他有着相同志趣和人生态度的知交好友。从"愿耕东皋阳,谁与守其真"二句,我们还不妨大胆推测,这些"故时人"当年可能曾与诗人相约共同躬耕东皋,养性修身,而如今他们俱已亡故,故诗人发出"谁与守其真"的深沉喟叹。

黄侃阐释本诗大意说:"故人皆已徂谢,此身块然独存。忧生之余,但思隐退,终日愁苦,不救于死亡。高行自修,徒苦其形体。是非得失,何事纷纭?龙蛇屈伸,所以存身而无害也。"所谓"忧生之余,但思隐退",就是指知交好友的亡故,进一步引发了诗人隐居避世、保命全真的愿望和决心。后四句,诗人感叹自己身处乱世,忧愁悲苦则于事无补,清高狷洁则徒然伤身,唯有效龙蛇之冬眠蛰伏，才能免除祸害。《周易·系辞下》："尺蠖之屈，以求信也；龙蛇之蛰，以存身也。"诗人引用这一典故，表示决心远离尘世纷争，效龙蛇之蛰伏，隐居避世以求保全自己。由此也可见出，阮籍处境之危险与内心之恐惧。

【其三十五】

世务何缤纷，人道苦不遑①。

壮年以时逝，朝露待太阳②。

愿揽羲和辔，白日不移光③。

天阶路殊绝，云汉邈无梁④。

濯发旸谷滨，远游昆岳傍⑤。

登彼列仙岨，采此秋兰芳⑥。

时路乌足争？太极可翱翔⑦。

【译义】

世事何等纷繁复杂，人生苦于忙碌惊惶。

---

① 世务，世事。缤纷，杂乱貌。人道，人生。不遑，没有空闲，没有时间。《诗经·小雅·四牡》："王事靡盬，不遑启处。"
② 逝，消逝。"朝露"句，意谓人生短促，就像阳光下的朝露。汉乐府《长歌行》："青青园中葵，朝露待日晞。"
③ 羲和，见第十八首注①。白日，指太阳。汉班婕妤《自悼赋》："白日忽已移光兮。"句意本此。
④ 天阶，星名。《晋书·天文志》："三台为天阶。"殊绝，隔绝。云汉，天河。梁，桥梁。
⑤ 旸谷，神话中的日出之处。《淮南子·天文》："日出于旸谷。"《楚辞·远游》："朝濯发于汤谷兮。"汤谷即旸谷。昆岳，昆仑山，古代神话传说以为乃天帝所居之处。
⑥ 岨，高低不平的山，此指仙山。
⑦ 时路，世路。乌足，何足。太极，天地的原始状态，诗中指天地。

盛壮之年随时而逝,生命像朝露见阳光。
想让羲和勒住马辔,日轮运行别太匆忙。
天阶道路早已断绝,银河渺远并无桥梁。
旸谷之中可以濯发,远游巍巍昆仑之旁。
有幸攀登神山仙境,采撷秋兰其味芬芳。
仕途凶险何足争抢?太极浩茫自可翱翔。

【解析】

　　这也是一首游仙诗,含义比较清晰。诗人感叹世事变幻莫测,生命短促无常,欲挽留羲和而不得,欲上天阶而无路,因此便幻想濯发旸谷,远游昆仑,采食芝兰,与神仙为伍。

　　阮籍《咏怀诗》中有大量的游仙诗,表现了诗人的超世之情和出尘之念。但超世出尘的根本原因仍在于对现世的不满和厌弃。本诗开头两句"世务何缤纷,人道苦不遑"和倒数第二句"时路乌足争",都清楚地表明了这一点。钟嵘在评论郭璞《游仙诗》时曾指出:"《游仙》之作,词多慷慨,乖远玄宗。……乃是坎壈咏怀,非列仙之趣也。"如果把这段话移用来评论阮籍《咏怀诗》中的游仙之作,也非常合适。阮籍《咏怀诗》中的"列仙之趣",虽然也受到他玄学人生理想的影响,但主要还是来源于对现实人生的不满和客观环境的挤压。从这样的角度说,《咏怀诗》中所有的游仙之作,也都可看作是诗人的"穷途之叹"。

　　前人曾经指出,阮籍的诗歌创作深受屈原楚骚的影响。就基本思想倾向而言,阮籍与屈原有明显不同,前者出世,后者入世;前者忠君，企盼有一个理想的圣主贤君；后者无君，希望有一个逍遥自在的"至德之世"。但是，两人在愤世嫉俗、执着地追求人生理想这一点上又有着相同之处。他们人生理想的具体内容虽然不同，但在表现自己人生理想的艺术手法上却极其相似。即以此诗为例，多数诗句中的意象和典故，都可以在《楚辞》中找到他们的母本。例如《离骚》："吾令羲和弭节兮，望崦嵫而勿迫。"本诗："愿揽羲和辔，白日不移光。"《离骚》："邅吾道夫昆仑兮，路修远以周流。"《远游》："闻赤松之清尘兮，愿承风乎遗则。贵真人之休德兮，美往世之登仙。"本诗："远游昆岳傍。登彼列仙岨。"《远游》："朝濯发于汤谷兮，夕晞余身于九阳。"《楚辞·少司命》："与女沐兮咸池，晞女发兮阳之阿。"本诗："濯发旸谷滨。"《楚辞·少司命》："秋兰兮青青，绿叶兮紫茎。"《离骚》："纫秋兰以为佩。"本诗："采此秋兰芳。"《远游》："悲时俗之迫阨兮，愿轻举而远游。质菲薄而无因兮，焉托乘而上浮。"又："超无为以至清兮，与泰初而为邻。"本诗："世务何缤纷，人道苦不遑。……时路乌足争？太极可翱翔。"这种情况表明，阮籍生活和创作的主要地点虽然在以洛阳为中心的中国北方，但他从传统文化中广泛汲取营养，与瑰奇浪漫的南国楚文化也有着深厚的渊源关系。

在本诗的结尾，诗人还提出了"太极"这一概念。什么是太极呢？太极这一概念本出自《周易》，但在本诗中，太极与《大人先生传》中所描写的"太极""太一""太清""太初"都是近似的概念。"奋乎太极之东，游乎昆仑之西""熙与真人怀太清""永太清乎敖翔""直驰骛乎太初之中"，《大人先生传》中多次出现的这类概念，都是用来和狭小局促人间相比照的概念，集中表现了作者的玄学人生理想，这种理想的具体内容在《大人先生传》的结尾有生动的描绘[①]。这一理想虽然玄虚缥缈，但作为与现实社会的一种对比，它仍旧带有现实社会的深浓的影子，并没有完全脱离现实。

[①] 阮籍《大人先生传》："真人游，驾八龙，曜日月，载云旗。"这里所说的真人，实际就是道教所说的神仙。

【其三十六】

谁言万事艰，逍遥可终生①。
临堂翳华树，悠悠念无形②。
彷徨思亲友，倏忽复至冥③。
寄言东飞鸟，可用慰我情。

【译义】

谁说万事都十分艰难？逍逍遥遥也可以终生。
堂前的华树忽然倒毙，令人想起了生命难凭。
孤独彷徨我思念亲友，倏忽之间已暮色昏昏。
真欲寄言东飞的鸟儿，可以安慰我彷徨之心。

【解析】

这是一首短诗，意义也不复杂。前四句因华树凋亡而感叹生命无常，后四句因飞鸟寄托思亲念友之意。黄侃说："华树垂荣，终必消灭；自恐此身难于长保，所以寄言飞鸟，思念所亲也。"

在《咏怀诗》中，诗人常常把感叹人生与思念亲友联系在一起，例如其十七："日暮思亲友，晤言用自写"；其三十："黄鸟东南

---

① 逍遥，悠闲自得貌。
② 翳，树木枯死，倒伏于地为翳。《诗经·大雅·皇矣》："作之屏之，其菑其翳。"毛传："自毙为翳。"一说，翳华树，大树垂荫。
③ 倏忽，顷刻。《淮南子·修务训》："倏忽变化，与物推移。"

飞，寄言谢友生"；其三十四："临觞多哀楚，思我故时人"；其三十七："临路望所思，日夕不复来"；其四十九："步游三衢旁，惆怅念所思"，等等，这又是为什么呢？

阮籍虽然信奉庄老，遗落世事，但实际上却是一个性情中人。他感情热烈，爱憎分明，十分看重友谊和亲情，从《晋书·阮籍传》所记载他因母亲之死而"吐血数升，毁瘠骨立"，青白眼的故事，以及痛哭兵家少女三事，可以充分证明这一点[1]。而当时政治环境之恶劣，生命之难凭，内心之寂寞，心绪之彷徨，又愈益加深了诗人的思念亲友之情，加深了他对真诚友谊和亲情的渴望。从心理学的角度看，这也是完全合理的。

但是从整体上看，这首诗的前四句意义不够连贯和完整，是否原文有脱漏，现已不得而知。从内容上看，本诗与其三十的后两句雷同，并没有多少新意。为什么要另立一首呢？由于史料不足，现已难明。

---

[1] 《晋书·阮籍传》：籍虽不拘礼数，然发言玄远，口不臧否人物。性至孝，母终，正与人围棋。对者求止，籍留与决赌，既而饮酒二斗，举声一号，吐血数升。及将葬，食一蒸肫，饮二斗酒，然后临决，直言："穷矣！"举声一号，因又吐血数升。毁瘠骨立，殆至灭性。又：兵家女有才色，未嫁而死，籍不识其父兄，径往哭之，尽哀而还。

【其三十七】

嘉时在今辰，零雨洒尘埃①。
临路望所思，日夕不复来②。
人情有感慨，荡漾焉能排③。
挥涕怀哀伤，辛酸谁语哉④？

【译义】

吉日良辰就定在今日，绵绵细雨洒落在尘埃。
临路遥望，所思何在？日暮黄昏佳人不再来。
人情多反复心生感慨，心潮荡漾如何能释怀。
泪流不止满怀着悲痛，无限辛酸能与谁诉说？

【解析】

这也是一首思亲念友之作。黄节引曾国藩语曰："天之道，阴求阳，阳求阴，气也。人之道，男求女，女求男，情也。古人以不遇为不偶，《诗》《骚》之称美人，皆求君、求友也。此诗之'望所思'，亦求友之意，似有所指，言天时既嘉，道路无尘，而美人不来，能无

---

① 嘉时，佳时，美好时光。零雨，绵绵细雨。《诗经·豳风·东山》："我来自东，零雨其濛。"
② 所思，所念之人。诗中似指友人。
③ 荡漾，原指水波起伏，诗中比喻情绪起伏不定。排，排遣。
④ 谁语，对谁说。

感慨？"本诗怀人之意甚为明白，首二句说，天时既嘉，道路无尘；三四句说，临路久候，所思未来；五六句说思念之情，不能排遣；末二句说，悲伤流泪，无人可诉。首尾完整，脉络分明，一气贯注。这里有一个问题，就是曾国藩指出的本诗"似有所指"。但究竟指谁呢？从诗歌的前四句可以推测，这大约是一次预先约定的、企盼已久的约会，否则诗人就不会焦急地久久在路旁守望，而且一直等到傍晚日落。但是后四句感情之沉痛，语调之悲苦，似乎又向人们暗示，这位使诗人魂牵梦萦、苦苦期待的"所思"，可能遭到了不测，而这个人大约是与诗人有着共同志趣、能令他青眼相加的例如嵇康那样的知己。

　　阮籍是一个热情而孤傲的诗人，由于环境的压迫，他内心的寂寞感浓烈而深沉，因而更加强烈地盼望友谊的慰藉。《咏怀诗》中有不少诗篇都是抒写这种心绪的，例如其十七、其三十、其三十四、其三十六等篇，都直接写到"友生""亲友""故人"，足见寂寞中的诗人对于友谊的渴望。从艺术上说，本诗采用直接抒情的方法，但仍旧写得含蓄深沉，给人以无穷回味。

【其三十八】

炎光延万里,洪川荡湍濑①。
弯弓挂扶桑,长剑倚天外②。
泰山成砥砺,黄河为裳带③。
视彼庄周子,荣枯何足赖④?
捐身弃中野,乌鸢作患害⑤。
岂若雄杰士,功名从此大⑥。

【译文】

灼热的阳光照耀万里,大河激荡着滔滔流水。

射日弯弓悬挂在扶桑,手持长剑我背倚天外。

---

① 炎光,炽热的阳光。延,延展,引申为遍照。洪川,大河。湍濑,激流。
② "长剑"句,宋玉《大言赋》:"长剑耿耿倚天外。"句意本此。
③ "泰山"二句,《史记·高祖功臣侯者年表》:"使河如带,泰山若厉。"裴骃《集解》:"带,衣带也。厉,砥石也。"
④ "视彼"二句,庄子名周。庄周主张齐万物,一死生,而不以人世功名荣辱为累,故云。赖,取也。
⑤ "捐身"二句,《庄子·列御寇》:"庄子将死,弟子欲厚葬之。庄子曰:'吾以天地为棺椁,以日月为连璧,星辰为珠玑,万物为赍送。吾葬具岂不备邪?何以加此?'弟子曰:'吾恐乌鸢之食夫子也。'庄子曰:'在上为乌鸢食,在下为蝼蚁食,夺彼与此,何其偏也!'"二句意本此。
⑥ 雄杰士,指前称弯弓倚剑的功名之士。黄节先生曰:"岂若二字有不与为伍意。"

巍峨泰山成了磨刀石，滔滔黄河做了我衣带。
哲人庄周他放诞达观，人世荣枯又何足珍爱？
有朝一日我尸横荒野，乌鸦老鹰就成了祸害。
岂像雄杰士令人钦羡，英名不灭，流传后代。

【解析】

阮籍本来是一个怀有济世之志的人。据《晋书·阮籍传》记载："（籍）尝登广武，观楚汉战处，叹曰：'时无英雄，使竖子成名。'登武牢山，望京邑而叹，于是赋《豪杰诗》。"从这段记载可以看出，阮籍不仅有济世之志，而且眼界很高，抱负甚大。只是由于时代思潮的影响和客观环境的限制，他才转变了思想，由儒入道，由渴望济世变成追求超世。《豪杰诗》不载于今本《阮籍集》中，可能已经失传。但这种济世的豪情在《咏怀诗》中也并非没有反映，本诗与其三十九"壮士何慷慨"及其六十一"少年学击刺"都是从不同角度表现诗人济世之情和慷慨之思的作品。

诗歌开头六句以浪漫的夸张手法，描绘了一位弯弓倚剑的雄杰之士的形象，气魄宏大，笔力雄健，真有藐视众人、不可一世的气概。但接下去笔墨突然一转，中间插入了"视彼庄周子，荣枯何足赖？捐身弃中野，乌鸢作患害"四句，使人觉得非常突兀，因而在理解上也产生了分歧。分歧的焦点在于作者在诗中究竟对庄周抱什么态度，是贬还是褒？由此可以导致对本诗主旨的完全不同的理解。一般说来，作为老庄哲学的信徒，阮籍不仅有《达庄论》专门阐述庄子的思想，而且《咏怀诗》也处处刻烙着老庄思想的痕迹。但本诗却是一个例外。在这首诗中,"庄周子"是为了与"雄杰士"相比照而被描绘的。"视彼庄周子",视的主体并非作者,而是诗中前半所描绘的那位弯弓倚剑,以泰山为砥砺,以黄河为裳带的雄杰之士。在他看来,庄周一类生前无所作为,死后弃身原野的人物,其生命价值远不能与建立丰功伟业的英雄人物相比。最后两句,将庄周子与雄杰士作比较,扬后而抑前,照应开头,得出了建功立业比弃世无为更有意义的结论。"岂若"者,不如也,并非黄节所言"有不与为伍之意"。

方东树评论本诗说:"'炎光延万里',此以高明远大自许,狭小河岳。言已本欲建功业,非无意于世者。今之所以望首阳,登太华,愿从仙人、渔父以避世患者,不得已耳,岂庄生枯槁比哉!所谓宏放也。其实庄子、屈子、陶公皆同此意。而此诗语势壮浪,气体高峻,有包举六合气象,与孔北海相似。"方氏认为,阮籍本来是一位"非无意于世"的人,渴望建功立业,他之所以"望首阳,登太华,愿从仙人、渔父以避世患者,不得已耳"。而这首诗,正是表现他本来意愿的作品之一。不仅如此,在方氏看来,庄子之愤世避俗,屈原之远游高举,陶渊明之隐遁闲适,都是出于同样的原因。这种看法有一定道理。以"道"自任的中国传统士人,从一开始似乎就宿命地背负着沉重的历史使命,孔、孟固然栖栖惶惶,周游列国,向统治者兜售自己的政治主张,企图以他们的"道"来改造现实世界;老、庄虽然隐遁避世,但他们同样关心社会人生,也努力宣扬自己的社会人生理想,企图用自己的"道"来影响世事人生。从这一点上说,他们都怀有一种对现实人生的沉重的忧患意识。在儒家和道家双重思想的影响下,阮籍先儒而后道,内儒而外道,以致由儒而入道,从理性认识的层面上完成了儒家向道家的转变。但是诗人早期儒家式的政治理想并未真正消泯,它沉淀于心灵深处,一有机会就会以各种形式表现出来,而且与他意识中那种超世脱俗的观念形成矛盾和对立。本诗和其三十九、其六十一都是这种心理矛盾的产物。

【其三十九】

壮士何慷慨，志欲威八荒①。

驱车远行役，受命念自忘②。

良弓挟乌号，明甲有精光③。

临难不顾生，身死魂飞扬。

岂为全躯士，效命争战场④。

忠为百世荣，义使令名彰⑤。

垂声谢后世，气节故有常⑥。

【译义】

壮士的心情何等慷慨，他们已立志扬威八方。

驾起车儿远赴边陲服役，身受王命早把生死遗忘。

手执良弓是有名的乌号，身披铠甲闪闪发出精光。

---

① 八荒，八方荒远之地。《说苑·辨物》："八荒之内有四海，四海之内有九州。"
② 行役，指从军。《诗经·魏风·陟岵》："予子行役，夙夜无已。"
③ 乌号，良弓名。《淮南子·原道》："射者扞乌号之弓。"明甲，闪亮的铠甲。曹植《上先帝赐铠表》："先帝赐臣铠黑光、明光各一领。"
④ 全躯士，苟全性命之人。司马迁《报任安书》："人臣出万死不顾一生之计，赴公家之难，斯已奇矣。今举事一不当，而全躯保妻子之臣，随而媒孽其短，仆诚私心痛之。"效命，献出生命。
⑤ 令名，美名。彰，显扬。
⑥ 垂声，声名流传后世。谢，告。有常，常规。《荀子·天论》："天行有常。"王先谦集解："天自有常行之道。"

临危奋进我不顾性命，身虽已死魂魄永飞扬。
岂能做懦夫贪生怕死，争先效命愿浴血沙场。
忠心报国会流芳百世，坚守节义使美名远扬。
赫赫声名当垂范后世，坚贞气节是永久榜样。

【解析】

本诗与其三十八"炎光延万里"、其六十一"少年学击刺"一样，都是寄托之辞，通过胸怀大志，效命疆场的壮士形象，表现了诗人的济世之情和慷慨之思。

阮籍原是一个才能卓绝，抱负远大的人，虽然由于客观环境的限制，不得已而选择了避世全身的人生道路，但是他的内心深处依然闪烁跳动着热情之火，济世之志也并未完全消泯。正因为如此，所以《咏怀诗》虽然时时流露超世出尘之玄想，又每每充溢悲凉慷慨之豪情。儒家的用世之心与道家的避世之情，看起来是两种对立的人生态度，实际上它们是可以互相沟通的。孔子曾经说过，"道不行，乘桴浮于海"，"不义而富且贵，于我如浮云"，表现了早期儒学大师对于世事人生理想主义的超然态度。庄子也强调："天下有道，圣人成焉；天下无道，圣人生焉。"他之所以批评孔子像一个迷路人，是因为孔子栖栖惶惶欲有为于无道之世的不识时务，主要并不是批评孔子的理想本身。这种互相兼容的态度在玄学家嵇康、阮籍的身上表现得很明显。嵇康《与山巨源绝交书》说："性有所不堪，真不可强。……所谓达则兼善而不渝，穷则自得而无闷。以此观之，故尧舜之君世，许由之岩栖，子房之佐汉，接舆之行歌，其揆一也。仰瞻数君，可谓能遂其志者也。"阮籍《大人先生传》也说："上古质朴淳厚之道已废，而末枝遗叶并兴，豺虎贪虐，群物无辜，以害为利，殒性亡躯，吾不忍见也，故去而处兹。人不可与为俦，不若与木石为邻。"这两段激愤的话，不仅透露了魏晋玄学家主张儒道相通的心理奥秘，而且明白告诉人们，他们之所以选择独善其身的人生道路，真正原因是不愿"与一世同其波流"，坚持自己的理想和独立的人格，并不是真正看破红尘。认识到这一点，我们就不难理解，为什么作为魏晋玄学重要代表的阮籍、嵇康等人，他们的诗文中会流溢出如此浓重的悲凉慷慨之情，而平和恬淡的陶渊明也会有"金刚怒目式"的诗篇了。

对本诗含义的理解，前人往往过分拘泥于历史事实，所以产生了"此岂咏公孙、毌丘流耶"，"似指王凌、诸葛诞、毌丘俭之徒"，"为曹爽伐蜀而作"等牵强附会的说法。其实这首诗也只是寄托之词，诗歌所歌颂的壮士当然并不是实有其人。正如方东树所指出的，"此即'炎光'篇而申之，原本《九歌·国殇》，词旨雄杰壮阔……合子建《白马篇》观之，皆有为之言也"。三曹七子的作品，往往通过咏从军、征伐来寄托雄心壮志，曹植的《白马篇》是最典型的代表。阮籍此诗明显地受到曹植的影响。后来，如鲍照的"幽檄起边庭""幽并重骑射"等，都属于这种类型的作品。只是随着寄托的成分减少，写实的成分增加，往往直书即目，痛快淋漓，而含蓄深远的优点却逐渐丧失，这也许是难以两全的事吧！

【其四十】

混元生两仪,四象运衡玑①。
曒日布炎精,素月垂景辉②。
晷度有昭回,哀哉人命微③。
飘若风尘逝,忽若庆云晞④。
修龄适余愿,光宠非己威⑤。
安期步天路,松子与世违⑥。
焉得凌霄翼?飘飖登云巍⑦。
嗟哉尼父志,何为居九夷⑧?

---

① 混元,混沌的元气。我国古代哲学家认为,这种元气产生了天地。《老子》第二十章:"有物混成,先天地生。"《公羊·隐元年》何休注:"元者,气也。无形以起,有形以分,造起天地,天地之始也。"两仪,天地。四象,四季。《周易·系辞》:"是故易有太极,是生两仪,两仪生四象,四象生八卦。"衡玑,星名,指北斗七星中的天玑、玉衡两星,指代北斗星。古人根据北斗星斗柄所指,以确定季节。
② 曒(jiǎo),明亮。炎精,指阳光。景辉,光辉。
③ 晷度,日晷的刻度,古人以此计时。晷,日影。昭回,指日影由暗而复明。昭,明亮。人命微,指人的生命衰微,衰落。
④ "飘若"二句,承上意,言生命之飘忽无常。庆云,五色云。晞,干。
⑤ 修龄,长寿。适余愿,符合我的愿望。光宠,荣光和恩宠。
⑥ 安期,安期生,道家方士,相传活了一千多岁。松子,赤松子。违,离开。
⑦ 云巍,指高高的云间。巍,高大。
⑧ 尼父,孔子。《论语·子罕》:"子欲居九夷。或曰:'陋,如之何?'子曰:'君子居之,何陋之有?'"九夷泛指中原东南部的民族,当时被认为尚未开化。二句意谓孔子因政治理想难以实现,所以想离开中原,迁居九夷。

【译义】

浑灏的元气化生了天地，四季代序跟随斗柄转移。
明亮的太阳播散出光热，皓皓的明月流布着清辉。
太阳下山了次日又升起，可悲啊人命实在太卑微。
飘飘渺渺一如风尘消逝，悠悠忽忽就像庆云易晞。
长生不老的确是我所愿，光荣恩宠不能加我声威。
安期生成仙在天路行走，赤松子高举也与世远离。
如何能长出那凌霄双翅？飘飘然飞上了云天巍巍。
可叹尼父一生追求仁义，为何离开中原居住九夷。

【解析】

　　这首诗也是感叹生命无常，渴望追随安期、赤松的游仙诗。黄侃解释说："天道有常，人命危浅，富贵非己所愿，唯有长生可用慰心。安期、松子，惜乎从之未由耳。尼父居夷，何足慕哉！"大体上符合本诗旨意。

　　但是与《咏怀诗》中其他游仙之作相比，本诗有两点值得注意。其一是诗人从宇宙无穷的角度来观照世界，也就是说他在感叹人生短促的同时，又体认宇宙之永恒，这说明阮籍对人生无常的感叹，明显地带着玄学思潮的印记。其二是诗歌结尾两句对待儒家圣人孔子的态度。"嗟哉尼父志，何为居九夷"，此典出于《论语·子罕》。孔子认为中原各国没有明君，不愿接受他的政治主张，所以便感叹说："道不行，乘桴浮于海。"阮籍在诗中运用此典，究竟要表达什么思想呢？陈沆认为："方欲延龄世外，遗身霄路，即尼父居夷且非所慕，况外希世宠乎？"黄侃的意见和陈沆近似，也认为末二句是阮籍站在玄学家立场上对孔子提出的批评。阮籍作为老庄信徒和玄学代表，在《达庄论》和《大人先生传》等文中，确实对儒家的仁义和礼法等思想观念提出过严厉的批判，称之为"天下残贼危乱，死亡之术耳"。但是我们还应该注意到，阮籍从来没有对孔子提出过正面的批评，相反，他对孔子这位儒家的始祖一直怀有相当的崇敬之情。今本《阮籍集》中载有一篇《孔子诔》，全文如下："养徒三千，升堂七十。潜神演思，因史作书。考混元于无形，本造化于太初。"这篇诔文只有短短数句，意思也不甚完整，疑有缺文，但仍旧表现了作者对孔子的崇高评价。在《咏怀诗》中，虽然随处可见老庄思想的影子，但却找不到一句直接批评孔子的文句。凡是提到孔子之时，或称"孔圣"，或称"尼父"，无不充满崇敬之情。在其五十九"河上有丈人"和其六十"儒者通六艺"两诗中，他以崇敬的心情真诚地歌颂了真正的儒者，足见诗人并非真正否定儒学和儒家思想，而只是痛恨儒学之败坏变质，痛恨那些以仁义之名行利己之实，以礼法之名行害人之实的伪儒而已。基于以上认识，我们认为本诗最后两句，并非阮籍站在老庄玄学的立场上对孔子提出的批评。吴汝纶说："求仙之意，即居夷之意也。末二句词若怪之，实所以伤之。"吴氏的意见是对的。阮籍因为济世之志无法实现，遂托意于神仙方外，孔子因为道不行于中原，便"乘桴筏而适东夷"，同样都表现了对当时社会现实的不满和失望，所以说他们的精神是一致的。因此"嗟哉"两句，不仅是感叹同情孔子之生不逢辰，而且也含蓄地点明了自己之所以超世避世、托意神仙的社会原因。这与全诗的基调完全一致。

【其四十一】

天网弥四野,六翮掩不舒①。

随波纷纶客,泛泛若浮凫②。

生命无期度,朝夕有不虞③。

列仙停修龄,养志在冲虚④。

飘飖云日间,邈与世路殊⑤。

荣名非己宝,声色焉足娱⑥。

采药无旋返,神仙志不符⑦。

逼此良可惑,令我久踌躇⑧。

---

① 天网,上天所布的罗网。《老子》:"天网恢恢,疏而不失。"弥,遍。六翮,鸟的双翅。掩,合拢,指收起。舒,伸展。
② 纷纶,众多貌。凫,野鸭。《楚辞·卜居》:"将泛泛若水中之凫,与波上下,偷以全吾躯乎?"二句以水上野鸭比喻随波逐流之世人。
③ 无期度,没有确定的期限,意谓生命无常。不虞,意外。
④ 停,定。冲虚,恬淡虚空,道家以为如此才能养性全真。
⑤ 邈,远。殊,断绝。
⑥ "荣名"二句,《古诗十九首》:"荣名以为宝。"《楚辞·九歌·东君》:"羌声色兮娱人。"诗歌反其意,言世俗之荣名不足珍贵,声色歌舞也不足以自娱。
⑦ "采药"二句,用秦始皇派使者到海外仙山采集不死之药,结果无功而返的典故(详《史记·封禅书》),说明长生不老的愿望难以实现,羽化登仙的追求也只是空想。符,信。
⑧ "逼此"二句,意谓被以上想法所逼迫,因而彷徨痛苦而踌躇。惑,迷乱。踌躇,犹豫不决。

【译文】

弥天的罗网遍罩四野，鸷鸟健翅收敛难展舒。
随波逐流的凡夫俗子，就像野鸭在水上飘浮。
生命无常啊变化莫测，朝夕之间有不测之虞。
海外列仙都长生不老，全真养性，恬淡冲虚。
栖身云日间飘摇自适，邈不可及啊与世殊途。
利禄功名已非我所爱，声色犬马也非我所娱。
采药蓬山从不见回返，海外神仙也飘渺虚无。
如此种种真令人惶惑，满怀失望我久久踌躇。

【解析】

本诗抒写了诗人内心的矛盾，这种矛盾集中在一点上：欲济世而不能，欲超世而不可。这种矛盾几乎伴随诗人度过一生。

诗的开头用两个比喻，形象地勾勒出诗人的矛盾心态。天网遍布，鸷鸟难以振翅高飞，象征着环境凶险，贤德之士有才难展；浮凫泛水，象征着随俗浮沉的庸俗之徒。其实，阮籍本人就是一个既难以随鸷鸟高飞，又不甘与庸人为伍的矛盾人物。他这种矛盾心态，在《咏怀诗》中屡屡有所表现。例如其八："宁与燕雀翔，不随黄鹄飞。"其四十六："招摇安可翔，不若栖树枝。"为了全身保命，诗人似乎安于卑凡平庸。但是在其二十一又说："岂与鹑鷃游，连翩戏中庭。"在其四十三又说："岂与乡曲士，携手共言誓。"又表现出强烈的傲世超世之态。阮籍一生就在两者之间徘徊。当然卑凡混世是其表象，是为了苟且求全，而超世傲世是其思想本质，是诗人玄学人生

141

理想的表现。本诗前四句,即用对比的方法,表现了诗人内心的矛盾。"生命"以下六句,诗人感叹生命无常,世路凶险,人世的荣名声色都不足留恋,因而渴望超越尘世,养志冲虚,与神仙为伍。这里所表现的游仙思想与他在另外诗篇中表现的大同小异。值得注意的是,诗中写了这样两句:"采药无旋返,神仙志不符",对服食延年、修炼飞升的现实可能性提出了怀疑以至否定。其实阮籍提出这样的怀疑并不使人感到意外。诗人对彼岸世界的向往与追求,原本就基于对此岸世界的不满与厌恶。但是此岸世界昭昭在目,其实在性时刻提示人们不忘身居何处;而彼岸世界却是诗人理想所寄托、幻想所虚构的玄虚缥缈的空中楼阁,其实在性和可靠性往往经不起无情现实的一击。因此,诗人在本诗结尾对这种幻境提出怀疑以致否定,也是很自然的事情。

  最后两句,直抒胸臆,诗人抒写了在理想破灭之后的痛苦和彷徨。鲁迅先生说过,人生最痛苦的事情是梦醒了以后无路可走,诗人此时就落入了这样的境地。现实社会环境是如此令人恐惧和厌恶,而用幻想编织成的五彩的梦境又忽然消失,因此他只好在矛盾痛苦中度日。正如黄节所说:"'逼此良可惑',谓随波相逐则生命无常,志在神仙而采药又不足信,二者交迫于中,踌躇不能自决,以是良可惑耳。"

【其四十二】

王业须良辅，建功俟英雄①。

元凯康哉美，多士颂声隆②。

阴阳有舛错，日月不常融③。

天时有否泰，人事多盈冲④。

园绮遁南岳，伯阳隐西戎⑤。

保身念道真，宠耀焉足崇⑥。

---

① 王业，帝王的功业。良辅，良臣辅佐。俟，待。
② 元凯，即元恺。据《左传·文十八年》记载，高辛氏有才子八人，世称"八元"；高阳氏有才子八人，世称"八恺"。康，安康。《尚书·益稷》："元首明哉，股肱良哉，庶事康哉。"后因以"康哉"为称颂君明臣良、国事安泰之词。多士，拥有众多贤士。《诗经·大雅·文王》："济济多士，文王以宁。"隆，盛。
③ 舛（chuǎn），错乱。《庄子·外物》："阴阳错行，则天地大绠。"融，明亮。
④ 否（pǐ）泰，阻塞或通畅，原为《易经》中两卦名，后用作称命运之顺逆好坏。盈冲，充满或空虚。诗中亦指人事之圆满或缺损。《老子》："大盈若冲，其用不穷。"
⑤ 园绮，秦末高士东园公、绮里季、甪（lù）里先生、夏黄公四人，因见秦政暴虐，乃共入商洛，隐居地肺山，以待天下安定，人称"商山四皓"。秦败汉兴，汉高祖闻其名而征之，不屈，匿居终南山。南岳，这里指终南山。遁，逃避。伯阳，老子字。《史记·老庄申韩列传》："老子姓李氏，名耳，字伯阳，谥曰聃。……居周久之，见周之衰，乃遂去……莫知其所终。"按张守节《正义》曰："字伯阳。"曹丕《折杨柳行》："老聃适西戎，于今竟不还。"西戎，古代对西北少数民族的统称。
⑥ 道真，大道之精神。宠耀，恩宠和荣耀。

人谁不善始，鲜能克厥终①。
休哉上世士，万载垂清风②。

【译义】

王业需要良臣辅佐，建立功业依靠英雄。
八元八凯多么伟大，人才济济举世称颂。
阴阳错乱是非颠倒，明明日月也会昏蒙。
天命无常吉凶交替，人事多变祸福相从。
商山四皓遁迹南岳，哲人伯阳隐居西戎。
保命全身心念道真，恩宠荣耀何足尊崇？
善始不难人人可为，功成名就少有善终。
美哉！古代贤君子，千年万载留传清风。

【解析】

《孟子·尽心上》说："故士穷不失义，达不离道。穷不失义，故士得已焉。达不离道，故民不失望焉。古之人得志泽加于民，不得志修身见于世。穷则独善其身，达则兼善天下。"嵇康在《与山巨源绝交书》中发挥这一思想说："所谓达则兼善而不渝，穷则自得而无闷。以此观之，故尧舜之君世，许由之岩栖，子房之佐汉，接舆之行歌，其揆一也。仰瞻数君，可谓能遂其志者也。故君子百行，殊途而同致，循性而动，各附所安。"从这两段话我们既可看出早

---

① "人谁"二句，《诗经·大雅·荡》："靡不有初，鲜克有终。"
② 休，美。上世士，上古有道之人，如四皓、老子等人。垂，流传。

期儒家先哲与魏晋玄学家对待命运遭遇的不同态度,又可了解儒道两家思想兼容和相通之处。孟子强调"士穷不失义",嵇康强调"循性而动",从强调"穷不失义"发展到"循性而动",正是魏晋士人张扬自我,突出个性的社会思潮的表现。但是他们两者都赞成"达则兼济,穷则独善"的原则,这又是两者的相通之处。

这首诗,上半赞美兼济之志,下半抒发独善之情。体现这种兼济之志的是儒家典籍中称颂的"八元""八恺",他们生于太平盛世,身逢圣明之君,因此能够大展宏图,建立赫赫功勋。体现独善之情的是道家先哲老子和秦、汉之交的"商山四皓"。老子目睹周室衰微,世乱将至,遂隐于西戎,不知所终。"商山四皓"不满于暴秦的酷虐,于是"乃共入商洛,隐地肺山"。值得注意的是,诗人对这两种人都采取肯定和赞扬的态度,正如黄侃所说:"虽有圣哲,逢时则为元凯多士,失时则为园绮伯阳。"表现出玄学家明显的调和儒道的态度。

前面已经说过,阮籍《咏怀诗》虽然钦慕庄老,托意神仙,但对真正的儒者,却从不心存轻侮之意。本诗前四句对虞、舜、周、文及其肱股大臣的热烈歌颂,再次证明了这一点。他在《与晋王荐卢播书》中说:"是以百士归周,周道以隆,虞舜登庸,元凯咸事。"也表达了与本诗类似的思想。当然,诗人自己不是生活于虞、舜、周、文的盛世,而是苟全于"魏晋易代之际"的乱世,根本无法实现兼济天下的志愿,因此只能仿效园、绮、伯阳之"独善其身"。正如陈祚明所说:"使果盛世登庸,岂不甚愿?然不可逢也,故知退隐诚非得已。""保身念道真"以下四句,既是对园、绮、伯阳行为的赞美,又是对世人的提示和警告:千万不要贪恋功名富贵,一时的宠耀并不值得尊崇;须知世事多变,祸福相从,善始虽然容易,善终却十分困难;还是以安贫乐道,保命全真为要。结尾两句是对"上世士"的称颂,但这"上世士"是指谁呢?蒋师爚说:"结处仍眷眷元凯之美。"认为是专指元凯等人。方东树则认为:"上世士即指园、绮、伯阳,能克终者耳。"其实,这两种意见并不互相排斥。"上世士"既指园、绮、伯阳,亦指元凯。在阮籍看来,穷或达并不是评价一个人的主要标准,标准应该是对待穷达的态度。元凯也好,园、绮、伯阳也好,他们都能够在自己的行为中贯彻"达则兼济,穷则独善"的原则,因而都是古代清风可沐,值得后人称颂的人物。

【其四十三】

鸿鹄相随飞，飞飞适荒裔①。
双翮临长风，须臾万里逝②。
朝餐琅玕实，夕宿丹山际③，
抗身青云中，网罗孰能制？
岂与乡曲士，携手共言誓④。

【译文】

鸿鹄振翅相随飞，飞飞远往边荒地。
翩翩健翮凌长风，须臾飞越千万里。
早餐啄食琅玕果，夜晚栖宿丹山际。
耸身青云远祸害，人世网罗谁能制？
岂能交往乡曲士，携手共谈世俗事。

---

① 鸿鹄，天鹅。荒裔，边远荒漠之地。
② 翮，鸟的翅膀。逝，往。
③ 琅玕，神木名。《山海经·海内西经》："服常树，其上有三头人，伺琅玕树。"郭璞注："琅玕子似珠。"又《抱朴子·祛惑》："（昆仑）有珠玉树、沙棠、琅玕、碧瑰之树。"丹山，即丹穴之山，神话中的山名。《山海经·南山经》："又东五百里，曰丹穴之山。……有鸟焉，其状如鸡，五采而文，名曰凤皇。"
④ 乡曲士，见识浅陋之人。言誓，盟誓。黄侃曰："乡曲之士，窘若囚居，又安肯与之携手共谈猥贱之事哉？"

【解析】

本诗与其二十一（于心怀寸阴）其七十九（林中有奇鸟）一样，都是运用比喻象征的手法，表现诗人的超世之情和愤世之慨。这首诗中的主要象征意象"鸿鹄"，与其二十一中的"玄鹤"和其七十九中的"凤凰"，属于同一个类的象征意象。他们所具备的共同品格特征都是清高、脱俗、超世。玄鹤"一飞冲青天，旷世不再鸣。岂与鹑鷃游？连翩戏中庭"；鸿鹄"双翮凌长风，须臾万里逝……岂与乡曲士，携手共言誓"。凤凰"一去昆仑西，何时复回翔"，都表现出一种孤芳自赏、超越世俗的情绪。但是在阮籍《咏怀诗》中，这些意象在表现清高、脱俗与超世的同时，却又笼罩着一层浓厚的悲剧色彩。鸿鹄"抗身青云中"是为了躲避人世的网罗；高飞于云间的玄鹤则"抗志扬哀声"，发出长长的悲鸣之声；凤凰也是"但恨处非位，怆恨使心伤"，低回着无限的遗憾和感慨。这三首诗中的主要意象玄鹤、凤凰和鸿鹄其实都是诗人自己身世和命运的象征。

用比喻象征的方法表现抒情主体的思想感情并非始于阮籍，先秦哲学家庄子以及屈原、宋玉等楚辞作家在自己的作品中就大量采用这种方式传情达意。他们常常把自己（贤臣）比作凤凰、鸷鸟、黄鹄，而把群小比为燕雀、乌鹊、鸡鹜等等。例如屈原《离骚》说："鸷鸟之不群兮，自前世而固然。"又《涉江》："鸾鸟凤凰，日以远兮，燕雀乌鹊，巢堂坛兮。"又《卜居》："宁与黄鹄比翼乎？将与鸡鹜争食乎？"宋玉《九辩》也说："凫雁皆唼夫梁藻兮，凤愈飘翔而高举。"阮籍这三首诗在意境构成和意象选用上明显受到前人的影响。所不同的是，屈原在诗歌中充满着一种义无反顾，宁为玉碎，不为瓦全的精神,而阮籍在诗中虽然也表现出违俗和超世之情,但清高自守,保命全身的情绪始终占据了主要位置,这固然是由不同的时代,诗人不同的环境和性格所决定,但屈原与阮籍两人思想境界的高下和差异,由此也可看出明显的区分。

【其四十四】

俦物终始殊，修短各异方①。
琅玕生高山，芝英耀朱堂②。
荧荧桃李花，成蹊将夭伤③。
焉敢希千术，三春表微光④。
自非凌风树，憔悴乌有常⑤？

【译文】

万物本性从来不同，此长彼短各不一样。
琅玕神木生长高山，灵芝奇葩辉耀华堂。
秾桃艳李花开满树，游人过后即将凋伤。
岂敢希求于大道争艳，但愿在春天散发微香。
自思身非凌风大树，零落憔悴岂能久长？

【解析】

这是一首咏物诗，但托物而咏怀，慨叹个体生命的短促无常。

---

① 俦物，物类。殊，不同。修短，长短，指生命之长短。
② 芝英，灵芝花。
③ 成蹊，桃李成蹊，见其三注①。夭伤，死亡。二句意谓，桃李盛开之时，便是其即将凋谢之日。
④ "焉敢"二句，意谓桃李只能开于野外，不过表三春之微光而已，岂敢希求种植于大道之旁。千术，大路。
⑤ 凌风树，大树。乌，何。

诗歌以议论开头,提出了这样一个问题:世间万物之不同,都是出于自然本性,人力无法勉强去改变。中间四句,用两组含义相反的意象作对比,来证实上述理论:琅玕神木生于高山,千年不凋;灵芝仙草辉耀于华堂,永不萎谢;而秾桃艳李虽然春花满树,吸引无数游人,以致树下成蹊,但只能焕耀于一时,聊表三春之微光而已,这一切都来自自然之本性,并非人力所能左右。正如黄侃所解释的:"物类不齐,或有千岁常荣,或有三春暂茂。即性命自然,虽相希无益也。"阮籍在《达庄论》中也说过:"天地生于自然,万物生于天地。"天地万物的本性都体现在自然之中,这是作为玄学家的阮籍对于世间万物本性的理性认识。但人之所以为人,就在于不可能没有感情和欲望,于是便产生了理智和感情的矛盾冲突以至分裂。生命无常而短促虽然秉于自然,但人们总是企盼长生,祈求超越,于是在《咏怀诗》中便有了追求游仙、长生之术的作品。本诗也是如此。诗人既理智地认识到生命短促乃是自然规律,另一方面却又悲叹生命之难以永恒。结尾两句充满伤感和遗憾的诗句"自非凌风树,憔悴乌有常",正是这种矛盾心理的具体表现。但也就是对最后两句,学者们在理解上产生了分歧。曾国藩认为:"凌风树亦阮公以自况者,有托根霄汉、终古不凋之意。"曾氏的解释,多少有点随意性。其实末二句诗人在文字表述上并不含糊,"凌风树"并不是阮籍自况。"自非凌风树"者,是感叹桃李不及凌风树,诗人自己也非凌风树,因而终将凋落而不能千古常青。《咏怀诗》其四也说:"自非王子晋,谁能常美好。"所表达的思想感情与本诗结尾一样,只不过把"王子晋"改成了"凌风树"罢了,都是对生命短促无常之哀叹。

【其四十五】

幽兰不可佩，朱草为谁荣①？
修竹隐山阴，射干临增城②。
葛藟延幽谷，绵绵瓜瓞生③。
乐极消灵神，哀深伤人情④。
竟知忧无益，岂若归太清⑤。

【译义】

芬芳幽兰不可佩戴，吉祥朱草为谁而荣？

娟娟修竹隐藏山南，神木射干俯临增城。

葛藤蔓延生长幽谷，大小瓜儿绵绵滋生。

---

① "幽兰"二句，《楚辞·离骚》："户服艾以盈要兮，谓幽兰其不可佩。"王逸注："言楚国户服白蒿，满其要带，以为芬芳，反谓幽兰恶臭，为不可佩也。以言君亲爱谗佞，憎远忠直，而不肯近也。"首句意本此。朱草，一种红色的草，可做染料。古代方士附会为瑞草。东方朔《非有先生传》："甘露既降，朱草萌芽。"
② 修竹，修长的竹子。山阴，山北。射干，神木名，见其二十六注③。增城，古代神话中的地名。《楚辞·天问》："增城九重，其高几里？"增即层，重也。
③ 葛藟，葛藤，一种蔓生植物。《诗经·王风·葛藟》："绵绵葛藟，在河之浒。"瓜瓞，小瓜。《诗经·大雅·绵》："绵绵瓜瓞，民之初生，自土沮漆。"
④ 灵神，精神。人情，人的自然本性。
⑤ 竟知，终知。太清，天道，即自然。《庄子·天运》："行之以礼义，建之以太清。"成玄英疏："太清，天道也。"

享乐过度消耗精神，悲哀太深损伤人性。

终于明白忧虑无益，岂若回归太清之境。

【解析】

本诗伤时感世的意义非常明显。黄侃解释说："此仍衍前章之意，言幽兰未必见佩，朱草竟为谁荣？修竹、射干产于荒僻，葛藤、瓜瓞反得繁荣。既命之所无奈何，斯忧乐皆为无谓。归于太清，齐物逍遥之旨也。"

诗歌前六句用比喻象征的方法，后四句直抒胸臆。"幽兰不可佩"，诗人借用屈原《离骚》中的诗句，谴责社会黑暗和是非颠倒。朱草是吉祥的象征，黄节引《鹖冠子》曰："圣王之德下及万灵，则朱草生。"朱草应在政治清明之时开花，但却偏偏开放于乱世，所以说"为谁荣"。修竹、射干等清洁神奇之物，退居于荒僻之地；而葛藤、瓜瓞等低贱平凡之物，反而遍地生长，绵延不绝。这四句诗共分两组，用对比的手法，象征着是非不分、黑白颠倒的社会现实，这种现实，就是屈原在作品中一再谴责的"变白以为黑兮，倒上以为下；凤凰在笯兮，鸡鹜翔舞"的社会现实。当然对待这种不合理社会现实，屈原与阮籍的态度并不相同。前者斗争，后者回避；前者执着，后者依违，就品格的完美而言，区别还是明显的。当然，屈原与阮籍所处时代不同，环境各异，后人也不能简单地同等要求。

"乐极"以下四句，诗人感叹说，大势既已如此，个人的忧乐均于事无补，徒然伤神残性，还不如超越现实世界，归于太清。什么是太清呢？太清就是阮籍玄学理想所寄托的玄虚飘缈的彼岸世界。

从《咏怀诗》其二十三和《大人先生传》的具体描绘中看，太清实际上就是诗人幻想的神仙世界。这里又一次表现出阮籍与屈原对待不合理社会现象的不同态度。屈原面对"众人皆醉，举世皆浊"的社会，表示要遵从先哲的教导，"伏清白以死直"，"九死其犹未悔"，不惜为自己的理想而献出生命。而阮籍只能让自己的精神在玄虚飘缈的太清幻境中躲避栖息，求得暂时的安宁。这也反映出道家与儒家对待逆境的不同态度，儒家以是非为原则，道家以全身为宗旨。屈原认定为理想而死，虽死犹荣；而阮籍则认为残生伤性，乃是违背自然的宗旨。信仰与原则不同，结论自然也就相异了。

【其四十六】

莺鸠飞桑榆，海鸟运天池①。

岂不识宏大？羽翼不相宜②。

招摇安可翔，不若栖树枝③。

下集蓬艾间，上游园圃篱④。

但尔亦自足，用子为追随⑤？

【译文】

斑鸠嬉戏于桑榆之间，大鹏翱翔在浩瀚天池。

难道不认识海天宏大？羽翼短弱它不宜高飞。

扶摇万里何可轻往，不如安心栖息树枝。

饥来觅食下集蓬艾，再飞上园圃竹篱嬉戏。

---

① "莺鸠"二句，《庄子·逍遥游》："《齐谐》者，志怪者也。《谐》之言曰：'鹏之徙于南冥也，水击三千里，抟扶摇而上者九万里，去以六月息者也。'"又"蜩与学鸠笑之曰：'我决起而飞，抢榆枋，时则不至，而控于地而已矣，奚以之九万里而南为？'"莺鸠，斑鸠。海鸟，指大鹏。天池，指南海。
② 宏大，巨大。不相宜，不合适。
③ 招摇，黄节以为当作扶摇。扶摇即旋风。不若，不如。《庄子·逍遥游》："鹪鹩巢于深林，不过一枝。"
④ "下集"二句，《庄子·逍遥游》："斥鴳笑之（大鹏）曰：'彼且奚适也！我腾跃而上，不过数仞而下，翱翔蓬蒿之间，此亦飞之至也。而彼且奚适也？'"
⑤ 但尔，只要如此。用，何用。子，指大鹏。

只要如此于我愿已足，何必高飞远举强追随？

【解析】

如果说《咏怀诗》其二十一、其四十三、其七十九三诗是通过抗身青云的玄鹤、展翅凌风的黄鹄、高鸣响彻九州的凤凰等充满象征色彩的意象，表现诗人的超世之情和愤世之慨的话，那么本诗与其八（灼灼西颓日）正好与此相反，而是通过鸳鸠、燕雀等象征意象来表达诗人的混世之情和苟且之态。这两种相反的情绪，同时反映了阮籍心理世界的两个矛盾方面。超世表现了诗人的玄学理想，表现了诗人对黑暗现实的批判和否定，这是阮籍思想性格的一个主要方面；而混世和苟且是在社会环境挤压之下不得已而采取的权宜之计，表现了诗人思想性格软弱和动摇的另一个方面。他在本诗中说："岂不识宏大？羽翼不相宜。"在其八中说："黄鹄游四海，中路将安归？"很明显，诗人并不是不希望成为"运天池"的海鸟，也不是不愿效仿"游四海"的黄鹄，而是顾虑"羽翼不相宜"，害怕"中路将安归"。生活于魏晋易代之际的险恶政治环境之中，阮籍虽然满怀傲世之情和超世之愿，但终其一生仍不得不与司马氏集团虚与委蛇，不得不与世俗的力量妥协。这首诗最集中地表现了阮籍与世妥协的思想，而这一点也正是阮籍与嵇康的不同之处。关于这个问题，嵇康在《与山巨源绝交书》中是这样说的："阮嗣宗口不论人过，吾每师之而未能及。至性过人，与物无伤，唯饮酒过差耳。至为礼法之士所绳，疾之如仇，幸赖大将军保持之耳。吾不如嗣宗之资，而有慢弛之阙，又不识人情，暗于机宜，无万石之慎，而有好尽之累。久与事接,疵衅日生,虽欲无患,其可得乎?"同样是玄学名士,同样是当时士人中的领袖人物,为什么阮籍能够得到司马氏的谅解和保护,而嵇康却惨死于司马氏的屠刀之下,除去别的因素之外,一个重要的原因是阮籍在政治上十分谨慎,有愿意妥协的一面;而嵇康却"性烈而才峻",始终不卖司马氏的账,也不愿与世俗礼法作任何妥协,所以就产生了不同的结果。

这首诗中两个主要的象征意象,全部采自《庄子·逍遥游》,海鸟就是大鹏,莺鸠就是斑鸠,这两个意象的色彩对比非常鲜明而强烈。但诗人却说自己认识到与其效海鸟之高飞长空,还不如学斑鸠之卑栖树枝,上游于篱落,下集于蓬蒿,原因是什么呢?"岂不识宏大?羽翼不相宜"。明确地宣称自己这样做并非出于理想和本愿,而是迫于政治环境的压力。结尾两句,黄侃解释说:"用子追随,阮公所以自安于退屈也。"自安退屈,不羡慕高位,不贪图功名,这正是阮籍能苟全性命于乱世的主要策略。在漫长的封建社会,中国传统士大夫在面临国家危亡,政权更迭,暴君肆虐权奸当道之时,总体表现是软弱的,真正能够"杀身成仁,舍生取义",像鲁迅所说成为脊梁的,毕竟为数不多。最好的表现也不过是退隐山林,"独善其身",采取不合作态度。现在人们可以赞美屈原、嵇康的高风亮节,但是对阮籍等人的"自安退屈",以求自保,也应该谅解,难以苛求。

【其四十七】

生命辰安在？忧戚涕沾襟①。
高鸟翔山冈，燕雀栖下林②。
青云蔽前庭，素琴凄我心。
崇山有鸣鹤，岂可相追寻③？

【译义】

生不逢时良辰何在？忧愁悲戚涕泪沾襟。
高飞的大鸟翱翔山岗，卑微的燕雀栖息下林。
青云蔽日令前庭昏暗，心中凄怨且寄托瑶琴。
高山传来了声声鹤唳，岂是我等随便可追寻？

【解析】

　　这首诗表现了阮籍的穷途之叹。诗人一开始就诉说自己生不逢辰，因而悲痛不已。接下去两句，以高鸟和燕雀作对比，重申前首之意，感叹自己不能效高鸟之飞翔山冈，而只能如燕雀之卑栖下林。"青云"两句，直抒胸怀，说当此青云蔽庭之日，只能以弹琴抒怀解忧而已。

---

① "生命"句，《诗经·小雅·小弁》："天之生我，我辰安在？"辰安在，意谓生不逢辰。辰，时辰。忧戚，忧伤。
② 高鸟，高飞之鸟。《史记·淮阴侯列传》："高鸟尽，良弓藏。"下林，低矮的树林，对山冈而言。
③ 崇山，高山。

结尾再申前意,说自己虽欲追寻鸣鹤而不可得,不得已只能安于卑微,故而悲痛难言。诗人的这种心情,在《咏怀诗》中屡有申述。例如其八:"黄鹄游四海,中路将安归?"其四十六:"岂不识宏大,羽翼不相宜。"这些诗句,都表现了诗人企盼超越却又难以超越,不甘卑凡,而又不得不安于卑凡的矛盾痛苦心情。

关于这首诗的主题思想,黄节认为是:"悲生命之不辰,而追念其父(阮瑀)之节操也。"黄节的主要根据有两点,第一,根据《文士传》的记载,阮籍的父亲阮瑀当年曾拒绝曹操的征召,逃入山中。后来曹操派人焚烧山林,才抓获阮瑀,送至京师。阮籍也不满司马氏之篡位,被迫做了司马的从事中郎,因追念其父之节操而作此诗。第二,阮瑀当年"善解音,能鼓琴,遂抚弦而歌,太祖大悦"。阮瑀传世的《咏史诗》中又有"叹气若青云"之句。《礼记·丧服四制》:"祥之日,鼓素琴。"又《周易·系辞上》:"鸣鹤在阴,其子和之。"其中"青云""素琴""鸣鹤"等词语都出现在这首诗中。尤其是"其子和之"四字,黄节据此认为,阮籍是阮瑀之子,所以诗中说追寻"鸣鹤"就是追寻其父。黄节的意见表面看来似乎有一定道理,但经不起仔细推敲。"青云""素琴""鸣鹤"等都是比较常见的词语,偶尔与诗中词语相合,并不能证明此诗就是阮籍怀念其父的作品。何况,阮瑀死于建安十七年(212),那时阮籍才三岁。《咏怀诗》是阮籍晚年作品,时隔数十年之久,何以忽然又在诗中追念起生父来了呢?这也不太合乎情理。更何况《文士传》记载此事之不确,裴松之已辩之甚详①。黄氏之所以从字面的偶然相合，便认定此诗是阮籍为追念其父亲阮瑀而作，无非是想说明阮籍在政治上同情曹魏、不满司马氏篡权夺位的立场，就像他父亲当年不满魏之篡汉，于是拒绝曹操征召一样。前已有述，这一前提其实并不存在。阮瑀当年并没有逃入山中，坚拒曹操征召。而阮籍在政治上也并没有倾向曹魏反对司马之意。因此这种推测也就失去了前提依据。其实，"鸣鹤"就是"高鸟"，这一意象与其二十一、其四十六、其七十九中所写的"玄鹤""黄鹄""凤凰"一样，都托寓了诗人超世绝俗的理想。诗人主观上虽然想超举，但行动上又不得不苟安，因此说"崇山有鸣鹤，岂可相追寻？"表现出无比的彷徨和深深的遗憾，这正是阮籍思想上的主要矛盾，也是他一生痛苦的重要根源。

---

① 《三国志·魏志》卷二十一注引《文士传》："太祖雅闻瑀名，辟之不应，连见逼促，乃逃入山中。太祖使人焚山，得瑀，送至，召入。太祖时征长安，大延宾客，怒瑀不与语，使就技人列。瑀善解音，能鼓琴，遂抚弦而歌，因造曲曰：'奕奕天门开，大魏应期运。青盖巡九州，在东西人怨。士为知己死，女为悦者玩。恩义苟敷畅，他人焉能乱。'为曲既捷，音声殊妙，当时冠坐。太祖大悦。"关于《文士传》的这段记载，裴松之认为不可靠。他说："案鱼氏《典略》、挚虞《文章志》并云，瑀建安初辞疾避役，不为曹洪屈。得太祖书，即投杖而起，不得有逃入山中，焚之乃出之事也。"又说："《典略》载太祖初征荆州，使瑀作书与刘备，及征马超，又使瑀作书与韩遂，此二书今具存。至长安之前，遂等破走，太祖始以十六年得入关耳。而张骘云，初得瑀时太祖在长安，此又乖戾。瑀以十七年卒，太祖十八年策为魏公，而云瑀歌舞辞称'大魏应期运'，愈知其妄。"

【其四十八】

鸣鸠嬉庭树,焦明游浮云①。
焉见孤翔鸟?翩翩无匹群②。
死生自然理,消散何缤纷③。

【译义】

鸣鸠在庭树间嬉戏,焦明却翱翔于浮云。
可曾见孤翔的鸟儿?飞来飞去难觅同群。
生死有命自然之理,消散陨落何等缤纷。

【解析】

本诗只有六句,是《咏怀诗》中最短的三首诗之一。另两首是其五十和其六十三。问题不在其短,而在于意思似乎不够完整。按陈伯君注云:"范陈本、陈德文本、刘成德本合前为一首。《诗纪》、《汉魏诗纪》、梅鼎祚本、及朴本注:'《汉魏诗集》合前为一首。'吴汝纶云:'潘璁云:诸本皆作一首,惟《诗所》别为一首。'汝纶按:合为一首者是也,言鸣鸠、焦明各有匹群,为前'追寻鸣鹤'下一转语。

---

① 鸣鸠,斑鸠。《楚辞·九叹》:"孤雌吟于高墉兮,鸣鸠栖于桑榆。"焦明,一作"焦鹏",又作"鹪鹏",俊鸟名,其状似凤凰。《楚辞·九叹》:"驾鸾凤以上游兮,从玄鹤与鹪明。"
② 翩翩,鸟轻飞貌。匹群,同伴。
③ 消散,指死亡。

末二句与'生命辰安在'相为首尾。"曾国藩对本诗也提出过怀疑，他说："《上林赋》注：'焦明似凤，西方之鸟也。'此与鸣鸠并举，殊觉不伦。末二句与前四句尤为不伦，疑后人所附益也。"

曾国藩的怀疑与吴汝纶的分析有一定道理。如果我们试着把本诗与其四十七合起来看，就会感到意思完整，首尾呼应。关于这个问题，吴氏提出的两个理由都很有力，第一，前诗结尾处说"崇山有鸣鹤，岂可相追寻"，语意似有未尽，本诗开头两句紧接其后，说鸣鸠嬉于庭树，焦明游于浮云，皆各有匹群，各得其所，唯此鸟孤翔无伴，无栖无依。"孤翔鸟"犹如其一所说的"孤鸿"和"翔鸟"，都是诗人自喻。第二，本诗末二句起得非常突兀，曾氏认为与前四句缺乏联络。但如与前首合看，起句"生命辰安在"与本诗结句"死生自然理，消散何缤纷"，就显得首尾完整，有呼有应。第三，阮籍《咏怀诗》全是一韵到底，中间绝不转韵，而本诗韵脚与前首属同一韵部。反而推之，两首原本为一首，因传写之误析为两首的可能性很大，巧合的可能性较少。第四，陈伯君记载，前人不少版本及《诗纪》等选本原都合两首为一首，这是版本学方面的依据。依据以上四点理由，如果把这两首诗合成一首来理解，可能会比较符合原貌原意。

【其四十九】

步游三衢旁,惆怅念所思[①]。
岂为今朝见,恍惚诚有之。
泽中生乔松,万世未可期[②]。
高鸟摩天飞,凌云共游嬉。
岂有孤行士,垂涕悲故时[③]?

【译义】

徒步行走三衢旁,惆怅怀念心所思。
岂能今朝再见面,依稀往事实有之。
高松生长沼泽中,万世青葱未可期。
高鸟飞飞近青天,凌云而上同游戏。
岂有特立独行士,流着眼泪念往事?

【解析】

这是一首思亲念友之作。诗人经过旧游之地,徘徊衢路,不禁"惆怅念所思"。"所思"究竟是指何人,现在当然已难确考,但从"惆

---

① 衢,大路。
② "泽中"二句,松树生于泽中,则难以期望其枝繁叶茂,度越千年。乔,高。
③ 孤行士,特立独行者。张衡《思玄赋》:"何孤行之茕茕兮,子不群而介立。"

怅"二字所透露的悲痛之情,使读者有理由推测,这"所思"之人可能已遭不幸,他很可能就是向秀在《思旧赋》中所悼念的嵇康一类人物。"岂为"二句,具体描绘思念的深切,说如今虽不复能再与"所思"相见,但恍惚之中,仿佛仍能看见他的形影。这样看来,诗人所思所念的人,必定和他有很深的关系,所以才能虽未见面,却能想见其形。"泽中"二句,可能是用比喻手法,为友人鸣不平,同时也为自己的命运而慨叹。乔松生长于沼泽之中,生非其地,怎能期望枝繁叶茂,千年常青呢?以此比喻贤人生于乱世,只能沉沦陷滞,而不可能一展抱负。"高鸟"二句,表现诗人超世绝群的心情,与前述"黄鹄""凤凰""玄鹤"托寓了相同的意思。从友人的不幸遭遇,引起了遗世自全的情绪,这是自然而然的结果。结尾两句,用老庄旷达之念自我安慰,也就是陈沆所说的:"乌有旷怀之士终日痴念者乎?"不过蒋师爚又指出:"结以孤行之士无所可悲,乃悲之深也。"故作旷达语,的确更见出其悲哀的深沉。

对这首诗的解释,前人比附之说十分流行。例如蒋师爚就认为:"此或过曹爽故居而有感欤?泽中乔松,谓爽于世业必无所成。高鸟摩天、凌云共游,借言司马氏势者已张矣。"黄节也说:"三衢犹言歧路,喻魏晋之交。所思当指魏。'泽中生乔松',言魏之兴复无望,不如远举,与高鸟游戏,奚必孤行垂涕也。"这种种说法既不合史实,也不合情理。曹爽是魏室宗亲,是与司马懿同受魏明帝遗诏辅佐少主齐王芳的顾命大臣。但他又是一个骄奢淫逸、腐败无能的贵族弟子,以至桓范骂他:"曹子丹(真)佳人,生汝兄弟,犊耳。"这样的人当然斗不过老谋深算的司马懿,最后终遭灭族之灾，连他手下的一大批亲信如何晏、邓飏等人，也遭到同样的命运，魏室从此衰落。阮籍与曹爽并没有什么交往，更谈不到有什么交情。阮籍三十八岁时，曹爽辅政，曾召为参军，但他托病辞职归于田里，"岁余而爽诛，时人服其远识"。阮籍之所以拒绝曹爽的官职，除了他不慕荣利的玄学理想以及对形势的基本判断之外，一定也还包括他对曹爽本人腐败无能的看法。因此说阮籍诗中的"所思"是指曹爽，而且为之惆怅，为之不平，是没有历史根据的。至于黄节所说的"所思当指魏"，其缺乏依据，已如前所述。事实上，曹爽被诛，意味着曹魏势力的崩溃，而此后不久，阮籍就当了司马氏父子的从事中郎，在高贵乡公（曹髦）在位之时还曾被封为关内侯、散骑常侍。一直到他五十四岁去世，十余年间，一直担任司马氏的官职，基本上没有发生过托病辞职的事。这虽不能说明阮籍甘心情愿为司马氏服务，但至少可以说明他在政治上并不是亲近曹魏的。因而曹爽的灭族，曹魏政权的崩溃，都不可能引发诗人如此深沉的悲痛之情。结论是：本诗是悼念好友的作品，好友是谁？可能是嵇康一类人物，然而也已难确考。

【其五十】

清露为凝霜,华草成蒿莱①。
谁云君子贤,明达安可能②。
乘云招松乔,呼噏永矣哉③。

【译文】

　　清清露水结成严霜,芬芳华草化为蒿莱。
　　谁说君子都是贤才,明达事理未必可能。
　　愿乘白云追随松乔,呼吸吐纳或可长生。

【解析】

　　这也是一首游仙诗。黄侃解释说:"春秋变化,荣悴转移,纵有贤达之才,于此无能措手。招寻松乔,永其呼噏。信有之乎?请从而往矣。"与诗意大体相符。

　　清露而变为严霜,芳草而化为蒿莱,不仅写出季节的变化,更象征社会之愈益黑暗,环境之更加险恶。在这样的情况下,贤德君

---

① 华草,芳草。《楚辞·离骚》:"何昔日之芳草兮,今直为此萧艾也。"王逸注:"言往昔芳芬之草,今皆直为萧艾而已。"洪兴祖补注:"萧艾、贱草,比喻不肖。"
② 明达,通达。《鹖冠子·道端》:"圣人之功,定制于冥冥,求至欲得,言听行从,近亲远附,明达四通。"
③ 松乔,赤松子、王子乔。噏,同"吸"。永,长久。

子不仅难以为世所用，反而可能给自己招来灾难。"安可能"者，不可能也。所以诗人最后希望能"乘云招松乔"，飘摇于天地之外，与仙神为友，追求长生不死之术。

从艺术表现上说，本诗后四句都写得不好，五、六句说理平实而呆板，结尾雷同而无特色，可以说是《咏怀诗》中不成功的篇章之一。

【其五十一】

丹心失恩泽，重德丧所宜①。
善言焉可长，慈惠未易施②。
不见南飞燕，羽翼正差池③。
高子怨新诗，三闾悼乖离④。
何为混沌氏，倏忽体貌隳⑤？

---

① 丹心，赤心、忠心。恩泽，君主恩赐惠及臣民，如雨泽润物。重德，厚德。丧所宜，不适宜，不合时宜。
② 慈惠，慈爱与恩惠。施，施行。
③ "不见"二句承前意。《诗经·邶风·燕燕》："燕燕于飞，参差其羽。"毛传："庄姜无子，陈女戴妫生子名完……而州吁杀之。戴妫于是大归，姜庄远送之于野，作诗见己志。"
④ "高子"句，《孟子·告子下》："公孙丑问曰：'《小弁》，小人之诗也。'孟子曰：'何以言之？'曰：'怨。'曰：'固哉！高叟之为诗也。有人于此，越人关弓而射之，则己谈笑而道之，无它，疏之也。其兄关弓而射之，则己垂涕而道之，无它，戚之也。《小弁》之怨，亲亲也。亲亲，仁也。固矣夫，高叟之为诗也。'"黄节曰："新诗当做亲诗，新、亲古通用。""怨亲"即抱怨自己的父亲。三闾，指屈原。屈原曾为楚国三闾大夫。悼乖离，指屈原作《离骚》伤悼自己"信而见疑，忠而被谤"的命运。乖离，离别，指楚怀王"怒而疏屈原"。
⑤ "何为"二句，《庄子·应帝王》："南海之帝为倏，北海之帝为忽，中央之帝为浑沌。倏与忽时相与遇于浑沌之地，浑沌待之甚善。倏与忽谋报浑沌之德，曰：'人皆有七窍以视听食息，此独无有，尝试凿之。'日凿一窍，七日而浑沌死。"作者运用这一典故，意谓以上痛苦皆生于有为，一如倏、忽为混沌凿窍。倘能无为而复归于自然（混沌），则可免除人间之痛苦。

【译义】

忠心耿耿反失恩宠,品德高尚不合时宜。
美言妙论何能久长,慈善恩惠未易实施。
不见燕子向南飞去,痛心离别羽翼差池。
《小弁》之怨宅心仁厚,屈子诗篇痛悼乖离。
为何远古混沌氏,倏忽之间体貌毁?

【解析】

本诗感叹人情反复,世事无常,但并非从一般的意义上发此感叹,而是从老庄哲学自然无为的角度寻求产生这种混乱现象的根源。老子说:"我无为而民自化,我好静而民自正,我无事而民自富,我无欲而民自朴。"又说:"其政闷闷,其民淳淳;其政察察,其民缺缺。"庄子也说:"游心于淡,合气于漠,顺物自然而无容私焉,而天下治矣。"总之,自然朴素、清静无为是老庄为治理乱世所开的药方,也是阮籍本诗的出发点和归结点。

诗歌开头四句,概括列举了世态人情中四种反常的现象:丹心理应得到恩泽反而失去了恩泽,重德本当令人感激但却招致怨恨,善言应该长久保持却顷刻消散,慈惠本来易于施行却引起误解,诗人为此感到不平并发出了深深的叹息。接下去四句,作者举出古代历史上的例子来证明自己上述看法。戴妫无端遭弃,被迫大归;宜臼贤德孝敬,反而被父亲疏远;屈原忠心耿耿,却遭贬谪流放。所有这些例子都说明,黑白不分、是非颠倒的不合理社会现象从古到今普遍存在。那么,造成这种不合理社会现象的原因是什么呢?诗人从老庄哲学中找来了答案："何为混沌氏，倏忽体貌隳。"诗人运用《庄子·应帝王》中儵、忽出于好心为混沌凿七窍，结果反使其死亡的寓言故事，感叹古代自然浑朴的社会已经不复存在，所以才产生了人间种种的反常现象。老子说："大道废，有仁义；慧智出，有大伪；六亲不和，有孝慈；国家昏乱，有忠臣。"他认为纠正这种现象的办法是："绝圣弃智，民利百倍；绝仁弃义，民复孝慈；绝巧弃利，盗贼无有。"《庄子·骈拇》也说："自三代以下者，天下莫不以物易其性矣。小人则以身殉利，士则以身殉名，大夫则以身殉家，圣人则以身殉天下。故此数子者，事业不同，名声异号，其于伤性以身为殉，一也。"因而他主张恢复自然朴素的原生状态："夫至德之世，同与禽兽居，族与万物并，恶乎知君子小人哉？同乎无知，其德不离；同乎无欲，是谓素朴，素朴而民性得矣。"（《庄子·马蹄》）又说："赫胥氏之时，民居不知所为，行不知所之，含哺而熙，鼓腹而游，民能以此矣。及至圣人，屈折礼乐以匡天下之形，悬跂仁义以慰天下之心，而民乃始踶跂好知，争归于利，不可止也。此亦圣人之过也。"（《庄子·马蹄》）诗人以老庄哲学自然无为的观点来解释产生种种人间痛苦的根由，并企望回归"民无智无欲"的"赫胥氏之时"。这当然只是一种空想，但却也是对当时社会不合理现象的批评和否定。

对这首诗的解释，比附说也很流行。例如黄节认为本诗句句包含刺司马伤曹魏之意，就是一例。看来还是陈沆对此诗的解释比较通达，他说："世降运徂，人心不古，浑沌日凿，机智日生，德之深而遂陷反噬，任之重而反失太阿，宜《小弁》哀怨、三闾之流涕也。"

【其五十二】

十日出旸谷，弭节驰万里①。

经天耀四海，倏忽潜蒙汜②。

谁言焱炎久，游没何行俟③。

逝者岂长生，亦去荆与杞④。

千岁犹崇朝，一餐聊自已⑤。

是非得失间，焉足相讥理⑥。

计利知术穷，哀情遽能止⑦。

【译文】

　　十个太阳接连出旸谷，羲和驾车缓缓驰万里。

　　经行周天照耀四海，倏忽之间潜入蒙汜。

---

① 旸谷，神话传说中的日出处。《山海经·海外东经》："汤谷上有扶桑，十日所浴。"汤、旸通。弭节，按节徐行。《楚辞·离骚》："吾令羲和弭节兮，望崦嵫而勿迫。"
② 蒙汜，日入之处，见其十八注③。
③ 焱炎，火光。指灼热的阳光。游没，沦没，沉没。何行俟，很快，即刻。
④ "逝者"二句，意谓万物皆逝，岂有长盛不衰者。
⑤ 崇朝，犹言终朝，从早上到早饭时，比喻时间很短。一餐，一顿饭的工夫。
⑥ 相讥理，意谓分辨计较其是非得失。
⑦ "计利"二句，意谓世事无穷，人智有限，虽善计算，未有不智穷力竭者也。遽，即刻，马上。一说，遽通讵，何。

171

谁说炎炎之光能久长，一朝沉没很快就消逝。
天地万物都会有死亡，繁华世界终将成荆杞。
千载与瞬间并无区别，吃一顿饭的时光而已。
不必强分是非与得失，何用多费口舌争道理。
追名逐利智谋不够用，悲哀之情岂能就停止？

【解析】

感叹生命无常、人生短促是阮籍《咏怀诗》"忧生之叹"的重要主题之一。但在这首诗中，作者并没有正面描写人生之短暂，而是从玄学人生观的高度，俯视人间万有，发出悲天悯人之叹。

开头六句，诗人运用古代神话，以浪漫夸张的笔法，描写日出日落的情景。十日并出，经行万里，照耀四海，何等辉煌显赫，大有终日炎炎、永不陨落之势。但是倏忽之间，便又潜隐沦没于蒙汜之中，于是光明消失，暗夜来临。接下去六句，诗人从日出与日落的自然现象，推论世间万物没有长生不灭的定律，一切都在消泯变灭之中。繁华的殿堂，一朝也可能成为荆杞丛生之地，从"道"的观点看来，悠悠千载也不过是易逝之片刻而已。但在如此短暂而飘忽的人生中，人们却依旧为了名利而互相攻击，争斗不已，费尽心机，穷智竭力。诗人有感于此，不禁悲从中来，难以自止。正如黄侃所说："理无久存，人无不死，正当顺时待尽，忘情毁誉。而争是非于短期之中，竞得失于崇朝之内，计利虽善，未有不穷。以此思哀，哀能止乎？"陈沆在分析本诗寓意时说："此达观自遣也。白日经天，有时沦没；运无常隆，理有终极。汉灭魏兴，不旋踵而魏蹙，则将来典午之燔替，亦行可俟也。盛衰起伏，愚计目前；达人旷观，今古旦暮，则亦何足深较哉！"陈沆解诗，主张比兴寄托，每有独到之见，亦间有附会之处。他对本诗的解释，大体合理。但中间讲到汉灭魏兴与魏灭晋替一节，仍觉过于胶着。阮籍生活于魏晋易代之际，当时最激烈的斗争，就是曹魏保权与司马夺权的斗争，不少名士都在这场斗争中成为无谓的牺牲。阮籍虽然力图躲避斗争的漩涡，他曾多次托病辞去曹魏的官职，担任司马集团的官职也并不做实事，不过"仕禄而已"。但是站在海边就不可能不震惊于大海的汹涌波涛，这场长期激烈、触目惊心的残酷斗争，对他不可能无所触动。何况他还有好友成为这场斗争的牺牲品，自己在五十三岁之年还不得不为郑冲起草《劝进表》，"计利知术穷，哀情遽能止"，这种悲痛哀伤之情，就是诗人对现实社会的真实感受。虽然从老庄玄学理性的角度看，万物都有生长和灭亡，千年之久与一餐之短本质上并无差别，人们为名利争斗不已，犹如蜗角之争，显得十分可笑；但是从感情上说，就诗人的切身体验而言，他个人所经历的内心痛苦却异常持久而强烈，所以说："哀情遽能止。"至于是否如陈沆所说，一定具体关系魏兴汉灭和魏灭晋替的历史过程，也并无充足根据。

【其五十三】

自然有成理,生死道无常①。
智巧万端出,大要不易方②。
如何夸毗子,作色怀骄肠③。
乘轩驱良马,凭几向膏粱④。
被服纤罗衣,深榭设闲房⑤。
不见日夕华,翩翩飞路旁⑥。

【译义】

天地万物各有定律,生死寿夭变化无常。

斗机弄巧可以智出万端,立身之道不能反复无常。

为何逸佞柔媚的夸毗子,能够骄矜自得跋扈飞扬。

---

① 成理,自然的规律。无常,变化不定。
② 智巧,智谋机巧。万端,万方,各种方法。大要,大旨,主要。《尹文子·大道上》:"人君有术……大要在乎先正名分。"不易,不改变。方,方向,规律。
③ 夸毗子,柔媚之徒。《诗经·大雅·板》:"无为夸毗。"毛传:"夸毗,柔媚之人。"作色,脸上变色。骄肠,骄傲之心。
④ 轩,轩车,古代一种有曲辕有幡的车,为卿大夫或诸侯夫人所乘。膏粱,肥肉和细粮,指代精美的食品。
⑤ 纤罗,质地纤细的丝织物。深榭,幽深的台榭。闲房,安静的房屋。房,堂屋两旁的房子。
⑥ "不见"二句,意谓荣华富贵不能持久,一如路边的木槿花,朝开夕谢。日夕花,即日及花,一名木槿,又名朝菌,朝开暮谢,故称日夕花。

他们驾着华轩驱策良马,凭几而坐得意地啖膏粱。
穿着绫罗绸缎一身细软,居住大宅院有深榭闲房。
没看见路边木槿花?花瓣翩翩飞路旁。

【解析】

本诗虽也托寓生命无常的感叹,但是重在刺世,讽刺那些迷恋功名富贵,贪图物质享受的达官贵人,他们醉生梦死,终日昏昏,而不知自身将随落花一同枯萎,归于尘土。

诗歌以说理开端,前四句说,生命无常,贫富、贵贱、生死、祸福,都有一定的规律,即使智巧万端轮番使尽,也不可能逃脱这一规律和范围。接下去六句,诗人责问道,为什么那些谗佞柔媚的轻薄之徒不懂得这道理呢?他们骄矜自得,飞扬跋扈,身乘高轩良马,饮食山珍海味,身穿绫罗绸缎,居住华屋深房,自以为可以永远享有这一切,而不知道"富贵而骄,自遗其咎"的道理,所以老子说:"是以圣人去甚,去奢,去泰。"又说:"甚爱必大费,多藏必厚亡。故知足不辱,知止不殆,可以长久。"

魏晋时代,注重个人感情,放纵个人欲望,成为一种风气。这种潮流的思想基础原本来源于老庄的自然主义,但结果却又超越违背了老庄思想。老庄的自然主义是主张恬淡寡欲,清静无为。而魏晋人的任随自然,是走向摆脱礼教,任诞放纵,追求物欲。他们甚至认为,如果失去了物欲享受,"长生且犹无欢,况以短生守之耶?"(向秀《难养生论》)正因为如此,所以当时像何晏一类口谈老庄、在行动上却汲汲于功名富贵的玄学名士,像何曾一类表面上维护名教、在生活上却极力追求奢靡浮华的礼法之士，无不贪图物质享受。阮籍在《达庄论》中，曾经以老庄思想为武器，严厉批判了这种现象。他说："咸以为百年之生难致，而日月之蹉无常，皆盛仆马，修衣裳，美珠玉，饰帷墙，出媚君上，入欺父兄，矫厉才智，竞爱纵横……故不终其天年而夭，自割系其于世俗也。"这段话，表面上是批判战国时代一味追求功名利禄的苏秦、张仪等人的思想行为，实际上是针对当代社会发出的警告，并指出这种人不会有好下场。那么，如何才能避免灾难临头呢？阮籍认为，首先必须去掉贪欲之念，他说："圣人以道德为心，不以富贵为志；以无为用，不以人物为事。"（阮籍《大人先生传》）总之，只有忘怀世事，恬淡寡欲，才能避免悲剧发生，达到老庄所说的逍遥自适的境界。在这首诗中，诗人又一次发挥了老庄这种思想，用来批判当世士人贪图功名富贵，一味追求逸乐的现象。

结尾两句，以朝开日谢的日夕花为喻，告诫世人，并照应开头，轻轻一点，给人以无穷回味。

【其五十四】

夸谈快愤懑,情慵发烦心[①]。
西北登不周,东南望邓林[②]。
旷野弥九州,崇山抗高岑[③]。
一餐度万世,千岁再浮沉[④]。
谁云玉石同?泪下不可禁[⑤]。

【译义】

　　高谈阔论聊以宣泄愤懑,神疲意倦事事令人烦心。
　　往西北登上那不周山顶,向东南遥望那神木邓林。
　　九州漫漫旷野无边无际,高山巍巍峰峦起伏崎嵚。
　　悠悠万世犹如一餐之间,漫漫千年不过一浮一沉。
　　谁说玉石相同贤愚无别?不觉悲从中来泪流难禁。

---

① 夸谈,大言,夸夸其谈。情慵,又作"惰慵"。
② 不周,山名。《楚辞·离骚》:"路不周以左转兮,指西海以为期。"王逸注:"不周,山名,在昆仑西北。"邓林,见其十注④。
③ 弥,遍。崇山,高山。岑,小而高的山。
④ "一餐"二句,意谓自大者而观之,万世犹如一餐之短;千年之久,亦不过似波浪之浮沉而已。
⑤ "玉石"句,《楚辞·九章·怀沙》:"同糅玉石兮,一概而相量。"王逸注:"贤愚杂厕。"美玉和石头,本不应同等看待,故曰"谁云"。禁,止。

【解析】

　　这也是一首愤世之作，曰"愤懑"，曰"烦心"，足见诗人对社会现实环境的不满，内心忧愁痛苦之深沉。但是，这"愤懑"和"烦心"的具体内容又是什么呢？作者没有直接说明，只作了暗示。从总体上看，其实八十二首《咏怀诗》都是诗人"快愤懑""发烦心"的产物。

　　曾国藩说："前八句有远游遗世之志。"黄侃也说："惟有远游长生，庶几忧心可释。"现实的社会环境既然如此令人厌恶，所以诗人便想仿效屈原，远游不周之仙山，南望邓林之仙境，用以舒忧寄愤。在这里，邓林不过是古代神话传说中的一处仙境，其具体地点何在，其实并不重要。阮籍诗中曾经多次说到邓林，不过是寄托自己的理想和追求而已，都属虚拟，并非实写。例如其十说"焉见王子乔，乘云翔邓林"；其二十二说"夏后乘灵舆，夸父为邓林"，都可以为证。"旷野"两句写远望所见。登高远望，唯见原野漫漫，山岭绵绵，因而引起了诗人宇宙无穷、人生苦短的感叹。"一餐"两句，正面描写光阴之迅捷，人生之短促，从老庄哲学的观点看来，万世不过一瞬，千载也只是一浮一沉而已。但在如此短暂的人生之中，却充满了痛苦和烦恼，因此诗人幻想远游登仙，以求解脱。最后两句，本于屈原《九章·怀沙》"同糅玉石兮，一概而相量"。曾国藩解释说："言己虽生于浊世，岂其玉石不分，随众人之混混而昧于时代之变迁耶？"屈原以美玉自喻，而以石头喻人，表明了决不与世人同流合污的决心。阮籍虽然没有像屈原那样决绝，但对于现实社会的黑暗混乱，似乎也不能释然于怀，并没有真正做到"齐万物，一死生"，因而,他仍旧因是非颠倒,玉石混杂的社会现象而悲愤不已,泪下难禁。"谁云"者,不赞同之词也。暗示这正是诗人"愤懑"的原因之一。末句照应开头,使首尾呼应。

【其五十五】

人言愿延年，延年欲焉之[①]？

黄鹄呼子安，千秋未可期[②]。

独坐山岩中，恻怆怀所思[③]。

王子亦何好，猗靡相携持[④]。

悦怿犹今辰，计校在一时[⑤]。

置此明朝事，日夕将见欺[⑥]。

【译义】

人人都说愿意延年益寿，延年之后又能去哪里？

莫非想骑黄鹄追随子安，那是千秋万载遥遥无期。

我独自个坐在深山之中，伤心地怀念那旧雨新知。

王子晋朝秦暮楚有何好？温情脉脉终日相携持。

---

① 焉之，何往。
② "黄鹄"二句，意谓神仙之事，千载难遇。《南齐书·州郡志》："夏口城据黄鹄矶，世传仙人子安乘黄鹄过此上也。"黄鹤矶故址在今湖北省武汉市蛇山，临长江。
③ 恻怆，悲伤。
④ 王子，王子晋，见其四注⑤。猗靡，婉顺貌。携持，牵挽。
⑤ 悦怿，喜欢，喜爱。《诗经·邶风·静女》："彤管有炜，悦怿女美。"
⑥ 置，弃置。日夕，傍晚。《诗经·王风·君子于役》："日之夕矣，羊牛下来。"二句承上意，意谓且不说明日如何，傍晚即将见欺矣，极言变卦之快。

相亲相爱仿佛今日事,忽然反目成仇在一时。
明日之事如何且搁置,恐怕不久依然被他欺。

【解析】

长生不死,服食求仙,这是魏晋玄学家嵇康、阮籍等人超脱现世、托意彼岸的强烈愿望,他们不仅在诗歌和文章中屡屡表达这种愿望,而且还实实在在地付之于行动。但是,长生不死,羽化登仙,通过这种途径达到超越此岸世界而到达彼岸世界之路毕竟过于玄虚渺茫,因而他们在汲汲追求的同时,又往往对此发生动摇,怀疑以至否定,从而在精神上陷入深深的矛盾和痛苦之中。这首诗集中表达了诗人的这种矛盾痛苦心情。

在诗的开头,诗人就提出了这样的问题:生活在混乱黑暗的世间,且不说难以长生不死,即使能够长生,又有何用呢?离开这个世界,追求神仙,神仙却又渺无踪影,可望而不可即,所以独坐山中,痛苦悲怆,怀其所思。然而所思之人,又反复无常,即使有暂时之欢好,但是日久又生嫌隙,今后之事固然难以逆料,日夕之间,已经受其欺骗。本诗后半部分,含义隐晦不明。"恻怆怀所思","所思"究竟何所指?蒋师爚、陈沆、陈祚明、黄节等人都认为是指魏高贵乡公曹髦以及他与王沉、王经、王业等密谋讨伐司马昭之事。这种说法也缺乏根据。陈伯君先生批驳说:"高贵乡公与王沉、王经、王业等密谋讨昭,此何等机密事。且'夜召沈、业……戒严俟旦',亦不过一夕间事,阮氏何能与知,而于当日忧危迫切,形诸吟咏,如蒋师爚、陈沆、陈祚明、黄节等之所言耶?"陈先生的批驳很有道理，但也有漏洞。这首诗如果真如黄节等所说是为高贵乡公而作，当然也不一定非作于当日不可，事件发生之后，一切真相大白，也可对此抒发感慨。问题的关键还在于阮籍总的政治态度，在于他与曹魏集团的关系远不如与司马集团尤其是司马昭的关系密切，因而从情理上说，对曹髦的死亡不大可能产生如此忧危迫切之情。因此，此诗后半部分的含义，大概还在于刺世和愤世，诗人慨叹纷纷乱世，交道不终，人情反复无常，往往"晨朝相悦，夕便见欺"，因而令人悲惋不已。当然这个"所思"在诗人心中可能实有所指，但斯人已殁，年代久远，可能永远成为疑案了。

【其五十六】

贵贱在天命,穷达自有时。
婉娈佞邪子,随利来相欺①。
孤恩损惠施,但为谗夫嗤②。
鹡鸰鸣云中,载飞靡所期③。
焉知倾侧士,一旦不可持④。

【译义】

富贵贫贱,都赖天命;穷厄顺达,自有天时。

柔顺工媚的佞邪子啊,他们逐利追名来相欺。

忘恩负义还要恩将仇报,这种行为连谗夫也不齿。

鹡鸰鸟在云中不断啼鸣,边飞边鸣只怕求友无期。

哪知卑鄙小人心怀叵测,变化多端令人难把持。

---

① 婉娈(luán),美丽柔顺貌。佞邪子,奸邪谄媚的小人。随利,追逐利益。
② 孤恩,负恩。损,伤害。谗夫,喜欢说别人坏话的人。嗤,讥笑。
③ 鹡鸰(jí líng),鸟名,亦作脊令。《诗经·小雅·小宛》:"题彼脊令,载飞载鸣。"又《诗经·小雅·常棣》:"脊令在原,兄弟急难。"毛传:"脊令,雝渠也,飞则鸣,行则摇,不能自舍耳。"郑笺:"雝渠,水鸟,而今在原,失其常处,则飞鸣求其类,天性也,犹兄弟之于急难。"靡所期,无期。
④ 倾侧士,奸邪无信之人。曹丕《煌煌京洛行》:"倾侧卖主,车裂故当。"

【解析】

这也是一首愤世刺时的作品。诗中所称的"佞邪子""谗夫""倾侧士",都是指那些见利忘义、忘恩负义甚至恩将仇报的小人。在魏晋易代的激烈斗争中,由于政治势力的重新划分和利益的重新分配,士大夫中必然会出现大批这类毫无节操的小人,诗歌所讽刺和批判的正是这一类人物。

诗的开头两句说,人生之贵贱穷达,是由天命决定的,但是那些佞邪小人,有利则合,无利则离,甚至恩将仇报,极尽诽谤中伤之能事。"鹡鸰鸣云中,载飞靡所期",用《诗经·小雅·常棣》典故,抒发君子不得其类的痛苦和惆怅。结尾两句再次感叹,举目天下,都是反复无常的小人,这种人"以利合者以利分",是完全靠不住的。黄侃说:"倾侧之士,孤恩损惠。穷达异状,则离合殊情。势交、利交,何能终持邪?"正是此意。此诗在当时可能具体有所指,但不知所指究为何人何事。蒋师爚认为:"'佞邪子''谗夫''倾侧士',谓王经、王业一流。'孤恩损惠施',悼高贵乡公也。'鹡鸰鸣云中',以况王经。《三国志》注引《世语》曰:'王沈、王业驰告文王,尚书王经以正直不出。'"这种解释在疑似之间,且太拘泥于具体的人和事。本诗的大意是讽刺在当时政治高压之下某些阿谀取媚、倾侧谗佞之徒。究竟指谁似已难深究。但从这首诗可以见出阮籍愤世嫉俗的心态,也可以证明他其实并不是一个真正遗落世事之人。

【其五十七】

惊风振四野，回云荫堂隅①。

床帷为谁设，几杖为谁扶②？

虽非明君子，岂暗桑与榆③。

世有此聋聩，芒芒将焉如④。

翩翩从风飞，悠悠去故居⑤。

离麾玉山下，遗弃毁与誉⑥。

【译义】

狂风在野外肆虐，乱云遮蔽了堂隅。

床帏为谁而设置，几杖有谁再来扶？

---

① 惊风，疾风，大风。振，通"震"。回云，乱云。
② 床帷，床帐。几杖，几案与手杖，供老年人所用，古代以赐几杖为敬老之礼。《礼记·曲礼》："大夫七十而致仕，若不得谢，则必赐之几杖。"
③ 明君子，明达事理的人。桑与榆，喻日落，亦可喻人之晚年。《太平御览》引《淮南子》曰："日西垂在树端，谓之桑榆。"曹植《赠白马王彪》："年在桑榆间，影响不能追。"二句大意为：有生必有死，此乃易明之理，普通人也能明白。暗，昏暗不明。
④ 聋聩，聋，耳不闻，聩，目不见。聋聩在此比喻糊涂人。芒芒，迷茫。芒，通"茫"。
⑤ 悠悠，远貌。二句谓将远离人间。
⑥ 离麾，黄节曰："离麾"当作"离靡"，传写之误。离靡，相连不绝貌。玉山，神话传说中的仙山，为西王母所居。"遗弃"句，意谓远离人间纷争。毁与誉，诽谤和赞誉。《论语·卫灵公》："吾之于人也，谁毁谁誉？"

虽然不是明君子，也知夕阳照桑榆。
可叹世间糊涂人，昏昏沉沉奔何处。
飘飘忽忽随风飞，悠悠永远离故居。
行行来到玉山下，遗弃尘世毁与誉。

【解析】

　　这也是一首因感叹生命无常而触发游仙之想的诗。曹植诗《箜篌引》"惊风飘白日，光景驰西流"，极言岁月迁流之迅疾。阮籍诗首二句本此，但主要在于表现气氛环境之悲凉，这种悲凉的环境气氛是专为感慨个体生命的消亡而设计的。床帷、几杖都是老年人常用之物，然而一旦归于死亡，那么床帷、几杖也成为多余之物了。故曰"为谁设""为谁扶"。"桑榆"以日暮比喻人生的晚年。人生必有老死，是不可抗拒的自然规律，这一普通道理人人能懂，并不需要特别高的悟性。但是那些逐名追利之徒，他们被名利蒙蔽心智，竟然忘记了这最普通的道理，昏昏沉沉，拼命地驰骛追逐，而不知当死亡降临之后，一切都将化为乌有。"翩翩"以下四句，说自己有感于此，决心离开名利之场，是非之地。结句以"毁"与"誉"指代世俗人间，反映了诗人的特殊处境和心态。由于阮籍放诞不羁的生活态度和爱憎分明的诗人特性，更由于他对虚伪的礼法之士的极度厌恶痛恨，因而招致了诸多毁谤，并多次对他的生命安全造成威胁，因而他决心离开这充满斗争和机诈、欺骗与毁谤的社会环境，超世高举，远游仙境。

　　对这首诗的解释，"比附说"也十分流行。最典型的是蒋师爚，他说:"按此有所不足于郑冲也。《晋书·郑冲传》:'冲,开封人。位登台辅,不与世事。魏帝告禅,使奉策;武帝践阼,拜太傅。抗表致仕,赐几杖、床帷、官骑二十人。'"且不说这种以史释诗的方法总体上有什么弊病,单就史实而言,蒋说亦有不符。其一,时间不对。魏之正式禅位于晋,事在咸熙二年(265)八月,阮籍在此前两年(263)已经去世,而郑冲之致仕,赐几杖、床帷,更是泰始九年(273)之事,与阮籍之死已隔十年。何况赐几杖、床帷是对年高德劭的大臣的一种礼遇,山涛、王祥等人都曾接受此类赏赐,并非郑冲一人之专赏。其二,郑冲原是魏文帝时的尚书郎,在魏王朝历任重臣,曾拜太保,封寿光侯。据本传记载,郑冲并不是一个贪图功名利禄的人,他生活俭朴,"箪食缊袍,不营资产",颇受世人尊重。但他大概是一个比较软弱的人,由于曹魏政权后期实权已掌握在司马氏手中,所以他"虽位阶台辅,而不预世事"。《晋书·阮籍传》记载,阮籍曾为公卿们写过《劝进表》,这批公卿的领头人就是司空郑冲。而郑冲之所以成为领头人,大半并非出于干进之目的,而是时势所迫,地位使然。司空为公卿之首,自有其不得已的苦衷。在司马炎正式即了帝位以后,果然司隶李喜、中丞侯史光就"奏冲及何曾、荀𫖮等各以疾病,俱应免官"。虽然司马炎多次挽留,但他仍然坚决"抗表致仕,"这多少也表明了郑冲的政治态度。因此说阮籍此诗是批评讽刺郑冲,于情理也有不合。

还是黄侃的意见比较通达,他说:"常人亦知有死,非唯明达能知。而溺情名利者,则忽如聋聩,忘其身之易消。唯明达者乃能决弃毁誉,长往不返也。"阮籍自己在认识上就是这类"明达者"之中的一个,但是由于环境与性格的局限,他并没有在行动上真正做到这一点。

【其五十八】

危冠切浮云，长剑出天外①。

细故何足虑，高度跨一世②。

非子为我御，逍遥游荒裔③。

顾谢西王母，吾将从此逝④。

岂与蓬户士，弹琴诵言誓⑤。

【译义】

峨峨高冠触浮云，佩戴长剑出天外。

琐屑小事何足虑，雄盖一世气超迈。

非子为我驾马车，逍遥游览边荒地。

回身告别西王母，我将从此离俗世。

岂肯再与蓬户士，继续弹琴诵言誓。

---

① 危冠，高冠。切浮云，极言冠之高。切，触及。《楚辞·九章·涉江》："带长剑之陆离兮，冠切云之崔嵬。"
② 细故，小事，指世俗琐事。高度，高迈的气度。跨，超越。
③ 非子，亦作飞子，古代善驾驭马者。《史记·秦本纪》："非子居犬丘，好马及畜，善养息之。犬丘人言之周孝王，孝王使主马于汧渭之间，马大蕃息。"
④ 顾，回视。谢，告别。
⑤ 蓬户士，原指编蓬为户的穷苦人士，诗中似指普通人、俗人。"弹琴"句，一起弹琴诵读，比喻交往共处。

【解析】

　　这也是一首表达离世高举之意的诗篇，但诗人用以表达这种情绪的不再是凤凰、玄鹤、黄鹄等象征意象，而是刻画了一位头戴高冠、腰佩长剑、敝屣功名、睥睨万物的类似屈原那样的高傲人物，他对世俗利害不屑一顾，对俗人的毁誉也不以为然。"非子"两句，运用屈原式的浪漫手法，抒发离俗远游之情。诗人幻想技术高明的非子为他驾驭着车子，自由自在地一直驰骋到穷荒边远之地，去向西王母告别，表示自己从此要离别人间效屈子远游了。结尾两句"岂与蓬户士，弹琴诵言誓"与其四十三所说的"岂与乡曲士，携手共言誓"意义基本相同。"蓬户士"与"乡曲士"，都是泛指一般见解不高、见识不广的俗人，不必一定与儒者联系在一起。因为在这里诗人主要是用老庄玄学清高超俗的理想主义来批判汲汲名利、见识短浅的世俗之人，而不是针对安贫乐道，"弹琴瑟以歌先王之风"的儒者。相反，对于真正的儒者，从其五十九"河上有丈人"及其六十"儒者通六艺"两诗看出，诗人对他们不仅没轻视之意，而且似乎还怀着一定的崇敬之情。只有对其六十七中所描写的那些"外厉贞素谈，户内灭芬芳"的"伪儒"，他才在《咏怀诗》中极尽其讽刺揶揄、嬉笑怒骂之能事。

【其五十九】

河上有丈人，纬萧弃明珠①。

甘彼藜藿食，乐是蓬蒿庐②。

岂效缤纷子，良马骋轻舆③。

朝生衢路旁，夕瘗横术隅④。

欢笑不终晏，俯仰复欷歔⑤。

鉴兹二三者，愤懑从此舒⑥。

【译义】

河边上有位年高长者，编织芦苇却丢弃明珠。

甘美地享用粗茶淡饭，快乐地居住蓬户茅庐。

---

① "河上"二句，《庄子·列御寇》：人有见宋王者，锡车十乘，以其十乘骄稚庄子。庄子曰："河上有家贫恃纬萧而食者，其子没于渊，得千金之珠。其父谓其子曰：'取石来锻之！夫千金之珠，必在九重之渊而骊龙颔下，子能得珠者，必遭其睡也。使骊龙而寤，子尚奚微之有哉！'今宋国之深，非直九重之渊也；宋王之猛，非直骊龙也；子能得车者，必遭其睡也。使宋王而寤，子为齑粉夫！"二句意本此典，谓其安贫乐道，不贪图富贵。丈人，老人。纬萧，编织艾草。

② 藜藿食，粗糙的食物。藜，野草。藿，豆叶。二者均为贫者所食。蓬蒿庐，茅草屋，亦为贫者所居。

③ 缤纷，众多貌。舆，车子。

④ 横术，大路。阮籍《东平赋》："其厄陋则有横术之场，鹿承之墟。"隅，角落。

⑤ 晏，同"宴"。

⑥ 舒，舒释，消解。

岂肯仿效那凡夫俗子，驾轻车良马奔竞驰骛。
早晨在衢路洋洋得意，到傍晚就弃尸于街隅。
欢声笑语尚未终结，俯仰之间又哀叹唏嘘。
有了这些个前车之鉴，满腔怨愤也从此消除。

【解析】

这首诗以"甘彼藜藿食，乐是蓬蒿庐"的河上丈人与"朝生衢路旁，夕瘗横术隅"的缤纷子作比较，表达了诗人对世事人生哲理性的感悟：安贫乐道，可以保命全身；追名逐利，不免身死名灭。

"河上丈人"是《庄子·列御寇》中的一个寓言故事，作者用这个故事来说明"福兮祸所伏"的人生哲理。河上丈人是一位安贫乐道的隐士，他深深知道儿子得到的千金之珠就是取祸之源，因此命令他将珠子砸碎，以避免骊龙醒后的凶猛报复。与此相反，"缤纷子"因为不明白"福兮祸所伏"的道理，他们"良马骋轻舆"，一味追名逐利，荒淫享乐，终于乐极悲来，"夕瘗横术隅"，得到了必然的悲惨下场。

结尾两句说，因为悟得了祸福相倚的道理，又有了二三者（即上述缤纷子）的前车之鉴，自己心中的悲愤也就自然平息了。那么，诗人心中的"愤懑"究竟是什么呢？主要是欲济世而不能济世的感慨，此情一旦消除，出世之念当然就油然而生了。很明显，诗人认为，身处乱世，人们应当遵循儒者先哲"穷则独善其身"的古训，河上丈人就是榜样。所以黄侃说："枯者对荣之名，不荣何枯？穷者对达之名，不达何穷？此所以甘为河上丈人，而不乐为衢路之客也。"

有些研究者认为，诗中"缤纷子"是实有所指的。陈祚明说："趋炎之人，亦有不终者，以是聊快所愤。"曾国藩也说："二三者似亦刺魏臣而二心于晋，旋盛旋败者。"蒋师爚则讲得更加具体，他说："此有快于成济兄弟之见杀也。《三国志》：'敕侍御收济家属付廷尉。'注：'济兄弟不服罪，而升屋，丑言悖慢，自下射之，方殪。''缤纷子'指成济兄弟言之。朝生路旁，夕瘗术隅，未下狱而射死也。'二三者'消自贾充令之，即自贾充杀之也。"所有这些意见都假设了一个前提，即阮籍是忠于曹魏政权，反对司马氏篡位的忠臣。如前所述，这个前提实际上并不存在，因而上述意见也就失去了依据。当然阮籍作为玄学名士，作为一位正直的士人，他也并不真正拥护司马氏父子，尤其对司马氏集团残酷屠杀名士（包括嵇康）以及夺取政权过程中所使用的虚伪卑鄙手段，也不会没有不满。但是就总的政治态度而言，他是基本保持中立。如果细加区分，可能还稍稍偏向司马氏（尤其是偏向司马昭），因为他毕竟为郑冲起草过《劝晋王笺》，而且还写过《与晋王荐卢播书》[①]，向司马氏推荐人才。因此陈、曾、蒋的说法是站不住脚的。

[①] 这两文中所说的"晋王"都是指司马昭。司马昭之多方庇护笼络阮籍，自然出于政治上的考虑。但这种手段对阮籍也并非完全没有作用，以上两事，即是明证。

【其六十】

儒者通六艺，立志不可干^①。
违礼不为动，非法不肯言^②。
渴饮清泉流，饥食甘一箪^③。
岁时无以祀，衣服常苦寒^④。
屣履咏南风，缊袍笑华轩^⑤。
信道守诗书，义不受一餐^⑥。

---

① 六艺，礼、乐、射、御、书、数六种科目。《史记·孔子世家》："孔子以诗、书、礼、乐教弟子，盖三千焉，身通六艺者七十有二人。"汉以后大多指儒家的六种经典《诗》《书》《礼》《乐》《易》《春秋》。干，干扰。
② "违礼"二句，意谓一切言论行为都符合儒家礼仪、法度的规范。《论语·颜渊》："非礼勿视，非礼勿听，非礼勿言，非礼勿动。"
③ 甘，一作"并"。箪（dān），古代盛饭的圆形竹器。《论语·雍也》："子曰：'贤哉回也，一箪食，一瓢饮，在陋巷，人不堪其忧，回也不改其乐。贤哉回也！'"诗意本此。
④ 岁时，时节，节令。祀，祭祀。
⑤ 屣履，拖着鞋子。南风，古歌曲名。《礼记·乐纪》："舜作五弦之琴以歌《南风》。"歌《南风》，即仰慕古代虞舜之高风。缊袍，丝绵袍。《论语·子罕》："子曰：'衣敝缊袍与衣狐貉者立而不耻者，其由也欤？'"华轩，华美的车驾。
⑥ 信道，信守儒家之道。诗书，指儒家经典。义不受一餐，意谓不接受他人非义的馈赠。黄节注引谢承《后汉书》："闻人统家贫无马，行则负担，卧则无被，连縻被以自覆，不受人一餐之馈。"义，公正合理。以上八句写儒者安贫乐道，坚持理想，不慕功名富贵的高尚品格。

烈烈褒贬辞，老氏用长叹①。

【译义】

真正的儒者精通六艺，他们立志坚定不可干。
违礼之举他坚决摒绝，非法之语也从不肯言。
口渴了只饮清清泉水，饥饿时甘于素食一箪。
岁时祭祀常缺乏祭品，衣服单薄每苦于严寒。
足拖蔽履却高歌《南风》，身穿破袍反讪笑华轩。
真诚地恪守诗书教义，守节义坚拒嗟来之餐。
是非分明他贬褒烈烈，老子因而发一声长叹。

【解析】

阮籍是当时儒学名教的激烈批评者。他蔑视礼教，言论行动也不拘礼教，对当时以名教代表自居的礼法之士不胜鄙夷，每每以白眼对之。他的这种态度，引起礼法之士的极大气愤，也直接触犯了最高统治阶层的政治利益。其实阮籍并不是一个真正反对儒学名教的人，只是因为看到统治者及其帮凶帮闲们借名教以篡权，借名教以尸位，借名教以自重，认为这是名教的毁坏与堕落，所以对它采取了激烈的否定态度。他在《大人先生传》中曾深刻地揭露那些"假廉以成贪，内险而外仁，罪至不悔过，幸遇则自矜"的假仁假义之

---

① 烈烈，激烈，显明。褒贬词，指儒家对世事人生是非分明的批评或赞美意见。老氏，老子。用，因。老氏主张齐一万物，混同是非，不赞成儒家这种人生态度，故为之长叹。

徒的丑恶本质,并且尖锐地指出:"汝君子之礼法,诚天下残贼、乱危、死亡之术耳,而乃目以为美行不易之道,不亦过乎!"不仅如此,阮籍从对伪名教的批判,进而发展到对君主制度的怀疑与否定。他说:"今汝尊贤以相高,竞能以相尚,争势以相君,宠贵以相加,驱天下以趣之,此所以上下相残也。竭天地万物之至以奉声色无穷之欲,此非所以养百姓也。"并且由此得出了"无君而庶物定,无臣而万物理"的结论。这种进步的政治观,绝不仅仅是老庄"大道废,有仁义"理论的翻版,而是对老庄社会政治思想的发挥和发展,在当时的历史条件下,实在难能可贵。

但阮籍又与传统儒学有着深刻的渊源关系,他在《咏怀》第十五追述平生说:"昔年十四五,志尚好诗书。被褐怀珠玉,颜闵相与期。"可见他年轻时不仅接受了严格的儒家经典教育,而且曾经立志做一个圣人。后来由于对儒学和名教的深深失望,从激愤而走向另一个极端。理解了阮籍社会政治思想的这种内在矛盾和变化过程,我们就不难了解,为什么作为玄学家的阮籍对儒者却怀着如此钦仰之情了。本诗与其五十九"河上有丈人"内容相近。不同的是,"河上有丈人"主要把儒家安贫乐道的精神与当时竞趋名利之风相比较,歌颂前者而谴责了后者;本诗则全面描述了儒家先哲的高尚品格,他们精通六艺,忠于理想,信守节义,不慕荣利,诗人在列举他们种种优点时充满着真诚的钦崇仰慕之情,表现了诗人儒学文化积淀之深厚。

最后两句是说,但是从老庄"齐万物"的观点来看,儒家那种是非分明的人生态度并不足取。诗人在这里并非站在老庄的立场上批评儒家,正如沈德潜所说:"儒者守义,老氏守雌,道既不同,宜闻言而长叹。魏晋人崇尚老庄,然此诗宜各从其志,无进退两家意。"这样的评论,可能比较公正和客观。

【其六十一】

少年学击刺,妙伎过曲城①。

英风截云霓,超世发奇声②。

挥剑临沙漠,饮马九野埛③。

旗帜何翩翩,但闻金鼓鸣④。

军旅令人悲,烈烈有哀情⑤。

念我平常时,悔恨从此生⑥。

【译文】

少年时代学击剑,剑技神妙超曲城。

英姿风发截云霓,威名超世发奇声。

手挥长剑临大漠,饮马九州之郊埛。

---

① 击刺,击剑。妙伎,剑术神妙。伎,通技。曲城,此指曲城侯张仲。《史记·日者列传》褚先生曰:"齐张仲曲城侯,以善击刺、学用剑立名天下。"
② 截,截断。超世,超越当世。声,声誉。
③ 九野,九州的土地。《后汉书·冯衍传》:"疆理九野,经营五山。"李贤注:"九野,谓九州之野。"埛(jiōng),郊野。《诗经·鲁颂·駉》:"駉駉牡马,在埛之野。"
④ 翩翩,轻快飘动貌。
⑤ 烈烈,忧伤貌。《诗经·小雅·采薇》:"忧心烈烈,载饥载渴。"郑玄笺:"烈烈,忧貌。""旗帜"四句,意谓但见军旗飘飘,空闻金鼓之声而不交战,壮士虽身怀绝技而无所用,故而令人生悲。
⑥ 平常时,平生。

军旗翩翩迎风展,只闻金鼓咚咚鸣。
军旅帐中令人悲,忧心烈烈有哀情。
念我平生遗憾多,万千悔恨从此生。

【解析】

按此首黄节之说与黄侃之说异。此从黄节说。

本诗与其三十八"炎光延万里"、其三十九"壮士何慷慨"属于同一类作品,都表现了诗人的用世之情和慷慨之思。其差别仅仅在于,前二首表现出一种视死如归、义无反顾的献身精神,尤其是其三十九"壮士何慷慨"中的那位英雄人物,他"临难不顾生","效命争战场",充满着为国捐躯的豪情壮志,而"忠义"和"气节"之类的儒家传统道德观念和人生理想,正是支持他这种英勇行为的内在因素。而在这首诗中,这种传统观念表现得并不明显,"念我平常时,悔恨从此生",诗歌主要表现了有才难展的不平和惆怅之情。

全诗可分为三层意思。从"少年学击刺"到"饮马九野坰",主要描写刻画了一个剑术高妙、英气勃发的少年英雄形象,他"挥剑临沙漠,饮马九野坰",渴望到边陲参加战斗,建立不朽功勋。"旗帜何翩翩"以下四句,是写边陲地区唯闻金鼓之声而没有实际战斗,英雄无用武之地,因而心中充满了悲哀之情。最后两句,借上面有才难展的少年英雄形象,倾吐诗人自己内心的苦闷。阮籍并不是一个真正避世的人,他少年时代接受的是儒家的传统教育,曾经胸怀大志,渴望建功立业。只是由于他所生活的时代和环境的挤压,不得已才由"济世"转而"避世",由信奉儒家改而仰慕老庄。但是,直到晚年，阮籍也没有能够把长期刻烙于心理底层的儒家思想的印记完全抹平，因而还经常产生矛盾痛苦。在《咏怀诗》中，诗人或托意于英雄人物，或寄情于儒家贤人，把这种心理矛盾表现得相当充分。本诗最后两句说，追忆平生，悔恨之情油然而生，就表现了诗人内心这种矛盾。陈沆也认为："悔所学之无用，其志欲何为哉？与'炎光延万里'篇旷激不伦，壮情则一。"

不过，对此黄侃先生有不同看法，他在评论本篇时说："少年任侠，有轻死之心。及至临军旅、闻金鼓而悔恨立生。则知怀生恶死，有生之所大期。客气虚骄，焉足恃乎！"认为阮籍本诗是以老庄的贵生思想，来批判、反省儒家的建功用世之念。两种说法，都可以通解全诗，读者不妨自己选择。

【其六十二】

平昼整衣冠，思见客与宾①。
宾客者谁子？倏忽若飞尘②。
裳衣佩云气，言语究灵神③，
须臾相背弃，何时见斯人④？

【译义】

清早起来整衣冠，贵客嘉宾要光临。
不知嘉宾是何人？倏忽而至像飞尘。
衣裳飘飘带云气，言语玄妙通神灵。
须臾之间相背弃，何时再能见此人？

【解析】

　　这首诗的主旨隐晦不明，人物也飘忽不定。诗中所描写的宾客，无疑是诗人所思念之人，但从他倏忽而来、须臾而逝的情景看来，作者又好像是在写梦境，因而那位"裳衣佩云气，言语究灵神"的人物显得如此迷离恍惚，可望而不可即。不过，诗歌开头"平昼整衣冠，思见客与宾"两句，又不像写梦境。不管怎样，诗中所描写

---

① 平昼，天亮时，清晨。客与宾，即宾客。
② 谁子，何人。
③ 佩云气，言以云彩为衣饰。究，穷极。灵神，神灵。
④ 背弃，离开。斯人，此人。

的这位宾客,气度不凡,神明清越,而且还是诗人理想中的人物。

正因为本诗的意境如此迷离恍惚,飘忽不定,所以历来对此诗的内容有许多猜测。蒋师爚说:"裳衣、言语都涉神幻,岂伊楚骚人物耶?"曾国藩以为:"此首或指孙登、嵇康之流。"黄侃则解释说:"眼中之人,忽为尘土。虽复裳衣华美,言语通神,而重见之因竟失。阮公其有悲于叔夜、泰初(夏侯玄)之事乎?"但是上述三人对自己的分析意见都采取慎重态度,并没有作绝对的肯定判断。其实,上述意见并不完全矛盾,它们也可以在一定程度上统一。楚骚人物也好,孙登也好,嵇康、夏侯玄也好,都是阮籍理想中的人物。《咏怀诗》在思想内容和艺术手法上受屈原的影响很深,孙登这位神仙般的人物,阮籍不仅与他讨论过"栖神导气之术",而且他还可能是阮籍《大人先生传》中"大人先生"的原型;嵇康是阮籍"青眼"相加的好友,夏侯玄也是一位名士,于正元元年与李丰、张缉等人一起被司马师以谋反罪诛杀。《三国志》本传记载:"玄格量弘济,临斩东市,颜色不变,举动自若。"其情景与嵇康临刑相仿。夏侯玄与阮籍有无交往,史书未见记载。但司马师大肆诛杀夏侯玄等名士时,阮籍对这件事不可能没有知闻和感触,因此,黄侃的猜测也不是没有根据的。但是,所有这些推测都过于具体而黏着,我们如果把本诗的寓意理解得宽泛一点,也许会更接近实际。这个人,也许就是诗人崇拜和羡慕的神仙。

【其六十三】

多虑令志散,寂寞使心忧[①]。
翱翔观陂泽,抚剑登轻舟[②]。
但愿长闲暇,后岁复来游。

【译义】

多思多虑令心志散乱,常常寂寞又使人烦忧。
逍遥游乐我来到泽畔,手抚长剑登上了轻舟。
但愿经常能够有闲暇,它年无事再到此一游。

【解析】

全诗只有六句,也是《咏怀诗》中最短的诗篇之一,从艺术上看,写得并不成功。

其实,这只是一首纪游诗,诗人为纷繁的世俗之虑所困扰,因深深的孤独寂寞而心忧,为了摆脱这一切,于是悠游泽畔,仗剑登舟,希望通过游览来排遣内心的郁积。但是诗中并没有展开对风光景物的描写,只是简单叙述了自己出游的原因是为了排忧解闷而已。"但愿"以下两句,交代过去为何不出游的原因,表示以后若有闲暇,

---

① 虑,思虑。志,心志。
② 翱翔,悠游自得貌。陂泽,湖泽。《诗经·陈风·泽陂》:"彼泽之陂,有蒲与荷。有美一人,伤如之何?"

打算再次来游。

从艺术审美的角度看,《咏怀诗》中这类作品写得都不大成功,纪游而没有风光景物的描写,就不能寄情于景,达到情景交融的境界;抒情而过于直露,只是反复诉说痛苦忧愁,而不是通过丰富生动的意象来呈现,就难以情余言外。正始时期不少诗人的作品,受老庄玄学的影响,常有这种毛病。如果把这类作品与曹植《杂诗》"明月照高楼""南国有佳人"等有情有景、情景交融、充满象征色彩的抒情之作相比,其差别就十分明显。

【其六十四】

朝出上东门,遥望首阳基①。
松柏郁森沉,鹂黄相与嬉②。
逍遥九曲间,徘徊欲何之③?
念我平居时,郁然思妖姬④。

【译文】

清早走出了上东门,远远眺望首阳山麓。
山上松柏郁郁森森,黄鹂嬉戏互相追逐。
逍遥游荡在九曲湾头,何处可去我徘徊踯躅?
回想平日闲居时光,思念妖姬心中忧郁。

【解析】

对这首诗的理解,分歧主要集中在最后两句:"念我平居时,郁然思妖姬。""妖姬"究竟何所指?黄节认为:"妖姬盖指妲己也。望首阳而思夷、齐,因及纣之所以亡也。以妖姬指妲己,犹箕子《麦

---

① 上东门,洛阳城东门。详其九首注①。首阳基,首阳山麓。
② 郁,茂盛。
③ 九曲,九曲渎,在今河南巩义市西。《水经注》卷十六《谷水》:"九曲渎在河南巩县西,西至洛阳。"又引傅畅《晋书》云:"都水使者陈狼凿运渠,从洛口入,注九曲,至东阳门。是以阮嗣宗《咏怀诗》所谓'朝出上东门,遥望首阳岑'。又言'遥遥九曲间,徘徊欲何之'者也。"
④ 平居时,平时。郁然,愁闷貌。妖姬,美女。又黄节曰:"妖姬指妲己。"

秀歌》以狡童指纣也。证以此诗，盖悲魏明帝也。"①曾国藩甚至认为："首二句与第九首相似，而'基'字不如'岑'字之稳。末句'思妖姬'语尤不伦，疑非阮公诗，后人附益之耳。"黄侃与陈伯君的意见则不同。黄侃说："妃匹之情，理无隔绝。世人或疑末句不类嗣宗之言，嗣宗岂忘情者哉？"陈伯君也说："陈德文以'妖姬'句罪祸胎、厉阶，黄节先生也以为系指妲己。但如此解，与上句'念我平居时'，似不相属。阮氏《清思赋》末云：'既不以万物累心兮，岂一女子之足思？'似可参看。"②黄、陈两先生的意见基本上是对的，但都没有说得很明白。其实，妖姬者，即姣姬也，美女也。这位美女就是阮籍在《清思赋》中所描写的那位神女。作者在《咏怀诗》中曾多次描写佳人神女，用以比喻象征自己所追求的理想人生境界。例如其十九"西方有佳人"就是一个典型的代表。本诗虽没有像其十九和《清思赋》那样具体描绘姣姬的形象，但思念之切，亦复溢于言表。诗人步出东门，遥望首阳，只见松柏森森，黄鹂飞鸣，他无拘无束地在九曲溪边漫步，回想自己平时的痛苦生活，心中不禁强烈地涌起了对"妖姬"的怀想，产生了离世出尘之念。虽然这种愿望实际上并没有实现，阮籍当时

---

① 魏明帝曹叡生活奢靡，荒淫纵欲。据《三国志·魏志·明帝纪》裴松之注引《魏略》："是年起太极诸殿，筑总章观，高十余丈，建翔凤于其上，又于芳林园中起陂池，楫棹越歌。……帝常游宴在内，乃选女子知书可付信者六人，以为女尚书。……自贵人以下至尚保，及给掖庭洒扫、习伎歌者，各有千数。"

② 阮籍《清思赋》："敷斯来之在室兮，乃飘忽之所晞。馨香发而外扬兮，媚颜灼以显姿。清言窃其如兰兮，辞婉娩而靡违。托精灵之运会兮，浮日月之余晖。假淳气之精微兮，幸备宴以自私。愿申爱于今夕兮，尚有访乎是非。被芬芳之夕畅兮，将暂往而永归。观悦怿而未静兮，言未究而心悲。嗟云霓之可凭兮，翻挥翼而俱飞。"也写到欲与美女凭云霓共同飞去。

还担任着司马氏从事中郎的官职，并没有真正的自由。虽然他也曾多次托故求去，但是都没有成功，每念及此，心中不免郁然。

　　当然，这位引起诗人郁然之思的美女姣姬，也可能就是实指诗人所爱恋的某一个女子。黄侃说："嗣宗岂忘情者哉？"似乎也作了这样的暗示。魏晋之际，重视人的感情要求、承认人的欲望的合理性日渐成为一种时代风尚。向秀在《难养生论》中说："夫人含五情而生，口思五味，目思五色，感而思室，饥而求食，自然之理也。"这种承认任情而动之合理性的理论，是思想解放、人性复苏的表现。阮籍也是一个任情而率性的人，曾经因此而受到礼法之士的多方攻击。他虽然并没有因此而走向纵欲，但希望拥有自己心爱的女人，也并非没有可能。诗人远望首阳而产生与心爱的女人一起去隐居的愿望，也是合乎情理的。

【其六十五】

王子十五年，游衍伊洛滨①。
朱颜茂春华，辩慧怀清真②。
焉见浮丘公，举手谢时人。
轻荡易恍惚，飘飘弃其身③。
飞飞鸣且翔，挥翼且酸辛④。

【译文】

年轻太子王子晋，经常嬉游伊洛滨。
容颜美好像春花，聪慧善辩性纯真。
何时能遇浮丘公，告别人世游仙境。
轻浮放荡神志乱，随随便便丧了生。
鸟儿飞飞鸣且翔，挥动双翅怀酸辛。

---

① 王子，即王子晋，见其四注⑤。十五年，十五之年，即年十五。《逸周书》卷九《太子晋》："晋平公使叔誉于周，见太子晋而与之言，五称而五穷，逡巡而退，其言不遂。归告公曰：'太子晋行年十五，而臣弗能与言。'"游衍，漫游。《诗经·大雅·板》："昊天曰旦，及尔游衍。"
② 茂春华，如春花之美。辩慧，聪明善辩。王充《论衡·命禄》："见人谋虑深，则曰：辩慧如此，何不富？"怀清真，言其清心寡欲，不为世事所累。清真，纯洁素朴。
③ 轻荡，轻薄放荡。阮籍《乐论》："郑、卫之风好淫，故其俗轻荡。"恍惚，心神不定。
④ "飞飞"二句，黄节以为伤高贵乡公；朱嘉徵以为伤悼友人嵇康。可参考。

207

【解析】

前人对本诗主旨的理解，分歧较大。有吊嵇康说（朱嘉徵），有伤明帝说（何焯、陈沆），有伤高贵乡公说（张琦、黄节），有伤常道乡公说（蒋师爚），但是都缺乏有力的证据，臆度而已。其中尤以黄节的说法最为具体，他说："盖此诗伤高贵乡公而作也。《魏志》：'高贵乡公卒年二十，在位凡六年。'则即位之时年当十五。诗中称其'辩慧'，如《志》载帝幸太学问诸儒事可证。陈寿评曰：'高贵公才慧夙成，好问尚辞，然轻躁忿肆，自蹈大祸。'则诗言轻荡、弃身，匪高贵其何指？至何焯谓此诗言明帝轻以爱子托付奸臣，其所谓爱子者指齐王芳，亦误。考芳即位之年九岁，在位十五年，无'辩慧'可称。后虽被废，迁居别宫，晋泰始十年始卒，无弃身之事，何氏未之深考耳。"黄节先生的分析，言之凿凿，看似有理，其实只在"十五年"和"辩慧"两点上做文章，而没有就阮籍的政治态度作总体判断。司马氏兄弟父子接连废去齐王曹芳，杀死高贵乡公曹髦，逼迫常道乡公曹奂禅位，目的只在于早日夺取政权，而并不在乎他们是否"才慧夙成"。何况"才慧夙成"一词，乃是西晋陈寿在《三国志·三少帝纪》中的评语，未必就会与阮籍《咏怀诗》扯上什么关系。前面已经说过，阮籍与曹魏政权并没有特殊关系，也并不怀有特殊感情。高贵乡公曹髦被司马昭杀死那年（260），阮籍五十一岁，仍旧担任着司马昭的从事中郎，并没有什么特殊的举动。因此，根据这两个词语就断定阮籍本诗是因感伤高贵乡公而作，缺乏根据。其实，这首诗的主旨也还是在抒发作者的游仙之意，用的也还是《列仙传》中周灵王太子王子晋游伊、洛间，后由道士浮丘公接上嵩山，乘白鹤仙去的典故。"轻荡"以后四句，或抒神仙难遇之惆怅，但与前半首意义不相连属，亦不可确解。陈伯君《阮籍集校注》引姚范《援鹑堂笔记》卷三十八曰："此篇似有缺文，而末二句为以他篇滥入；或'飞飞'上有跨鹤事，而传者脱失。"姚氏的怀疑有一定道理，但也只是猜测而已，并无实据。黄侃先生说："神仙竟无可信。子晋缑岭之游，人传仙去；然飘飘恍惚，竟与死去何殊？"这一分析于诗意虽可得其大概，但对后四句的解释，亦属勉强。姑录于此，以供参阅。

【其六十六】

寒门不可出，海水焉可浮[①]。

朱明不相见，奄昧独无侯[②]。

持瓜思东陵，黄雀诚独羞[③]。

失势在须臾，带剑上吾丘[④]。

悼彼桑林子，涕下自交流[⑤]。

假乘汧渭间，鞍马去行游[⑥]。

---

① 寒门，神话传说中的北极之门。《楚辞·远游》："舒并节以驰骛兮，逴绝垠乎寒门。"王逸注："寒门，北极之门。"相传寒门为黄帝成仙之处。《论语·公冶长》："道不行，乘桴浮于海。"二句意谓欲效前贤之成仙或避世，均不可得。寒门，一作"塞门"。
② 朱明，太阳。《楚辞·招魂》："朱明承夜兮，时不可以淹。"王逸注："朱明，日也。"奄昧，即晻昧，昏暗不明。《汉书·元帝纪》："阴阳未调，三光晻昧，元元大困，流散道路。"颜师古注："晻与暗同。"侯，语气辞，无侯，犹不相见。
③ 东陵、黄雀，分别见其六注①、其十一注⑤。
④ 《水经注》卷十九《渭水》：帝自为陵，在长安西北八十里。《汉武故事》曰：帝崩后，忽见形，谓陵令薛平曰："吾虽失势，犹为汝君，奈何令吏卒上吾陵磨刀剑乎？自今以后，可禁之。"平顿首谢，因不见。推问，陵旁果有方石可以为砺，吏卒尝盗磨刀剑。
⑤ 桑林子，春秋时晋灵公的卫士灵辄。据《左传·宣公二年》记载：灵辄曾饥困于翳桑三日不食。赵盾食之，并以箪食与肉馈赠其母。后灵辄为晋灵公甲士。灵公伏兵欲杀赵盾，灵辄倒戈相救。盾问其故。灵辄曰："翳桑之饿人也。"遂自逃去。二句谓当世无节义之士如灵辄者，思之令人悲叹流涕。
⑥ 假，借。乘，车子。汧渭，汧水与渭河。汧水为渭河支流，于陕西陇县注入渭河。

【译文】

难效屈子出寒门而去,也难随孔圣海上乘桴。
明亮的太阳不肯露面,冥蒙昏暗中相见无由。
捧起瓜就思念东陵侯,黄雀贪利亡身竟遗羞。
丧威失势只在须臾间,帝王陵墓亦可带剑游。
桑林中的义士今安在?每念及此我涕泗交流。
借辆车独行汧渭之间,骑马离此地任意遨游。

【解析】

本诗感叹神仙难求,富贵无常,因而抒发逍遥出世之意。方东树曰:"此原屈子《离骚》来,所谓心烦意乱,无聊之思耳。"

"寒门"一作"塞门",方东树认为,言既不能如孟尝之出关,又不能如田横之蹈海。观以桑林自比,则"塞门"谓己不能效狗盗鸡鸣,"海水"谓不能作田横客耳。但是,孟尝君之逃离秦国,是出"关门",而不是"塞门",是"入关",而非"出关",田横"入海居岛中",是为了避祸,二事均详《史记·孟尝君列传》及《田儋列传》,所记内容,与阮籍总的思想倾向不符。因此,两句似乎仍以译作"难效屈子远游仙去,难随孔圣海上乘桴"为妥。屈原远游,是为了避世,孔子说"道不行,乘桴浮于海",也有避世之意,这与阮籍避世仙游的思想比较切合。"朱明"二句意义隐晦不明,可能是以太阳之不出,天地之昏蒙,暗喻神仙难遇难求。"持瓜""黄雀"两句,以对比手法,说明进退存亡的人生道理。东陵侯召平,功成身退,隐居不出,所以能够保命全身;黄雀贪啄白粒,自以为无害(黄雀原义是比喻一味贪图逸乐而忘记国家安危的楚襄王），结果成了公子王孙的盘中美食。诗人运用这两个含义相反的典故，说明身处乱世，退避则可全身，贪进则必遭灾祸的道理。"失势"以下两句，用《汉武故事》中的典故，慨叹荣衰无定，世态炎凉，即使像汉武帝那样的伟大君主，一旦死亡，普通人也可以随意践踏他的坟墓；像灵辄那样知恩必报的忠义之士，如今再难见到，因而为之悲伤流泪。最后两句，照应开头，表示自己决意离世远去，像庄子所说的，作逍遥之游。

由于本诗有些句子意义隐晦不明，诗意的跳跃性又比较大，因而造成了理解上的困难。但是诗歌总的思想脉络和感情流向还是比较清楚的。前人对本诗的解释，比附说占了上风，尤其是"失势"以下四句，黄节认为是"言司马之目无魏武、魏文也"，"此言求如灵辄之报赵宣者以报魏犹无其人焉，所以涕下也"。黄节先生注《咏怀诗》，有开创之功。主要缺点在于，他总是把阮籍当作曹魏的忠臣，前文已述，这是缺乏历史根据的。殊不知我们也可以同样提出问题，曹魏当年之目无汉帝，不也像司马之目无曹魏吗？阮籍与曹魏政权并没有什么特殊关系，为什么一定要厚此薄彼，为没有像灵辄那样的节义之士扶助曹魏而痛哭流涕呢？不合逻辑的思想行为，往往是不可能存在的。把自己的封建正统观念强加到阮籍头上实在没有道理。

对本诗的解释，也还是黄侃先生的意见比较通达，他说："亦言神仙难信，富贵无常。一旦失势，则虽以汉武之雄主，吏卒得上其丘冢而磨剑。物情若此，何为而不敖游终生乎？"这种从总体上把握全诗主旨的方法，比那些黏着的比附之说的确要高明一些，也合理些。

【其六十七】

洪生资制度，被服正有常①。
尊卑设次序，事物齐纪纲②。
容饰整颜色，磬折执圭璋③。
堂上置玄酒，室中盛稻粱④。
外厉贞素谈，户内灭芬芳⑤。
放口从衷出，复说道义方⑥。
委曲周旋仪，姿态愁我肠⑦。

【译义】

这个鸿儒最守制度，衣冠服饰齐整有常。

---

① 洪生，犹言鸿生，学识渊博的大儒，讽刺之言也。资，取。制度，指儒家的典章制度。被服，衣裳服饰。有常，有一定规格。
② 齐纪纲，指严守法度。纪纲，法度。《尚书·五子之歌》："乱其纪纲，乃底灭亡。"
③ 容饰，仪表服饰。磬折，折腰如磬之背，形容儒生鞠躬的样子。磬，古乐器名，用玉、石或金属制成，其形如矩。圭璋，玉制礼器，上圆下方，古代帝王和诸侯举行仪式时所用，其形制大小因爵位与用途而异。
④ 玄酒，上古祭祀用水。《礼记·礼运》："玄酒在室。"
⑤ 外，在外。厉，严肃。贞素谈，纯正的言谈。户内，在家中。芬芳，喻指美德。灭芬芳，言其品行恶劣。二句讽刺当时的所谓礼法之士言行不一、表里不一的丑恶行径。
⑥ 放口，放肆而言。衷，内心。道义方，有关仁义道德的说教。
⑦ 委曲周旋仪，揖让进退的仪表容止。姿态，指矫揉造作的模样。愁我肠，令我讨厌。

尊卑有别依循次序,各种事情遵纪守纲。
容饰端整神态庄重,鞠躬礼拜手执圭璋。
堂上陈列了清清玄酒,室中盛满了菽麦稻粱。
对外严肃他言谈清正,户内真相却行为肮脏。
忘情肆口时吐出真言,马上改口就道义高唱。
曲意逢迎时周旋如仪,装腔作势气断我肝肠。

【解析】

这首诗以辛辣的讽刺笔调,揭露当时为统治集团所倚重的礼法之士的伪善嘴脸,表现了对虚伪的封建伦理秩序的蔑视和厌恶。嵇康《与山巨源绝交书》说:"阮嗣宗为礼法之士所绳,疾之若仇。"历史上记载阮籍种种任逸放诞,违礼背俗的行为,招致了礼法之士的不满和仇恨。何曾当面指责阮籍是背礼败俗之人,建议司马昭"流之海外,以正风教"。其实阮籍是一位"外坦荡而内淳至"的人,他的爱憎分明,他的愤世嫉俗,恰恰从相反的方面表现了对世事人生的认真执着态度。阮籍也并不真正反对儒家学说和礼法人伦。正如陈祚明所说:"观此诗,知嗣宗之荡逸绳检,有激使然,非其本意也。"他是痛恨礼法之士的伪善,由激愤而走向了极端。这一点,从《咏怀》其十五的自述,其三十九对节义之士的讴歌,其六十对"缊袍笑华轩","信道守诗书"的真正儒者的尊崇,都可得到证明。

诗歌把讽刺抨击的矛头集中指向洪生虚伪这一特点:"外厉贞素谈,户内灭芬芳。"说明作者所痛恨的并不是儒学礼法本身,而是当时以礼法沽名钓誉,猎取功名利禄的伪儒;他那酗酒沉醉、痛哭穷途的种种怪诞行为，也是对那班虚伪阴鸷的假道学的激愤和抗议。在《大人先生传》中，阮籍把这种批判进一步提到理性的高度，以道家的"真"来否定儒家的"伪"，以道家的"性"来纠正儒家的"礼"。这种认识，从思想上说是弘扬了人性的尊严和自我的价值，从政治上看则是客观上批判了司马集团篡权夺位的合法理论依据。阮籍这种认识还和一定程度的民本思想、无君论思想联系在一起，他说："君立而虐兴，臣设而贼生，坐制礼法，束缚下民。"并且由此得出了"汝君子之礼法，诚天下残贼、乱危、死亡之术耳"的结论。虽然这种认识还不能说已具有现代民主思想之性质，但至少表现了诗人对现实的敏锐观察和强烈不满，在当时还是难能可贵的。

【其六十八】

北临乾昧溪,西行游少任①。
遥顾望天津,骀荡乐我心②。
绮靡存亡门,一游不再寻③。
倘遇晨风鸟,飞驾出南林④。
漭瀁瑶光中,忽忽肆荒淫⑤。
休息晏清都,超世又谁禁⑥?

---

① 乾昧溪,地名。《山海经·东山经》:"掖蠡之山,北临乾昧,食水出焉,而东北流注于海。"少任,不详,疑亦为地名。
② 天津,渭水上的一座桥。秦始皇作离宫于渭水,模仿天宫规制,以天河称渭水,以河上之桥为天桥。骀荡,舒缓荡漾貌。
③ 绮靡,奢侈靡丽。存亡门,政权存亡之关键。按,存亡门,一作"存亡间",于义为顺。二句意谓秦始皇崇尚靡丽,故其存亡在倏忽之间也。不再寻,不忍再游。
④ 晨风鸟,鹞鹰。《诗经·秦风·晨风》:"鴥彼晨风,郁彼北林。"
⑤ 漭瀁(mǎng yàng),广大貌。阮籍《大人先生传》:"去而遐浮,肆云舆,兴气盖,徜徉回翔兮漭瀁之外。"瑶光,原指北斗星之第七星,这里指大自然。《淮南子·本经训》:"取焉而不损,酌焉而不竭,莫知其所由出,是谓瑶光。瑶光者,资粮万物者也。"忽忽,恍惚。宋玉《高唐赋》:"悠悠忽忽,怊怅自失。"李善注:"忽忽,迷也。"肆荒淫,谓尽情游乐。
⑥ 清都,天帝所居宫殿。《楚辞·远游》:"集重阳入帝宫兮,造旬始而观清都。"洪兴祖补注引《列子》曰:"清都、紫微、钧天、广乐,帝之所居。"超世,出世。

【译文】

北行身临乾昧溪,西行又来游少任。
遥望渭水架天桥,任情游衍乐我心。
奢侈华靡是祸根,一游之后不再寻。
倘若遇见晨风鸟,乘它飞驾出南林。
高天浩茫瑶光中,自由自在任飞行。
休息欢宴清都宫,超然离世谁能禁?

【解析】

　　黄侃说"此亦远游肆志之语",大体不差。诗歌按内容可分为前后两个部分。前半部分六句,诗人写自己北临乾昧,西游少任,遥望渭水天桥,逍遥乐而忘返。但他目睹远古遗迹,感慨秦王之奢靡败亡,又想到当今的统治者,也一味荒淫佚乐,醉生梦死,因而心中又一次升起了远游避世的念头。黄节认为,这首诗用"天津"一典,是指秦始皇的遗址。秦王朝之所以迅速灭亡,原因很多,但奢靡腐败,确是重要原因之一。阮籍在《大人先生传》中,对此也有所批判,说:"秦破六国,并兼其地,夷灭诸侯,南面称帝。姱盛色,崇靡丽,凿南山以为阙,表东海以为门,辟万室而不绝,图无穷而永存。美宫室而盛帷帝,击钟鼓而扬其章。广苑囿而深池沼,兴渭北而建咸阳。楲木曾未及成林,而荆棘已蘖乎阿房。时代存而迭处,故先得而后亡,山东之徒虏遂起而王天下。"又据《三国志》记载,魏明帝曹叡、齐王曹芳及其主要辅政大臣曹爽,生活都非常奢靡。虽然此时魏王朝外有强敌,内有权臣,社会凋敝,生灵涂炭,可谓危机四伏。但是他们依旧大兴土木,建造宫殿,广选美女,一味寻欢作乐。《三国志·明帝纪》引魏略曰:太子舍人张茂上书谏曰:"自衰乱以来,四五十载,马不舍鞍,士不释甲,每一交战,血流丹野,创痍号痛之声,于今未已。犹强寇在疆,图危魏室。陛下不兢兢业业,念崇节约,思所以安天下者,而乃奢靡是务,中尚方纯作玩弄之物,炫耀后园,建承露之盘,斯诚快耳目之观,然亦足以骋寇仇之心矣。惜乎舍尧舜之节俭,而为汉武之侈事,臣窃为陛下不取也。"史臣亦评曰:"于时百姓凋敝,四海分崩,不先聿修显祖,阐拓洪基,而遽追秦皇、汉武,宫馆是营,格之远猷,其殆疾乎?"又《三国志·三少帝纪》述齐王芳被废理由的《太后令》也说:"皇帝芳春秋已长,不亲万机,耽淫内宠,沉漫女德,日延倡优,纵其丑谑,迎六宫家人,留止内房,毁人伦之叙,乱男女之节。……不可以承天绪,奉宗庙。"又据《三国志·少帝纪》引《魏书》材料,这位齐王芳颇有殷纣遗风,他甚至说:"我作天子,不得自在邪!"按明帝即位时(226),阮籍十七岁,齐王芳被废时(254),阮籍四十五岁,他在诗中借古讽今,对此表示担忧,加以谴责,是完全合乎情理的。

后半部分也是六句,诗人怀古而伤今,鉴古而知今,似乎预感到大厦之将倾,乱世之将临,于是决意超绝尘世,去追寻神仙世界。他幻想自己能遇到一只鹓鹞,乘着它高飞于寥廓的天空,自由自在,无拘无束地尽情邀游。然后飞到清都休息,过着没有纷扰、没有矛盾痛苦的神仙生活。清都是天帝居住的地方,也是阮籍理想的人生境界。他在《咏怀诗》其二十三"东南有射山"中,曾对这种理想的人生境界作过具体的描绘,可以参看。

【其六十九】

人知结交易，交友诚独难①。

险路多疑惑，明珠未可干②。

彼求飨太牢，我欲并一餐③。

损益生怨毒，咄咄复何言④。

【译义】

泛泛之交易相遇，欲觅知交实在难。

仕途崎岖多疑惑，欲求明珠更危险。

别人贪心求太牢，我却甘愿并一餐。

利害当前生怨毒，唯有叹息复何言！

【解析】

本诗慨叹世路凶险，世态炎凉，知己难逢，怨仇易结，内容与其五十一"丹心失恩泽"及其五十六"贵贱在天命"相近。所不同的是"丹心"与"贵贱"两诗着重谴责恩将仇报的佞邪之徒，而本

---

① 诚，确实。
② 险路，比喻出仕从政。明珠，或喻功名富贵。干，求取。
③ 飨，宴请宾客。太牢，指盛大的宴会。古代称同时用牛、羊、豕三牲之宴会或祭典为太牢。《老子》："众人熙熙，如飨太牢。"并一餐，两餐并成一餐吃，形容生活困窘。
④ "损益"二句，意谓一有损益，便生怨仇，令人为之叹息。咄咄，叹息声。

219

诗则主要批判"因利而合,因利而分"的浇薄世风。

诗歌开头就说,泛泛之交举目皆是,而道义之交却难觅难寻。为什么呢?因为人生理想不同。人们奔走在凶险的仕途上,汲汲追求功名富贵,时刻相互提防。"以利合者以利分",一遇到关涉自身利益的事情他们就相互猜忌,以至反目成仇。"道不同不相为谋",这些人追逐的目标与自己恬淡安贫的人生理想完全相悖,因而难以在他们之中寻求真正的友情。对这种情况除了为之长叹以外,还有什么话可说呢?诗歌以深深的叹息作结,与开头"交友诚独难"相呼应。

但是有的研究者认为,这首诗是针对司马氏而发的。例如陈祚明说:"言己与典午(指代司马氏)两情不合如此。"又王闿运说:"明帝托孤于懿,故曰难交。"[1] 这种说法是缺乏根据的。不错,阮籍及其父亲阮瑀都是曹魏旧臣,但仅仅根据这一点就断定阮籍处处忠于曹魏,事事反对司马,缺乏充分理由。司马氏之夺取曹魏政权,与历史上一般改朝换代不同,是采取所谓"禅让"的形式,这种形式决定了司马氏在篡位以前就已经取得了相当一部分曹魏旧臣的支持,而在篡位以后也必须继续保留和使用大部分曹魏旧臣。事实上司马氏所倚重的开国大臣多数都是曹魏旧部,其中像王浑、山涛等人还是阮籍的旧友。但是由于政治形势的变化,个人利益的驱动,后来都纷纷为司马政权效力。可见曹魏旧臣改换门庭在魏晋易代之际是

---

[1]《三国志·明帝纪》:"三年春正月丁亥,太尉宣王(司马懿)还至河内,帝驿马召到,引入卧内,执其手谓曰:'吾疾甚,以后事属君,君其与爽辅少子。吾得见君,无所恨。'宣王顿首流涕。即日,帝崩于嘉福殿,时年三十六。"

一件十分普通和自然的事。我们无论从个人身世还是实际行为都很难找到阮籍必定处处忠于曹魏、事事反对司马的理由。有些研究者把个人的儒家正统观念随意加到阮籍头上,只会违背历史,歪曲诗意。

【其七十】

有悲则有情，无情亦无思①。
苟非婴网罟，何必万里畿②？
翔风拂重霄，庆云招所晞③。
灰心寄枯宅，曷顾人间姿④。
始得忘我难，焉知嘿自遗⑤。

【译义】

人若有悲则有情，人若无情亦无悲。
如非身陷罗网中，何必驰驱行万里？
翔风煦煦拂重霄，庆云招引晨光微。

---

① 思，悲感。无情，亦作"无悲"。
② 网罟，捕鱼及捕鸟兽的工具，比喻人世的罗网。婴，缠绕。畿，疆界，地域。万里畿，言远行也。
③ 翔风，回风。东汉蔡邕《文范先生陈仲弓铭》："民之治情敛欲反于端懿者，犹草木偃于翔风，百卉之挺于春阳也。"一说，祥瑞之风。庆云，祥云。
④ 灰心，枯寂之心。宅，居所，指身体。《庄子·齐物论》："形固可使如槁木，心固可使如死灰乎？"此句用庄意，谓寄灰心于枯形。曷顾，何顾。黄侃曰："既已忘情世事，粪土形骸，则不屑为人间姿态。"姿，姿态。
⑤ 黄节曰："'焉'犹'于是'，嗣宗此诗收二句乃焉、始倒文，言于是嘿以自遗者，始得忘我难也。""自遗"亦即庄子所说的"吾丧我"。吾丧我，意即摒弃我见而达到忘我之境，以臻于万物一体。二句大意谓于是才知道由"丧我"进而达到"忘我"之难也。嘿，通"默"。

灰心寄托枯宅中，何顾人间是与非。

终于懂得忘我难，如何知道默自遗。

【解析】

　　这首诗反映了阮籍内心的矛盾，表现了诗人对老庄哲学的皈依之情。诗歌一开头就提出有情无情的问题，说："有悲则有情，无情亦无思。"魏晋玄学对社会的重大影响之一，是重情任性在士大夫中成为一种风尚。当时的玄学名士，普遍地重真情而轻礼法[1]。阮籍作为"竹林名士"的代表，也是这种感情解放潮流的代表。史书上所记载的种种关于阮籍违礼背俗的任诞之举，几乎无一不是这种重情任性的社会思潮的表现。不过，阮籍又是老庄哲学的信奉者，老庄哲学的重要旨归是从主张任随自然而走向忘情物我，这就使诗人陷入难以调和的矛盾之中。这首诗正是表现了阮籍心灵深处的这种矛盾。

　　诗人感叹道，目睹人间种种黑暗和不平，心中郁积着满腔悲愤，这都是因为"有情"所致，于是他进一步推理说，如果心中没有感情，

---

[1] 正始时期，曾经发生过一场关于圣人有情无情问题的讨论，这实际上是玄学家们对汉末以来任情思潮所进行的理论总结。注重个人感情，主张任情而动，必然会与儒家传统的礼法观念发生冲突。如何解决这一矛盾，玄学家们必须给出理论的回答。讨论的结果是：承认圣人"同于人者五情也"，"五情同，故不能无哀乐以应物"，只是"圣人之情，应物而无累于物"而已。（《三国志·钟会传》注引何劭《王弼传》）这实际上等于承认任情思潮的合理性和合法性。圣人尚且难免于五情，何况普通人呢？所谓任情，最主要的一点就是任随人的自然本性，反对虚伪礼教的束缚。阮籍和嵇康等人，都是这种思潮的代表。

当然也就不会有那么多的悲痛了。"苟非"两句,诗人把笔墨从内心转移到社会现实,说,正如此身如若不生活于这样黑暗的社会,被卷入复杂纷争的世网,又何必远离家乡,经行万里而远游呢?"翔风"两句,是补叙远行途中情景,回风万里,日影熹微,象征着所历之遥远和路途之艰难。

最后四句,诗人在无可奈何之中,又回到老庄哲学中寻求解脱,说,人正因为有感情,不能忘怀物我,所以才有这许多痛苦,如果能真正做到《庄子·齐物论》中所说的"形如槁木,心如死灰",真正做到"丧我""忘我",做到"齐万物、一死生",那就既不会有痛苦,也不会有灾难了。当然,"忘怀物我"对于诗人来说只不过是一种理想境界,更确切地说是一种排遣痛苦的幻想而已。不要说阮籍一生从未达到过这一境界,即使庄子本人也没有真正达到这一境界,否则也就不会有《咏怀诗》及《庄子》书流传于后世了。

【其七十一】

木槿荣丘墓，煌煌有光色①。

白日颓林中，翩翩零路侧②。

蟋蟀吟户牖，蟪蛄鸣荆棘③。

蜉蝣玩三朝，采采修羽翼④。

衣裳为谁施，俯仰自收拭⑤。

生命几何时，慷慨各努力。

【译义】

墓地盛开木槿花，烨烨生光好颜色。

太阳没入树林后，纷纷凋落大路侧。

蟋蟀窗下叫不停，蟪蛄棘丛啼不息。

蜉蝣命短乐三朝，得意洋洋展羽翼。

美丽衣裳给谁看？俯仰之间自修饰。

生命短暂几何时，奋起精神各努力。

---

① 煌煌，明亮光辉貌。《诗经·陈风·东门之杨》："昏以为期，明星煌煌。"朱熹集传："煌煌，大明貌。"
② 颓，指花谢。木槿朝开夕谢，故日落之时，即已凋谢。
③ 蟪蛄，蝉的一种。
④ 蜉蝣，虫名，朝生夕死。《诗经·曹风·蜉蝣》："蜉蝣之羽，衣裳楚楚。""蜉蝣之翼，采采衣服。"二句意谓蜉蝣生命短促，仍旧努力修饰羽翼。玩三朝，一说蜉蝣寿命不超过三天，见《淮南子》。
⑤ 施，给予。收拭，黄节曰："收拭，疑为修饰之误。"

【解析】

　　本诗慨叹生命无常，表现了对生命的留恋和岁月易逝的惆怅。诗歌开头即以朝开夕谢的木槿起兴。木槿生长于墓地，其花朵虽然美丽，但是花期异常短促，每当夕阳西沉之时，它的花朵就纷纷飘落于路旁。木槿的朝开夕谢，象征着生命的短促易逝。接下去，诗人又接连使用蟋蟀、秋蝉和蜉蝣三个意象，集中表现诗人对生命短促的深沉感叹。蟋蟀吟于户牖，秋蝉鸣于荆棘，一则以表现季节转换，岁月流逝，二则表现对生命将逝的哀叹和留恋。但是，唯有蜉蝣却与蟋蟀和秋蝉不同，他们的生命虽然只有短短的三天，虽然比蟋蟀和秋蝉更加短命，但却并没有感受到生命将逝的悲哀，仍旧在努力地修饰自己的衣服，得意地振动翅膀，而不知死亡即将悄然降临。因此，蜉蝣在诗中除了象征生命短促之外，可能还比喻那些不知生命短促、一味醉生梦死之徒，他们追求名利，贪图逸乐，正如短命的蜉蝣在得意地振动翅膀，真是既无谓又可怜。

　　最后两句，直抒胸臆，点明题旨。黄节认为："末二句指上木槿、蜉蝣等不知生命之短，慷慨努力，谓木槿之荣，蟋蟀之吟，蟪蛄之鸣，蜉蝣之修也，非美之辞。"黄侃也认为："末二句犹《诗》言'子有衣裳，弗曳弗娄'。慷慨努力，非劝其立修名也。"这种看法是从阮籍总的思想倾向进行分析的，可以参考。但是，如果把末二句理解为，诗人由于感叹生命之短促，而产生奋发勉励之意，似乎更符合文本原意。

【其七十二】

修涂驰轩车,长川载轻舟①。
性命岂自然,势路有所由②。
高名令志惑,重利使心忧③。
亲昵怀反侧,骨肉还相雠④。
更希毁珠玉,可用登遨游⑤。

【译文】

长途上驰骋轩车,大河上浮载轻舟。
自然本性岂如此?迫于形势有缘由。
高名令神志迷惑,重利使内心烦忧。
知交挚友会反目,至亲骨肉结冤仇。
希望毁弃珠和玉,就可逍遥自在游。

---

① 修途,长路。二句写世人征途仆仆,辛苦忙碌之状。
② 性命,人的自然天性。二句意谓,如此忙碌辛苦,岂是人的本性?乃是为名利所驱使。
③ 惑,迷惑。二句意谓,高名和重利,迷乱了人们的自然本性。
④ 亲昵,亲近之人。反侧,反复无常。雠,仇恨。二句意谓,争名夺利可使亲近者反复无常,骨肉之间互相仇恨。
⑤ 毁珠玉,毁弃珠玉一类宝物,使人们不争。《庄子·胠箧》:"故绝圣弃智,大盗乃止;擿玉毁珠,小盗不起。"可用,可以。登,犹言得。

【解析】

这也是一首刺世诗,讽刺的重点,是沉迷于名和利的人。诗人认为"高名令志惑,重利使心忧",正是在"高名"和"重利"的引诱和驱使之下,人们违背了人类的自然本性,驾轩车仆仆于长途,乘轻舟漂浮于长川,为此而日夜奔忙。也正是为了争名夺利,"亲昵怀反侧,骨肉还相雠",知交挚友可以反目成仇,骨肉至亲也会不共戴天。诗歌相当生动地勾勒出世人争权夺利的丑态。

最后两句,诗人提出了解决这一社会矛盾的具体办法。老子说:"不见可欲,使民心不乱。"庄子进一步发挥说:"故绝圣弃智,大盗乃止;摘玉毁珠,小盗不起;焚符破玺,而民朴鄙;掊斗折衡,而民不争;殚残天下之圣法,而民始可与论议。"老、庄有感于自己生活的时代中那种你争我夺、互相杀戮的社会现实,提出使人们不争的办法。这种办法倒果为因,主张毁弃一切人类文明所创造的物质财富和精神财富,从而使人们无知无欲,以实现使人们不争的理想。阮籍在这里接受了老庄的思想理念,也提出了"更希毁珠玉"的主张。当然,这种主张因为违背了历史发展的规律,或许是永远不可能实现的。那么,剩下来只有一个办法——避世,正如黄侃所说的:"唯超然于世表者,乃可以无累也。"阮籍在《咏怀诗》中曾多次反复申述过自己超然避世的愿望。促成他产生这种愿望的社会原因和思想原因是多种多样的,本诗所描述的社会现象,也是其中之一。

【其七十三】

横术有奇士,黄骏服其箱①。
朝起瀛洲野,日夕宿明光②。
再抚四海外,羽翼自飞扬③。
去置世上事,岂足愁我肠④。
一去长离绝,千岁复相望⑤。

【译义】

  大路之上有一位奇士,黄骏马拉着他的车厢。
  早晨起身于瀛洲之野,傍晚息驾在丹山之旁。
  九州四海再游览一遍,展开羽翼我自由飞翔。
  丢开世俗的烦人杂事,岂足以让我挂肚牵肠?
  这一去便是长久离别,再重来定是世事沧桑。

---

① 横术,城中道路。参看其五十九注④。黄骏:赤黄色的骏马。服,驾。箱,车厢,指代车子。
② 瀛洲,传说中的仙山。明光,即丹丘,古代神话中神仙聚居之处。《楚辞·九怀·通路》:"朝发兮葱岭,夕至兮明光。"王逸注:"暮宿东极之丹峦也。"丹峦即丹山。
③ 抚,盖,临。
④ 去置,弃置,弃去。
⑤ 离绝,离别,永别。

【解析】

　　本诗也是抒发超世绝世之情的作品。不过，作者在表面文字上并没有直接说到这种感情，而通过一位"朝起瀛洲野，日夕宿明光"的"奇士"的艺术形象，来表达这种思想感情。黄节先生指出："此诗盖有慕奇士，如《大人先生传》所云：'安期逃乎蓬山，角里潜乎丹水。弃世务之众为，何细事之足赖者'者。又云：'先生从此去矣，天下莫知其所终极'，与此诗意正同。"

　　与《咏怀诗》中主题近似的作品相比较，诗人在这首诗中所表现的超世离世之情显得更加坚定明确和决绝。诗中的主人公，驾着千里骏马，奔驰在宽广的大路上，他朝起东海，夕至流沙，横绝四海，展翅飞翔，表现出宏大的气魄和睥睨世俗的胸怀。从"去置世上事，岂足愁我肠"两句中，"去置"和"岂足"诸词语，更可看出诗人去意的坚决，对人间世事已毫无牵挂留恋之心。最后两句，虽然不是用丁令威的典故，但其意义却十分相近。诗人表示从此一去，如果能够成为长生不死的神仙，那么千百年之后，他还要回来看看，这个世界到底变成了什么样子。这说明诗人并未完全忘怀世事，只是在绝望中寄托于虚幻的神仙世界罢了。

【其七十四】

猗欤上世士，恬淡志安贫①。

季叶道陵迟，驰骛纷垢尘②。

宁子岂不类，扬歌谁肯殉③？

栖栖非我偶，偟偟非己伦④。

咄嗟荣辱事，去来味道真⑤。

道真信可娱，清洁存精神⑥，

---

① 猗欤，赞美之词。上世，上古。
② 季叶，末世。衰世。陵迟，衰微。衰败。驰骛，奔走、奔竞。《史记·李斯列传》："今秦王欲吞天下，称帝而治，此布衣驰骛之时而游说者之秋也。"
③ 宁子，宁戚。《吕氏春秋·举难》：宁戚欲干齐桓公，穷困无以自进，于是为商旅，将任车以至齐，暮宿于郭门之外。桓公郊迎客，夜开门，辟任车，爝火甚盛，从者甚众。宁戚饭牛居车下，望桓公而悲，击牛角疾歌。桓公闻之，抚其仆之手曰："异哉，之歌者非常人也！"命后车载之。二句大意谓，宁戚也似贤德之人，为何要高歌求合，殉身用世呢？扬歌，高歌。
④ 栖栖、偟偟，形容忙碌不安。偟，惶。《论语·宪问》："丘何为是栖栖者乎。"偶、伦，同类。
⑤ 咄嗟，形容时间短促。左思《咏史》诗之八："俯仰生荣华，咄嗟复凋枯。"此句意谓世事荣辱无定，片刻之间就会发生变化。去来，来。味道真，体味大道的真谛。
⑥ 清洁，清净素洁。此句大意谓，只有保持内心清洁，才能领悟大道的精神。

231

巢由抗高节，从此适河滨①。

【译义】

美哉，上古的高人贤士，他们恬淡清心乐道安贫。
而今大道衰微世风日下，人人奔竞驰骛逐利追名。
宁戚与他们难道是另类，也一味高歌自荐殉其身？
孔圣人栖栖惶惶求用世，他们与我都不是同类人。
光荣与羞辱瞬间便易位，快离开去追求大道精神。
道真真值得你自娱玩味，它清虚洁净可以存精神。
巢父许由保持高风亮节，他们拒绝王位洗耳河滨。

【解析】

  这首诗表现了阮籍老庄式的玄学人生理想，批判那些生活于乱世却一味栖栖惶惶追求名利的人。诗歌一开始就说明自己崇敬的对象是"上世士"，同时又正面阐述了自己的人生理想——恬淡世事，安贫乐道。"季世道陵迟"以下六句，是批判那些追名逐利之徒以及汲汲用世之人，他们的行为恰好与"上世士"恬淡安贫的原则相反，一味奔竞驰逐，栖栖惶惶，以至完全丧失了人的自然本性。在这一小节中出现了两种人物，一种是"饭牛悲歌以干齐桓公"的宁戚，另一种作者虽然没有指名，但从"栖栖""徨徨"一语判断，可能

---

① 巢、由，传说中的古代隐士巢父和许由。相传尧欲让位给许由，许由不接受而逃走，洗耳于颍水之滨。其友人巢父批评他说："这是你追求名誉的结果。如果你处于高岸深谷之中，不与人道相通，又有谁能见得到你呢？"事详皇甫谧《高士传》卷上。

是指孔子以及儒家的信徒，他们忙忙碌碌，奔走于诸侯之门，到处"求仕"，推销自己的政治主张，以致被嘲笑为"累累若丧家之狗"。在信奉老庄之学的阮籍看来，汲汲追求名利固然违背人的本性，"为不可为之世"，像孔子及其信徒们那样一味"济世"，也是吃力而不讨好。这种事正是老庄信徒所不愿为，也不屑为的，所以说"非我有""非己伦"。何况"祸兮福所倚，福兮祸所伏"，荣来辱去，辱去荣来，荣辱变化不过是须臾之间的事情。当功名事业成就之时，也可能就是灾祸降身之日，曹爽、何晏、夏侯玄等人之被夷灭，正是前车之鉴。因而功名利禄实在不值得留恋，而应该应顺自然，去把握和体味"大道"的真谛。阮籍这里所说的"道真"，实际上就是道家老庄所说的自然无为，恬淡寡欲。《庄子·刻意》："夫恬淡、寂寞、虚无、无为，此天地之平而道德之质也。"这是阮籍玄学人生理想的最高境界——"清洁存精神"。清洁是对尘俗而言，恬淡安贫，排除世俗杂念，内心自然归于清洁；精神是对欲望而言，屏除名利之心，用世之念，便可保全自然本性，这样就可以"存精神"。阮籍在《大人先生传》中曾对这种理想的精神境界作过具体的描绘，他说："精神专一用意平，寒暑勿伤莫不惊，忧患靡由素气宁。浮雾凌天恣所经，往来微妙路无倾，好乐非世又何争，人且皆死我独生。"很明显，在这里阮籍这种道家玄学人生理想又和他浓重的神仙观念糅合在一起，这在《咏怀诗》中也屡屡有所表现。

最后两句，诗人引出了古代传说中的两位隐士巢父和许由，表示自己要向他们学习，敝屣功名利禄，离世归隐。诗人在这里作为理想人物而加以赞颂的巢父和许由，也就是本诗开头所赞美的"上世士"。这是古代传说中隐士的典型,《庄子》一书中曾记载了许多关于他们的言论和行为,还说许由是尧的老师,大体上都是不着边际的"荒唐之言"而已[1]。庄子不过是借巢、由来表达自己的人生理想,而阮籍在诗中也包含了同样的意思。

阮籍用以表达自己玄学人生理想的方式主要有二,其一是游仙,其二是归隐。这首诗所表现的是第二种方式。事实上阮籍不管在担任曹魏的官职还是司马氏的官职之时,这种愿望一直都非常强烈,从三十三岁起到五十四岁去世为止,他曾多次托病求归或托故求去[2]。促使阮籍采取这种态度的原因,除了避祸之外,还有一个原因,就是本诗第三句所说的"季叶道陵迟",诗人认为自己所生活的时代,政治黑暗,社会混乱,这就是所谓"道陵迟"。在这样的社会中企图实现济世之志,是既没有希望,也没有意义的,因此他要学习巢、由"抗高节""适河滨"。

---

[1] 见《庄子》中《逍遥游》《大宗师》《天地》《让王》等篇。
[2] 阮籍从四十岁开始到五十四岁逝世,一直担任司马氏的从事中郎。据历史记载,这中间也曾两次"托故求去"。一次是他四十六岁时要求外派东平相,另一次是五十三岁时求为步兵校尉。

【其七十五】

梁东有芳草，一朝再三荣①。

色容艳姿美，光华耀倾城②。

岂为明哲士，妖蛊诣媚生③。

轻薄在一时，安知百世名④。

路端便娟子，但恐日月倾⑤。

焉见冥灵木，悠悠竟无形⑥。

【译义】

梁东有一株芳草，一日数次花荧荧。

容色艳丽风姿美，光华耀烨足倾城。

岂知身为明哲士，竟然蛊媚事权臣。

轻薄虽获一时荣，安知丧失百世名。

大路之端便娟子，惶惶只怕日月倾。

何处可见冥灵木？悠悠忽忽竟无形。

---

① 梁，地名，即今山东临沂。因在魏国之东，故称梁东。一朝，一天。荣，开花。
② 色容，姿色。倾城，指绝色美女。
③ 明哲士，《诗经·大雅·烝民》："既明且哲，以保其身。"
④ 安知，何知。二句指诣媚干进之徒。
⑤ 便（pián）娟子。《楚辞·大招》："丰肉微骨，体便娟只。"王逸注："便娟，好貌。"日月倾，日月沉落，指岁月流逝。
⑥ 冥灵木，传说中的长寿之树。《庄子·逍遥游》："楚之南有冥灵者，以五百岁为春，以五百岁为秋。"二句乃诗人自况，言欲求长生而不可得。

【解析】

本诗的主旨比较隐晦，可能是感叹荣华富贵难以持久。开头四句采用比喻象征手法。梁东芳草，一日多次开出鲜花，鲜花的颜色和姿态是如此美丽，简直像一位光彩夺目倾国倾城的美女。黄节认为，这是用屈原《离骚》"芳草""萧艾"意[①]。黄先生的看法，很有道理，本诗就是感叹"芳草变为萧艾"。开头四句诗，采用欲抑先扬的艺术手法，用来比喻那些在仕途上暂时一帆风顺，得意洋洋的人，他们不懂得物极而反的道理。须知当此鲜花盛开之日，即是其飘零凋谢之时，色容、光华都不可能保持永久。因此，芳草在此诗中正是比喻那些所谓"明哲士"，与结句"焉见冥灵木"对比呼应。接下去四句，诗歌对这类人提出批评和告诫，"岂为明哲士"，"岂为"二字，点明这些人徒具虚名，但并非真正的明哲之士。他们为了功名利禄，不惜放弃自己的信仰和人格，对当权人物曲尽阿谀逢迎之能事。作者告诫说，这种人虽然以轻薄之行暂时取得了高位，但却毁坏了自己身后的名声。黄节先生又认为"一朝三荣"必有所指，"或即王祥之流欤？"理由有两点：其一，王祥是琅邪临沂人（今山东沂州），在魏之东，即诗中所称之"梁东"。其二是王祥在曹魏政权位望甚隆，有清达之名，"而不能忠魏而委曲于时，嗣宗疾之，此诗所由作欤？"据《晋书·王祥传》所记，王祥是二十四孝中"卧冰求鲤"故事的主角，是著名的孝子。他并不是一个热衷于功名的人，

[①] 屈原《离骚》："何昔日之芳草兮，今直为此萧艾也。"王逸注："言往昔芬芳之草，今皆直为萧艾而已。以言往日明智之士，今皆伴愚狂惑不顾。"

"汉末遭乱，扶母携弟览避地庐江，隐居三十余年，不应州郡之命"。徐州刺史吕虔檄为别驾之时，他已年近六十，起先也是"固辞不受"，后在兄弟王览的极力劝说下，不得已而就任州官。高贵乡公被弑，他曾号哭曰"老臣无状"，涕泪交流，使得不少人都面有愧色。晋武帝司马炎即位后，他以"年老疲耄，累乞逊位"，又多次"固乞骸骨"。御史中丞也曾奏请免去王祥的官职，但都遭到司马炎的拒绝。司马炎这样做，不过是要制造他受到前朝老臣拥戴的假象，为自己的篡权夺位行为多披上一层合法外衣罢了。像王祥这样一位历史人物，把"妖蛊""谄媚"一类的词语加在他头上，就有点过分了。黄先生还说王祥"不能忠魏而委曲于时，嗣宗疾之"。其实阮籍自己何尝又忠于魏而不委曲于时了呢？说阮籍痛恨那些不得已而做了司马氏臣子的人，没有道理。因而，黄节先生的这一推测是缺乏根据的。黄先生又说："便娟子，阮以自况，而叹轻薄者之不及见此也。"按便娟子即轻薄者，也就是诗人用芳草作比喻的那类人。"便娟"一词固有美好之意，但便的基本意义是善辩、机巧，故有"便巧""便佞""便辟"等词的组合，因此，"便娟子"不大可能是阮籍自况，"便娟子"就是本诗第六句所说的善于妖蛊、谄媚的小人。"但恐日月倾"是诗人对"便娟子""明哲士"行为的感叹，他们阿谀逢迎，轻薄媚俗，一味猎取荣华富贵，而不知岁月流逝，荣华富贵都不过是过眼烟云而已。"冥灵木"是长寿的象征，"焉见"是何处能见之意，诗人最后感叹说，生命无常，人生苦短，庄子所说的"以五百岁为春，以五百岁为秋"的冥灵木，其实是难以寻觅的。一结喟叹深沉。

【其七十六】

秋驾安可学，东野穷路旁[①]。
纶深鱼渊潜，矰设鸟高翔[②]。
泛泛乘轻舟，演漾靡所望[③]。
吹嘘谁以益，江湖相捐忘[④]。
都冶难为颜，修容是我常[⑤]。
兹年在松乔，恍惚诚未央[⑥]。

【译义】

秋驾的神技岂可轻学？善御的东野车覆人亡。

[①] 秋驾，一种驾车的技巧。《吕氏春秋》卷二十四《博志》："尹儒学御三年而不得焉，苦痛之。夜梦受秋驾于其师，明日往朝其师。望而谓之曰：'吾非爱道也，恐子之未可与也。今日将教子以秋驾。'"高诱注："秋驾，驭法也。"东野，指东野毕，古代善驭者。《韩诗外传》卷二："颜渊侍坐鲁定公于台，东野毕御马于台下。定公曰：'善哉！东野毕之御也。'颜渊曰：'善则善矣！其马将佚矣。'定公不说，以告左右曰：'闻君子不谮人，君子亦谮人乎？'颜渊退。俄而，厩人以东野毕马佚闻矣。"
[②] 纶，钓丝。渊潜，潜入深渊。矰，古代系生丝以射鸟雀的箭矢。
[③] 演漾，水波荡漾。靡所望，望不到边际。
[④] "吹嘘"二句，《庄子·大宗师》："泉涸，鱼相与处于陆，相呴以湿，相濡以沫，不如相忘于江湖。"句意本此。谁以益，有何益。
[⑤] 都冶，美丽。蔡邕《青衣赋》："和畅善笑，动扬朱唇。都冶武媚，卓跞多姿。"全句意谓难以作艳丽之态，以迎合世俗所好。修容，修饰容貌，喻指保持高尚品格。《楚辞·离骚》："余独好修以为常。"句意本此。
[⑥] 兹年，延年。兹，同"滋"，增益也。未央，未尽。

钓丝越长则鱼潜深渊,弓箭密布鸟儿就高翔。

飘飘然我驾一叶轻舟,水天浩渺中随波荡漾。

辙涸之鱼相嘘又何益!相忘江湖才能免祸殃。

刻意梳妆打扮难获宠,修饰仪容一如我平常。

延年之术是松乔所有,杳渺恍惚确实寿无疆。

【解析】

　　这首诗的主旨也在于避世求仙。全诗共分四层意思。"秋驾"以下四句为第一层,这层用一个典故,两个比喻,说明这样的人生道理:有才者往往为才所累,东野毕因善驭而致败,就是一个例证,所以唯有收敛锋芒、隐藏踪迹才能保全自己。"纶深"和"矰设"两句,喻指政治的黑暗,环境的凶险,到处是渔人的钓钩,鱼儿唯有深潜才能避难;遍地是猎人的弓矢,鸟儿只有高飞才能逃生,就像人们生活在当时的社会中,也只有深自韬晦,才能保命全生。这四句一方面写出了社会环境的险恶可怕,另一方面又写出了阮籍对待这种环境的基本态度——退屈求全。他的多次辞官,他的佯狂酣醉,都是这种生活态度的具体表现。正因为阮籍采取了这种态度,所以他才没有像何晏、嵇康等人一样,成为司马氏夺权斗争的祭品。"泛泛"以下四句,进一步申述避世远祸的思想。诗人希望自己能驾一叶轻舟,自由地在无边的江海飘荡,远离这黑暗的人间,远离政治的"钓钩"和"弓矢",这才是解决问题的根本办法。"吹嘘"两句,用《庄子·大宗师》典故而稍变其义,比喻与其苟且偷生于人间,不如避世远游以逍遥,补足上两句之意。

"都冶"以下为第三层意思，表明诗人希望像屈原那样保持高尚的品格，而不愿阿世媚俗以苟且求合的愿望。这两句诗显露出阮籍的本性。本传说他"外坦荡而内淳至"，于此可见一斑。"外坦荡"只是一种表象，而"内淳至"才是其本质。从本质上看，阮籍是一位个性十分鲜明的诗人，虽然由于环境的凶险，他在政治上采取了极端谨慎的态度，但从他对儒家礼教的严厉批判，从他对礼法之士的轻蔑态度，都可以看出他个性中"傲然独得，任性不羁"的特点，这种特点正是在魏晋玄学思潮影响下，士人们追求人格独立的表征。嵇康在《与山巨源绝交书》中说自己"每非汤武而薄周孔"，又说"刚肠疾恶，轻肆直言，遇事便发"，表现出强烈的独立思想和鲜明的个性特征。阮籍没有嵇康那样激烈，但两人思想倾向是相同的，尤其在"不媚俗"这一点上可以说是完全一致。方东树说："中散以龙性被诛，阮公为司马所保，其迹不同而人品无异。"这种看法符合事实。既不愿苟且求合，更不愿媚俗求荣，那么剩下来可走的路当然只有一条：避世求仙。这也是他在《咏怀诗》中反复申述过的愿望和追求的目标。虽然如此，但这实在是一个虚无缥缈、可望而不可即的目标。"恍惚"两字，似乎暗示了这一点。

【其七十七】

咄嗟行至老，黾勉常苦忧①。

临川羡洪波，同始异支流②。

百年何足言，但苦怨与雠。

雠怨者谁子？耳目还相羞③。

声色为胡越，人情自逼遒④。

招彼玄通士，去来归羡游⑤。

【译文】

岁月悠悠老之将至，辛苦劳碌人生多忧。

临水羡慕滔滔洪波，源头相同支派分流。

生命短促不过百岁，冤仇相逼令人忧愁。

仇我怨我究竟是谁？亲朋反目实在荒谬。

至近之人忽成胡越，世情反复令我心纠。

殷殷招邀玄通之士，追随他去自在遨游。

---

① 行至老，即将老。黾勉，奋勉，努力。《诗经·邶风·谷风》："黾勉同心，不宜有怒。"毛传："言黾勉者，思与君子同心也。"
② 临川，见其三十二注⑤。同始，源头相通。异支流，支流各异。
③ 耳目，比喻亲近之人。相羞，相羞辱。
④ 声色，音乐和美色。胡越，胡在北，越在南相隔很远。人情，人心。逼遒，逼迫。
⑤ 玄通士，得道者。《老子》："古之善为士者微妙玄通，深不可识。"羡游，衍游。羡与衍通。去来，离去。来，语气词。

【解析】

本诗慨叹生年易老，世情险恶无常，因而希望相随远游避世的所谓"玄通士"，就是老子、庄子所说的"微妙玄通，深不可识"的悟道之人，可能就是《晋书·阮籍传》所记载的颇带几分神秘色彩的孙登一类人物[1]。

与《咏怀诗》中其他表现遗世之情的作品不同，诗人在这首诗中对险恶人际关系的感受好像特别强烈，以至超过和压倒了对生命短促的感叹。"同始异支流"，是一个隐喻，比喻从少年时代就交好的友人，因志趣不同而中途分手了。就像一条河流，源头相同而支派各异。"百年"两句，意思是说在短促的人生之途，诗人经常地被仇怨折磨。更令人痛苦的是，这种仇怨主要并非来自敌人，而是来自朋友，来自原本十分亲近信任的人。正如黄节所说："仇怨非他，乃平生亲昵，朝夕闻见之人。一旦异趣，谈笑之际，睇睐之间，已成胡越。此有忧生之叹矣。"正是在这种险恶人际关系的挤压和逼迫之下，诗人决心追随孙登一类的"玄通士"，远游避世，去寻求他那理想的"世外仙境"。

这样一首涵义比较明白的诗，却曾经被有的研究者附会得面目全非。最典型的是蒋师爚，他说："《晋书·石崇传》，赵王伦专权，

---

[1] 《晋书·阮籍传》："籍尝于苏门山遇孙登，与商略终古及栖神导气之术，登皆不应，籍因长啸而退。至半岭，闻有声若鸾凤之音，响乎岩谷，乃登之啸也。遂归著《大人先生传》。"而《晋书·孙登传》却说："文帝闻之，使阮籍往见。既见，与语，亦不应。"又说嵇康曾跟随孙登游处三年，因不听孙的劝告，因而被杀。总之，孙登是魏晋时一个充满神秘色彩的人物，后来又神秘地失踪了。诗中所说的"玄通士"，当然不一定就实指孙登，但孙登在阮籍心目中可能就是这样一位"玄通士"。

崇甥欧阳建与伦有隙。崇有伎曰绿珠，孙秀求之，崇不许。秀劝伦诛崇、建，遂矫诏收崇、建等赴东市，被害死。诗盖刺其事。崇死年五十二，'咄嗟行至老'，消其死于安乐，只如顷刻间事。'黾勉''苦忧'谓秀自小便仕至显宦。"按阮籍死于魏景元四年（263），而石崇之死在晋惠帝永康元年（300），时间相差三十七年之久，何况其事实与诗意也并不符合。难怪黄节批评说："蒋氏可谓失考之甚……失于附会而不自知，读阮诗者所宜以之为戒也。"指出了蒋氏的错误可笑，并对此提出严厉批评。

【其七十八】

昔有神仙士，乃处射山阿①。
乘云御飞龙，嘘噏叽琼华②。
可闻不可见，慷慨叹咨嗟③。
自伤非俦类，愁苦来相加④。
下学而上达，忽忽将如何⑤。

【译义】

  当年有位得道神仙，他就住在姑射山阿。
  乘着云气驾驭飞龙，呼吸清气采食琼花。
  依稀可闻终难相见，慷慨叹息令人咨嗟。
  自伤仙凡并非同类，每念及此愁苦相加。
  心中郁结唯有天知，岁月飞逝我将如何？

---

① 射山，即藐姑射之山，详其二十三注①。
② "乘云"句，《庄子·逍遥游》："乘云气，御飞龙，而游乎四海之外。"句意本此。嘘噏，呼吸，吐纳。叽，食。琼花，琼树之花。琼树，古代神话中的神木。司马相如《大人赋》："咀噍芝英兮叽琼花。"
③ 咨嗟，叹息。
④ 俦类，同类。二句意谓自伤不能与神仙同类，感到很痛苦。
⑤ "下学"句，《论语·宪问》："子曰：'不怨天，不尤人。下学而上达，知我者其天乎？'"王闿运认为，诗中"下学而上达"乃歇后语，意谓知我其天也。译文本此说。

【解析】

　　求仙是阮籍《咏怀诗》的一个重要主题，但诗人对待神仙的态度却是充满矛盾的。有的时候他不仅相信神仙世界确实存在，并且确信自己也一定能成为神仙，如其二十三"东南有射山"就以崇敬和向往的心情，描绘了神仙世界逍遥自由、平和安详的情景。其二十二"谁言不可见"及其三十五"太极可翱翔"等诗句，都以肯定的语气表达了这样的信心：神仙世界不仅确实存在，而且自己也能够与他们为伍。但是，在更多的场合，诗人却又表现了对神仙的怀疑和动摇。例如其四十说："安期步天路，松子与世违"；其四十一说："采药无旋返，神仙志不符"；其五十五说："黄鹄呼子安，千秋未可期"，等等。这首诗也表现了类似的心情。总之，当诗人驰骋幻想的时候，前面一种情绪就占了上风，而当诗人面对现实的时候，后面一种心情又占了优势。但是本诗的内容似乎兼容了上面两种态度。在这首诗中，诗人一方面相信神仙世界确实存在，开头四句就是对神仙世界的具体描绘，虽然这种描绘大体上只是重复了《庄子·逍遥游》中如下一段记载："藐姑射之山，有神人居焉……不食五谷，吸风饮露，乘云气，御飞龙。"并没有增添新的内容。但是从"可闻不可见"以下四句，诗人又表示了对此的怀疑，因而感叹自己不能与神仙为伍。由于打破了心中的偶像，因而觉得非常痛苦："愁苦来相加"。最后两句，用《论语》成句，表达自己彷徨苦闷的心情。按《论语·宪问》：子曰"莫我知也夫！"子贡曰："何为其莫知子也？"子曰："不怨天，不尤人，下学而上达，知我者其天乎？"黄节引王闿运语曰："下学而上达，是歇后语，言知我其天也。"那么，这两句诗的大意可能是感叹世上没有人能了解自己（知我其天也），徒见岁月匆匆流逝，生命无常，而神仙又不可求，因而踌躇彷徨，无所适从。

关于这首诗的写作背景，蒋师爚认为是为孙登而作。他说："按嗣宗于苏门山遇孙登，与商略终古及栖神导气之术，登皆不应。归著《大人先生传》，其五十八诗及此诗所由作也。"蒋氏解释《咏怀诗》，每多穿凿附会之见，但对这首诗的解释，却颇有合理之处，与诗意和历史记载也比较吻合（参看《咏怀诗》其七十七注）。

【其七十九】

林中有奇鸟，自言是凤凰。
清朝饮醴泉，日夕栖山冈①。
高鸣彻九州，延颈望八荒②。
适逢商风起，羽翼自摧藏③。
一去昆仑西，何时复回翔？
但恨处非位，怆恨使心伤④。

【译义】

树林中有一只奇鸟，自称是高贵的凤凰。
早晨啜饮清清醴泉，傍晚栖宿巍巍山岗。
高鸣之声响彻九州，延颈顾盼远望八荒。
恰好遇上秋风刮起，五彩毛羽摧残凋伤。
决然飞向昆仑之西，何时再来旧地回翔。
只恨自己所处非位，如此境遇使我悲伤。

---

① 醴泉，甘美的泉水。《庄子·秋水》："南方有鸟，其名为鹓鶵。……非梧桐不止，非练实不食，非醴泉不饮。"
② 彻，贯通。延颈，伸长脖颈。
③ 商风，秋风，西风。摧藏，挫伤。
④ 怆恨（chuàng liàng），悲伤。

【解析】

在我国古代文学中，凤凰是立身高洁、超凡脱俗的象征，哲人庄周和诗人屈原都曾经以凤凰自比。很明显，这首诗中的凤凰也是一个象征形象，不过对其象征指意的理解，却发生了种种分歧。有人认为指嵇康，有人认为比山涛，有人说"凤凰本阮公自况"。

阮籍是"建安七子"之一的阮瑀之子，出自名门；又身列"竹林七贤"之首，深负时誉。《晋书·阮籍传》说他"容貌瑰杰，志气宏放，傲然独得，任性不羁"。他是老庄哲学的信徒，又是魏晋玄学的代表，加之生当魏晋时代思想开放、人性觉醒之际，以凤凰这一传统形象来比况自己，不仅表现了诗人特立独异、睥睨世俗的情怀，同时也寄托了超脱礼法束缚，追求自由解放的愿望。不过，诗中这只超世独立的凤凰，并没有像庄周所描写的那样无拘无束，自得逍遥。它延颈四望，引吭哀鸣，满怀着深深的寂寞和悲伤。在作者的笔下，凤凰这一象征超凡脱俗的传统艺术形象同时又涂饰了一层浓重的悲剧色彩，这与诗人高才远志而身处乱代，欲济世而难以济世，想避世又不能避世的矛盾痛苦心情非常吻合，这正是作者主观情思的外化，也是时代所刻烙的印记。

凤凰在诗中既然是一种艺术象征，那么其总体含义和感情指向虽然大体明确，但是其外延辐射却又是相当宽泛而富有弹性的。从这样的意义上讲，认为凤凰是"作者自况"或指代嵇康，两种看法其实并不矛盾。阮籍和嵇康的思想倾向和政治态度十分相近，因此互相引为知己。据《晋书·阮籍传》记载："籍又能为青白眼，见礼俗之士，以白眼对之。……（嵇）康闻之，乃赍酒挟琴造焉。籍大悦，乃见青眼。由是礼法之士疾之若仇。"这个历史上有名的青白眼的故事，表现了阮籍对礼俗之士的无比轻蔑，同时也说明了阮籍和嵇康思想感情的一致。这首诗中的凤凰正是阮籍、嵇康以及在那个时代力求超脱凡庸、寻求自我价值的士人的总体象征，表现了他们反对传统礼法束缚、追求人格独立的愿望。当然，在封建专制的条件之下，这种愿望非但难以实现，而且往往只能给自己带来不幸的命运。嵇康之惨遭杀害，阮籍之终生悒郁，而朝饮清泉、夕栖山冈的凤凰也"羽翼自摧藏"，只能向遥远渺茫的昆仑寻找归宿，这正是时代的悲剧。

【其八十】

出门望佳人,佳人岂在兹①。
三山招松乔,万世谁与期②。
存亡有长短,慷慨将焉知③。
忽忽朝日隤,行行将何之④。
不见季秋草,摧折在今时⑤。

【译义】

出门望佳人,佳人岂在此?
欲往仙山邀松乔。千秋万载难与期。
生死存亡有长短,悲伤激动何能知。
朝阳忽忽便沦没,走啊走啊去哪里?
不见深秋路边草,枯萎凋谢在今时。

【解析】

黄侃先生说:"佳人既不可见,松乔复不可期,唯有伊郁以殁,悲伤之至也。"在《咏怀诗》中,本诗的确是一首充满悲痛绝望色

---

① 兹,此。
② 三山,古代传说中的仙山。
③ 焉知,何知。
④ 隤,降落,下坠。
⑤ 季秋,晚秋。

彩的诗篇,笼罩着大祸将临,死亡将至的悲剧气氛。

诗歌开头就说佳人难见,松乔难期,诗人哀叹自己的希望和理想都已经落空。"存亡"以下四句,痛感生命无常。"朝日隤"以日落象征生命的殒落,这是《咏怀诗》中经常使用的象征意象。"行行将何之",表现了诗人在理想破灭之后的痛苦和彷徨。最后两句,以秋草之行将凋谢,比喻自己未来命运之凶险。诗人身处黑暗的社会,险恶的环境,于是产生了这样一种不祥的预感:仿佛大难之将临,自己的生命也将随秋草一起凋零。这首诗的情绪与其三"嘉树下成蹊"非常相似,在迫促的声律节奏中接连使用四个疑问句,并以一个感叹句结束,充分展示了诗人内心的焦急和惶惧。与其三相比,这首诗的情绪显得更加悲苦绝望。因为前者还有"西山"可以避难,而本诗却仿佛除了与"季秋草"一起糜灭之外,已经没有其他任何出路。

蒋师爚和黄节都认为,这首诗"盖悲曹爽之见诛也",证据是《三国志·曹爽传》注引《魏氏春秋》中有"曹子丹佳人"这一句话,而本诗开头就说:"出门望佳人。"曹子丹是曹爽的父亲曹真。曹真作为曹操的族子,在曹操和曹丕时代曾统领军队,屡立战功,封大将军,官大司马。曹真抚爱亲友,与将士同劳苦,的确称得上"佳人"。而他的儿子曹爽却骄奢淫逸,临事又优柔寡断,所以桓范骂他:"曹子丹佳人,生汝兄弟,犊耳!"把称赞曹真的话语与"悲曹爽之见诛"联系在一起,理由显然是不充分的。其实,"佳人"和"松乔",都不过是诗人理想的寄托和象征,未必实有所指。这种艺术表现方法从屈原到曹植都曾广泛地使用。所不同的是屈原赋中的美人是象征辞人心目中的"美政",曹植诗中的美女,往往是诗人自己的化身,而阮籍诗中的美女、佳人却主要表现诗人的一种理想精神境界。佳人不见,象征着理想破灭,因此便陷入了深深的绝望之中。

【其八十一】

昔有神仙者，羡门及松乔①。
噏习九阳间，升遐叽云霄②。
人生乐长久，百年自言辽③。
白日陨隅谷，一夕不再朝④。
岂若遗世物，登明遂飘飖⑤。

【译义】

　　传说当年有神仙，羡门赤松王子乔。
　　呼吸吐纳九阳间，飞升上天叽云霄。
　　世人乐于活得久，短短百年称逍遥。
　　就像太阳落隅谷，从此不再有明朝。
　　岂若遗弃人间事，马上就能乐逍遥。

---

① 羡门、松乔，古代传说中的神仙。详其十五注④、其五十注③。
② 噏习，呼吸。九阳，《楚辞·远游》："朝濯发于汤谷兮，夕晞余身于九阳。"王逸注："九阳，谓天地之涯。"升遐，升天。张衡《思玄赋》："涉清霄而升遐兮，浮蔑蒙而上征。"
③ 辽，久远。
④ 隅谷，古代神话中日落处。《列子·汤问》："夸父不量力，欲追日影，逐之于隅谷之际。"张湛注："隅谷，虞渊也，日所入。"
⑤ 遗世物，遗弃世累。登明，或为"登时"之误。《梦溪笔谈·象数一》："六壬天十二辰之名，古人释其义曰：正月阳气始建，呼召万物，故曰登明。……余按'登明'者，正月三阳始兆于地上，见龙在田，天下文明，故曰登明。"

【解析】

　　这又是一首游仙诗。诗人在本诗中似乎已从前诗的悲痛绝望中解脱出来，内心重新升起了求仙的愿望。

　　全诗内容主要分为上下两个部分。"昔有"四句为前半部分，这部分描述神仙世界的景象，与《咏怀诗》中其他游仙之作大同小异，并无多少新意。"人生"以下四句为后半部分，这部分感慨世人痴愚，自认为活到百岁就可算长寿，而不知百岁也不过是短短一瞬而已。而一旦死亡来临，就像白日之陨落山谷，永无再生之时。最后两句既是劝诫世人，也是自劝，说明智之士应当抛弃世累，立即追随仙人远游高举。

　　在阮籍《咏怀诗》的游仙诸作中，这是比较缺乏新意的一首。

【其八十二】

墓前荧荧者，木槿耀朱华①。
荣好未终朝，连飙陨其葩②。
岂若西山草，琅玕与丹禾③。
垂影临增城，余光照九阿④。
宁微少年子，日夕难咨嗟⑤。

【译义】

墓前一片红红的，木槿耀眼正开花。
花儿虽美只片刻，狂风阵阵陨其葩。
岂若西山有仙草，琅玕丹禾永光华。
垂影婆娑临增城，余光尚可照九阿。
人人都有少年时，迟暮来临空叹嗟。

【解析】

这也是一首感慨生命无常之作。曾国藩批评说："此与四十四

---

① 朱华，红花。
② 飙，暴风。葩，花朵。
③ 琅玕、丹禾，神木名。《山海经·西山经》："（槐江之山）其上多青雄黄，多藏琅玕、黄金、玉，其阳多丹粟。"
④ 增城，神话中地名，详其四十五注②。九阿，神话中地名。《穆天子传》："天子西征，升九阿。"
⑤ 微，无，非。难，疑为"叹"之误。

首、七十一首语意重复，别无精义，疑亦后人附益之也。"黄节也认为："此首与其四十四、其七十一辞意略同。"这种批评是有道理的。阮籍是一位主观的诗人，他的八十二首《咏怀诗》从总体上说，虽然也是对当时黑暗恐怖的社会现实的批评和谴责，但是，这种批评和谴责主要是通过抒发诗人内心主观感受的方式来表现的，而并没能对复杂的社会生活现象作更广阔的审视和更深刻的开掘，因而其诗歌的内容就不免仅仅局限在诗人有切身感受的某些问题上，这就使作品不能完全避免重复雷同的弊病。在这首诗中出现的两组象征意象"木槿"和"琅玕"，分别象征短暂的生命和永恒的仙界，但它们在其四十四和其七十一两诗中都曾是主要的象征体。例如其四十四说："琅玕生高山，芝英耀朱堂。"本诗则说："岂若西山草，琅玕与丹禾。"其七十一说："木槿荣丘墓，煌煌有光色。白日颓林中，翩翩零路侧。"本诗则说："墓前荧荧者，木槿耀朱华。荣好未终朝，连飙陨其葩。"不仅意象的构成和寓意基本相同，而且连语词和表述方式也大同小异。阮籍《咏怀诗》客观存在的这种缺点，招来后人的某些批评是完全合乎情理的[①]。但曾国藩怀疑本诗为后人附益，却没有根据，阮籍诗就不可能有败笔吗？任何伟大诗人，都可能写出失败的作品。

---

① 庞垲《诗义固说》："阮公《咏怀诗》赋至八十二首……故往往有复处、率处、滞处、参错处。"当然，任何诗人都有自己特殊的生活体验和偏爱的内容主题、表现方法、意境意象、情景描绘、体裁形式、修辞手法以至于典故语词等等。例如屈原赋中反复出现芳草美人，陶潜诗中几乎篇篇有酒，陆游作品之"处处从军"，如果收集在一起，也会给人以近似雷同的感觉。对此，我们不应该过于苛求。

当然，也不能说这首诗毫无新意，诗中把木槿和琅玕、丹禾两组意象放在一起，在强烈而鲜明的对比中，形象地表现了人生的短暂和仙界的永恒。与其四十四比较起来，本诗展开得比较充分，描写更为细致，这也是很明显的。

1998 年 8 月 6 日写完

2016 年 4 月 25 日改毕

2016 年 6 月 6 日再改

2019 年 1 月 21 日又改于东莞施家

附录（一） 四言咏怀诗三首

其一

天地絪缊，元精代序①。

清阳曜灵，和风容与②。

明月映天，甘露被宇③。

翕郁高松，猗那长楚④。

草虫哀鸣，鸧鹒振羽⑤。

感时兴思，企首延伫⑥。

於赫帝朝，伊衡作辅⑦。

才非允文，器非经武⑧。

---

① 絪缊，天地阴阳二气交互作用的状态。《周易·系辞》下："天地絪缊，万物化醇。"《疏》："絪缊，相附着之义。"元精，天地之精气，万物由此而化生。这里指阴阳寒暑的季节变换。序，次序。
② 清阳，春天的阳光。曜，光明照耀。容与，柔和貌。
③ 被，覆。宇，天地四方。
④ 翕郁，草木茂盛貌。猗（yī）那，婀娜。长楚，即苌楚，木名，俗称猕猴桃。《诗经·桧风·隰有苌楚》："隰有苌楚，猗傩其枝。"猗傩即婀娜。
⑤ 草虫，俗称蝈蝈。鸧鹒，即黄莺。《诗经·豳风·东山》："仓庚于飞，熠耀其羽。之子于归，皇驳其马。"《笺》："仓庚仲春而鸣，嫁娶之候也。仓庚鸣则振其羽。"
⑥ 兴思，产生愁思。企首，跷起脚伸长颈子。延伫，久立。
⑦ 於，叹词。赫，盛大。伊衡，伊尹，名阿衡，商汤时的贤相。辅，周以前的官名，后世通称宰相为辅。
⑧ 允，当。器，能力。经武，筹划军事。二句自谓。

258

　　　　适彼沅湘，托分渔父①。
　　　　优哉游哉，爰居爰处②。

【译义】

　　　　阴阳会合产生天地，春秋代序斗转星移。
　　　　春日阳光温暖明媚，和风煦拂空气芳菲。
　　　　月色溶溶天宇皎洁，甘露清清滋润大地。
　　　　高高松林葱葱郁郁，青青羊桃婀娜多姿。
　　　　草虫哀鸣季节转换，黄莺振翅虚度佳期。
　　　　触景生情愁思难遣，翘首伫立心绪迷离。
　　　　政治清明功勋显赫，谁人辅政名相伊尹。
　　　　文才凡庸岂能治国，武略平常不堪驱驰。
　　　　浩浩沅湘流水汩汩，追随渔父躲避危机。
　　　　逍遥倘佯悠闲自在，无灾无害鸥鸟忘机。

其二

　　　　月明星稀，天高气寒③。

---

① 沅、湘，二水名，在今湖南省内。诗人屈原曾流放于此。《楚辞·离骚》："济沅湘以南征兮。"渔父，古代隐者。《楚辞》有《渔父》篇，记述他曾劝屈原放弃理想原则，混同是非，以全身保命，遭到屈原拒绝。
② 爰，于是。《诗经·小雅·斯干》："爰居爰处。"笺："爰，于也。"
③ "月明"句，曹操《短歌行》："月明星稀，乌鹊南飞。"

桂旗翠旌，佩玉鸣鸾①。

濯缨醴泉，被服蕙兰②。

思从二女，适彼湘沅③。

灵幽听微，谁观玉颜④。

灼灼春华，绿叶含丹⑤。

日月逝矣，惜尔华繁⑥。

【译义】

月色明亮星光暗淡，长天寥廓秋气阴寒。

桂枝作旗翠羽为饰，身佩宝玉车响鸣鸾。

清清泉水洗我冠缨，身上披带芬芳蕙兰。

娥皇女英令人追慕，跟随她们来到湘沅。

神灵幽幻声容杳渺，何人有幸一睹玉颜。

---

① 桂旗翠旌，以桂枝为旗，以翠鸟之羽为旌。鸾，凤类之神鸟。鸾亦通銮，车铃。《楚辞·山鬼》："辛夷车兮结桂旗。"又《楚辞·少司命》："孔盖兮翠旍。"旍，又作"旌"。又《楚辞·离骚》："鸣玉鸾之啾啾。"五臣注："玉，马佩也，鸾，车铃。"二句合用《楚辞》之意。
② 缨，古代系冠的带子。《楚辞·渔父》："沧浪之水清兮，可以濯吾缨；沧浪之水浊兮，可以濯吾足。"被服，佩带。蕙兰，芳草名。《楚辞·离骚》："纫秋兰以为佩。"佩带芳草，象征洁身自爱。
③ 二女，指舜之二妃娥皇、女英。相传舜死于苍梧，二妃亦死于江湘之间，俗谓之湘君。
④ "灵幽"二句，意谓二女之灵魂音容渺茫，终难一见。玉颜，指二女。
⑤ 灼灼，鲜明貌。《诗经·周南·桃夭》："桃之夭夭，灼灼其华。"华即花。丹，红色。
⑥ 尔，指花。华繁，繁花。

春日繁花满园开放,红绿相映秀色可餐。

岁月悠悠飘然而逝,百花纷谢令人长叹。

其三

清风肃肃,修夜漫漫①。

啸歌伤怀,独寐寤言②。

临觞拊膺,对食忘餐③。

世无萱草,令我哀叹④。

鸣鸟求友,谷风刺愆⑤。

重华登庸,帝命凯元⑥。

鲍子倾盖,仲父佐桓⑦。

---

① 肃肃,风声。修,长。
② "啸歌"句,《诗经·小雅·白华》:"啸歌伤怀。"此用其成句。"独寐"句,孤独难以入睡。寤,醒。言,语助词。
③ 觞,古代酒器。拊膺,抚胸,表示悲痛。膺,胸。
④ 萱草,忘忧草。《诗经·卫风·伯兮》:"焉得谖草,言树之背。""谖草"即萱草。古人以为萱草可以令人忘忧,故称之为忘忧草。
⑤ "鸣鸟"二句,意谓世风浇薄,知己难求。《诗经·小雅·伐木》:"伐木丁丁,鸟鸣嘤嘤。……嘤其鸣矣,求其友声。"又《诗经·小雅·谷风》之《小序》曰:"《谷风》,刺幽王也。天下俗薄,朋友道绝也。"二句意本此。愆,过失。
⑥ 重华,虞舜名。登庸,登上帝位。凯元,八元八恺,上古时代才能杰出的贤臣。详《咏怀诗》其四十二注②。
⑦ 鲍子,鲍叔。仲父,指管仲。管仲曾为囚徒,由于鲍叔的推荐,得到齐桓公的赏识,任宰相。桓公尊称他为仲父。管仲曾说:"生我者父母,知我者鲍子。"事详《史记·管晏列传》。

261

回滨嗟虞,敢不希颜[①]。
志存明规,匪慕弹冠[②]。
我心伊何?其芳若兰[③]。

【译义】

秋风送爽萧萧飒飒,秋夜难明漫漫悠长。
慷慨悲歌心怀哀楚,深宵不寐孤独彷徨。
手把酒杯抚胸无语,盛筵当前饮食两忘。
世上难觅忘忧萱草,遣怀无计令我哀伤。
鸟鸣嘤嘤知音何在?世风浇薄道义沦丧。
虞舜英明群贤毕集,八元八恺各显优长。
鲍管相交倾盖如故,辅佐桓公霸业辉煌。
贤若颜回终生坎坷,安贫乐道人人景仰。
胸怀坦荡诚心规谏,功名利禄非我所望。
此心皎皎神明可鉴,秋兰花开一片清香。

[①] "回滨"二句,意不可解,疑有讹误。译文暂取陈祚明说。
[②] 明规,明白的规谏。匪,非。弹冠,整洁其冠,比喻将要出仕。沈约《郊居赋》:"或辞禄而反耕,或弹冠而来仕。"
[③] 伊何,如何。兰,其味芳香,比喻志行高洁。

附录（二） 阮籍四言诗十首

其一

阳精炎赫，卉木萧森。谷风扇暑，密云重阴。激电震光，迅雷遗音。零雨降集，飘溢北林。泛泛轻舟，载浮载沉。感往悼来，怀古伤今。生年有命，时过虑深。何用写思，啸歌长吟。谁能秉志，如玉如金。处哀不伤，在乐不淫。恭承明训，以慰我心。

其二

立象昭回，阴阳攸经。秋风凤厉，白露宵零。修林凋殒，茂草收荣。良时忽迈，朝日西倾。有始有终，谁能久盈？太微开涂，三辰垂精。峨峨群龙，跃奋紫庭。鳞分委瘁，时高路清。爰潜爰默，韬影隐形。愿保今日，永符修龄。

其三

玑衡运速，四节佚宣。冬日凄悽，玄云蔽天。素冰弥泽，白雪依山。□□逝往，譬彼流川。人谁不没，贵使名全。大道夷敞，蹊径争先。玄黄尘垢，红紫光鲜。嗟我孔父，圣懿（原注：一作"意"）通玄。非义之荣，忽若尘烟。虽无灵德，愿潜于渊。

其四

朝云四集,日夕布散。素景垂光,明星有烂。肃肃翔鸾,雍雍鸣雁。今我不乐,岁月其晏。姜叟毗周,子房翼汉。应期佐命,庸勋静乱。身用功显,德以名赞。世无曩事,器非时干。委命有□,承天无怨(原注:一作"委命乘天,无尤无怨")。嗟尔君子,胡为永叹。

其五

日月隆光,克鉴天聪。三后临朝(原注:一作"轩"),二八登庸。升我俊髦,黜彼顽凶。太上立德,其次立功。仁风广被,玄化潜通。幸遭盛明,睹此时雍。栖迟衡门,唯志所从。出处殊涂,俯仰异容。瞻叹古烈,思迈高踪。嘉此箕山,忽彼虞龙。

其六

登高望远,周览八隅。山川悠邈,长路乖殊。感彼墨子,怀此杨朱。抱影鹄立,企首踟蹰。仰瞻翔鸟,俯视游鱼。丹林云霏,绿叶风舒。造化絪缊,万物纷敷。大则不足,约则有余。何用养志,守以冲虚。犹愿异世,万载同符。

其七

微微我徒,秩秩大猷。研精典素,思心淹留。乃命仆夫,兴言出游。

浩浩洪川,泛泛杨舟。仰瞻景曜,俯视波流。日月东迁,景曜西幽。寒往暑来,四节代周。繁华茂春,密叶殒秋。盛年衰迈,忽焉若浮。逍遥逸豫,与世无尤。

其八

我徂北林,游彼河滨。仰攀瑶干,俯视素纶。隐凤栖翼,潜龙跃鳞。幽光韬影,体化应神。君子迈德,处约思纯。货殖招讥,箪瓢称仁。夷叔采薇,清高远震。齐景千驷,为此埃尘。嗟尔后进,茂兹人伦。荜门圭窦,谓之道真。

其九

华容艳色,旷世特彰。妖冶殊丽,婉若清扬。鬒发娥眉,绵邈流光。藻采绮靡,从风遗芳。回首悟精,魂射飞扬。君子克己,心洁冰霜。泯泯乱昏,在昔二王。瑶台璇室,长夜金梁。殷氏放夏,周嗣纣商。於戏后昆,可为悲伤。

其十

晨风扫尘,朝雨洒路。飞驷龙腾,哀鸣外顾。揽辔按策,进退有度。乐往哀来,怅然心悟。念彼恭人,眷眷怀顾。日月运往,岁聿云暮。嗟余幼人,既顽且固。岂不志远,才难企慕。命非金石,身轻朝露。焉知松乔,颐神太素。逍遥区外,登我年祚。

附录（三）
历代作家评《咏怀诗》言论选录

（1）晋步兵阮籍，其源出于《小雅》。无雕虫之功，而《咏怀》之作，可以陶性灵，发幽思。言在耳目之内，情寄八荒之表。洋洋乎会于《风》《雅》，使人忘其鄙近，自致远大。颇多感慨之词，厥旨渊放，归趣难求。颜延年注释，怯言其志。（钟嵘《诗品》卷上）

陈思"赠弟"、仲宣《七哀》、幹"思友"、阮籍《咏怀》……斯皆五言之警策者也。所以谓篇章之珠泽，文采之邓林。（钟嵘《诗品序》）

（2）"嗣宗倜傥，故响逸而调远"，又"阮旨遥深"。（刘勰《文心雕龙》第六《明诗》、第二十七《体性》）

（3）说者阮籍在晋文代常虑祸患，故发此咏耳。（李善《文选》卷二十三《咏怀诗》注引颜延年语）

（4）嗣宗身仕乱朝，常恐罹谤遇祸，因兹发咏，故每有忧生之嗟。虽志在刺讥，而文多隐避，百代之下，难以情测。故粗明大意，略其幽旨也。（李善《文选》卷二三《咏怀诗》注）

（5）子昂《感遇》三十首，出自阮公《咏怀》。《咏怀》之作，难以为俦。子昂诗曰："荒哉穆天子，好与白云期。宫女多怨旷，层城蔽蛾眉。"曷若阮公："三楚多秀士，朝云进荒淫。朱华报芬芳，高蔡相追寻。一为黄雀哀，涕下谁能禁？"此序或未湮沦，千载之下当有识者，得无抚掌乎？（皎然《诗式》卷三）

（6）正始中，何晏、嵇、阮之俦也。嵇兴高邈，阮旨闲旷，亦难为等夷。论其代，则渐浮侈矣。（皎然《诗议》）

（7）余尝读阮籍、陶潜诗，爱其平易浑厚，气全而致远。……皆志趣高邈，不为时俗所汩没，事物所侵乱，其胸中所守者完且固，则其为诗不烦于绳削而自工。（邢恕《康节先生〈伊川击壤集〉后序》）

（8）陶潜、阮籍之诗，长于冲淡；谢灵运、鲍照之诗，长于峻洁。（秦观《淮海集》卷二十二《韩愈论》）

（9）胸怀阮步兵，诗句谢宣城。今夕俱参透，焚香听雨声。（陆游《剑南诗稿》卷六十五《春雨》）

（10）李太白、阮嗣宗，当年谁不笑两翁。万古贤愚俱白骨，两翁天地一清风。（杨万里《诚斋集》卷十《醉吟》）

（11）阮步兵醉六十日而停婚，虽似智矣，然礼法之士，憎之如仇，几至于死，幸武帝（按当为文帝）保护之耳。而老杜诗云："遂令阮籍辈，熟醉为身谋。"此工部善看史书，当有解此意者。（许顗《彦周诗话》）

（12）嵇康《幽愤诗》云："性不伤物，频致怨憎。昔惭下惠，今愧孙登。"盖志钟会之悔也。吾尝读《世说》，知康乃魏宗室婿。审如此，虽不忤钟会，亦安能免死邪？尝称阮籍口不臧否人物，以为可师，殊不然，籍虽不臧否人物，而作青白眼，亦何以异？籍得全于晋，直是早附司马师，阴托其庇耳。史言礼法之士，嫉之如仇，赖司马景王全之。以此而言，籍非附司马氏，未必能脱祸也。今《文选》载蒋济《劝进表》一篇，乃籍所作，籍忍至此，亦何所不可为！籍著论鄙世俗之士，以为犹虱处乎裈中，籍委身于司马氏，独非裈中乎？观康尚不屈于钟会，肯卖魏而附晋乎？世俗但以迹之近似者取之，概以为嵇、阮，我每为之太息也！（叶梦得《石林诗话》卷下）

（13）古诗苏、李、曹、刘、陶、阮本不期于咏物，而咏物之工，卓然天成，不可复及。其情真，其味长，其气胜，视《三百篇》几于无愧，凡以得诗人之本意也。（张戒《岁寒堂诗话》卷上）

（14）阮嗣宗诗，专以意胜。（张戒《岁寒堂诗话》卷上）

（15）梁钟嵘评阮嗣宗诗无雕虫之工，而《咏怀》之作，可以陶性灵，发幽思。故杜公"陶冶性灵存底物，新诗改罢自长吟"是也。（吕祖谦《诗律武库》卷十二）

（16）黄初之后，唯阮籍《咏怀》之作，极为高古，有建安风骨。（严羽《沧浪诗话·诗评》）

（17）阮嗣宗云："宁与燕雀翔，不随黄鹄飞。黄鹄游四海，中路将安归？"盖叹时人之安于卑近，而自伤其才大志广，无所税驾。非谓士之抗志，甘为燕雀而已。嵇、阮齐名，然《劝进表》叔夜决不肯作。（刘克庄《后村诗话》前集卷一）

（18）陶潜、阮籍之诗长于冲淡。（蔡梦弼《杜工部草堂诗话》卷一）

（19）阮嗣宗《咏怀》云："开轩临四野，登高望所思。丘墓蔽山冈，万代同一时。千秋万岁后，荣名安所之。"可谓混贵贱之殊，尽死生之变。（范晞文《对床夜话》卷五）

（20）诗体，《三百篇》流为《楚辞》，为乐府，为《古诗十九首》，为苏、李五言，为建安、黄初，此诗之祖也；《文选》刘琨、阮籍、潘、陆、左、郭、鲍、谢诸诗，渊明全集，此诗之宗也；老杜全集，诗之大成也。（杨载《诗法家数》）

（21）阮籍天识清虚，礼法疏短。（陈绎曾《诗谱》）

（22）予于晋独推陶彭泽一人格高，足可方嵇、阮。（方回《桐江集》卷三《学艺圃小集序》）

（23）嗣宗绝臧否，善若处时晦。《咏怀》数十篇，卓尔追汉魏。驾车哭而返，此岂无所谓。啸登广武台，神气偶相会。从来倜傥心，土苴视富贵。惟有步兵厨，可用时一醉。（张显《可闲老人集》卷一《古诗》）

（24）下逮建安、黄初，曹子建父子起而振之，刘公幹、王仲宣力从而辅翼之。正始之间，嵇、阮又迭作，诗道于是乎大盛。然皆师少卿而驰骋于《风》《雅》者也。（宋濂《宋文宪公集》卷三十七《答章秀才论诗书》）

（25）余观汉魏以逮六朝，作者蝟起，能道其中之所欲言者，阮步兵、左太冲、张景阳、陶靖节四人而已。（焦竑《焦氏澹园集》卷十六《陶靖节先生集序》）

（26）予观魏诗，嗣宗冠焉。何则？混沦之音，视诸镂雕奉心者伦也。顾知者稀寡，效亦鲜焉。……予观陈子昂《感遇诗》差为近之。唐音泛泛乎开源矣，及李白为古风，咸祖籍词。宋人究原作者，顾陈、李焉极，岂其未睹籍作邪？孰谓天下有钟期哉！（李梦阳《空同集》卷四十九《刻阮嗣宗诗序》）

（27）故曹、刘、阮、陆，下及李、杜，异曲同工，各擅其时，并称能言。（何景明《大复集》卷三十二《与李空洞论诗书》）

（28）阮籍《咏怀诗》："西游咸阳中，赵李相经过。"颜延年以为赵飞燕、李夫人。刘会孟谓"安知非实有此人，不必求其谁何也"，不详诗意。"咸阳""赵李"谓游侠近幸之侪,《汉书·谷永传》:"小臣赵李从微贱争宠,成帝常与微行者。"籍用"赵李"字正出此。(杨慎《升庵诗话》卷十二)

(29)阮籍诗:"昔余游大梁,登于黄华颠。……应龙沉冀州,妖女不得眠。"按《赵国策》,赵武灵西至河,登黄华之上,梦处女鼓琴歌诗,因纳吴广女娃嬴、孟姚。其先亡世而兆于简子之梦,及入宫而夺嫡乱国,岂非妖女乎?张平子《应问》曰:"女魃北而应龙翔。"而合观之,可见其微意。盖当是时魏明帝、郭后、毛后妒宠相杀,正类武灵王事,故隐语怪说,亦《春秋》定、哀多微辞意也。颜延年曰:"阮公身仕乱朝,常恐遇祸,因兹咏怀,虽志在讥刺,而文多隐避,百代之下,难以情测,故粗明大意,略其幽旨也。"信哉!(杨慎《升庵诗话》附录)

(30)阮籍、谢灵运得诗人之髓。(屠隆《鸿苞》卷十七《论诗文》)

(31)阮生优缓有余,刘桢锥角重峭,割曳缀悬,并可称也。(徐祯卿《谈艺录》)

(32)阮公《咏怀》,亦自深于寄托。(王世懋《艺圃撷余》)

(33)阮公《咏怀》,远近之间,遇境即际,兴穷即止,坐不着论宗佳耳。人乃谓陈子昂胜之,何必子昂,宁无感兴乎哉!(王世贞《艺苑卮言》卷三)

(34)步兵咏怀,其音响汉与魏之间也,其语与格则晋也。兹所以反不如魏欤?(胡应麟《诗薮》内编卷二)

(35)仲默称曹、刘、阮、陆,而不取陶、谢。陶、阮之变而淡也,唐古之滥觞也。谢、陆之增而华也,唐律之先兆也。(胡应麟《诗薮》

内编卷二）

（36）子建华赡精工类《左》《国》，步兵虚无恬淡类《庄》《列》。太冲纵横豪逸类子长。（胡应麟《诗薮》内编卷二）

（37）子昂《感遇》，尽削浮靡，一振古雅，唐初自是杰出。盖魏、晋之后，惟此尚有步兵余韵。虽不得与宋、齐诸子并论，然不可概以唐人。近世故加贬抑，似非笃论。（胡应麟《诗薮》内编卷二）

（38）晋、宋之交，古今诗道升降之大限乎。魏承汉后，虽浸尚华靡，而淳朴余风，隐约尚在。步兵优柔冲远，足嗣西京，而浑噩顿殊。（胡应麟《诗薮》外编卷二）

（39）《咏怀》诸篇，文隐指远，定哀之间多微辞，盖指此也。履朝右而谈方外，羁仕宦而慕真仙，大人先生一传，岂子虚亡是公耶？步兵厨人，可以索酒，邻家当垆，可以醉卧，哭兵家之亡女，恸穷途之车辙，处魏晋如是足矣。叔夜日与酣饮，而文王复称至慎，人与文皆以天全者哉。（张溥《阮步兵集题辞》）

（40）阮籍诗中之清言也，为汗漫语，知其旷怀无尽。故曰："诗可以观。"直举形情色相，倾以示人。（陆时雍《诗镜总论》）

（41）嵇、阮并称，嵇诗大不及阮，然志节自高。（毛先舒《诗辩坻》卷二）

（42）阮嗣宗《咏怀》，如浮云冲飚，碕岸荡波，舒蹙倏忽，渺无恒度。（毛先舒《诗辩坻》卷二）

（43）嗣宗运际鼎革，故《咏怀》词近放荡，旨实悲愤，与叹铜驼、悲麦秀，亦连类之文也。诗中屡引伯夷、子房、邵平，厥志瞭焉。颜公谓其"身事乱朝，文多隐避"，尚隔一解。叔夜诗亦然。但阮志存高蹈，嵇不忘奋身耳。余谓籍本传云："时率意独驾，不由径路，车迹所穷，辄恸哭而返"数语，可为读阮诗注脚。《魏氏春秋》云："山涛为选曹郎，举康自代，康答书拒绝，而非薄汤、武"，此语可为读嵇诗注脚。（毛先舒《诗辩坻》卷二）

（44）钟谓子昂《感遇》过嗣宗《咏怀》，其识甚浅。阮逐兴生，陈依义立。阮浅而远，陈深而近。阮无起止，陈有结构。阮简尽，陈密至。见过阮处，皆不及阮处也。（毛先舒《诗辩坻》卷四）

（45）步兵《咏怀》，自是旷代绝作，远绍《国风》，近出入于《十九首》，而以高朗之怀，脱颖之气，取神似于离合之间。大要如晴云出岫，舒卷无定质。而当其所不极，则弘忍之力，肉视荆、聂矣。且其托体之妙，或以自安，或以自悼，或标物外之旨，或寄疾邪之思，意固径庭，而言皆一致。信其但然，而又不徒然；疑其必然，而彼固不然。不但当世雄猜之渠长无所施其怨忌，且使千秋以还了无觅脚根处。盖诗之为教，相求于性情，固不当容浅人以耳目荐取。况公且视刘、项为孺子，则人头畜智者，今可测公，不几令泗上亭长反唇哉？人固自有分际，求知音于老妪，必白居易而后可尔。（王夫之《古诗评选》卷四）

（46）曹之《赠白马》，阮之《咏怀》，刘之《扶风》，张之《七哀》，千古之兴亡升降，感叹悲愤，皆于诗发之。驯至于少陵，而诗中之史大备，天下称之曰诗史。（钱谦益《牧斋有学集》卷十八《胡致果诗序》）

（47）盖古人文章，无不以真得传者。有真感伤而后有阮公、正字之诗，有真节概而后有工部、吏部之诗，有真豪宕而后有青莲之

诗，有真闲适而后有左司、香山之诗。（朱鹤龄《愚庵小集》卷八《宋定九全集序》）

（48）阮亭答："阮、陶二公在典午皆高流。然嗣宗能辞婚司马氏，而不能不为公卿作劝进表，其品远出渊明下矣。阮《咏怀》与陶诗，各有至处，皆五言之宗也。阮公殿魏诗之末而绰有汉音，非邺下诸子所可步趋也。陶公附晋诗之终而实居宋代，非颜、谢诸子所可庶几也。总之，步兵《咏怀》诸作，寄愁天上，埋忧地下，其胸次非复人世机轴；徵士《饮酒》《田家》诸篇，前无古人，后无来者，真有绛云在霄，卷舒自如之致。敖陶孙之评，可谓知言。"（郎廷槐《师友诗传录》王士禛答）

（49）苏、李之诗天成，曹、刘之诗闳博，嵇、阮之诗妙远，陶、谢之诗高逸。……千变万化，不名一体，而其抒写性情则一也。（纪昀《纪文达公遗集》卷九《清艳堂诗序》）

（50）阮嗣宗《咏怀》，陈子昂《感遇》，李太白《古风》，韦苏州《拟古》，皆得《十九首》遗意。（宋荦《漫堂说诗》）

（51）诗有一人之集止一题者，《阮步兵集》四言十三篇，五言八十篇，其题皆曰《咏怀》。（汪师韩《诗学纂闻》）

（52）阮公《咏怀》，反复零乱，兴寄无端，和愉哀怨，俶诡不羁，读者莫求归趣。遭阮公之时，自应有阮公之诗也。笺释者必求时事以实之，则凿矣。刘彦和称："嵇旨清峻，阮旨遥深。"故当截然分道。（沈德潜《说诗晬语》卷上）

（53）陈伯玉力扫俳优，仰追曩哲，读《感遇》等章，何啻黄初、正始间也？张曲江、李供奉继起，风裁各异，原本阮公。（沈德潜《说

诗晬语》卷上）

（54）嗣宗触绪兴怀，无端哀乐，当涂之世，又成别调矣。（沈德潜《古诗源·例言》）

（55）阮公《咏怀》，反复零乱，兴寄无端，和愉哀怨，杂集于中，令读者莫求归趣。此其为阮公之诗也。必求时事以实之，则凿矣。又：其源自《离骚》来。（沈德潜《古诗源》卷六）

（56）《风》《骚》以后，五言代兴。汉如苏、李赠答，《古诗十九首》，句不必奇诡，调不必铿锵，而缠绵和厚，令读者油然兴起，是为雅音。后如阮、如陶，如陈正字、张曲江，如王右丞、韦左司、柳仪曹诸家，虽涂轨各殊，而宗法自合。无它，唯其发源于古淡也。（沈德潜《归愚文钞》卷十三《乔慕韩诗序》）

（57）子昂古诗，尚蹈袭汉、魏蹊径，竟有全似阮籍《咏怀》之作者，失自家体段。（叶燮《原诗》卷一）

（58）著作以人品为先，文章次之，安可将"不以人废言"为借口？昔人云："阮步兵《咏怀》，寄愁天上，埋忧地下，其胸次非复人间机轴。"而为诸臣作劝进表，又不足多矣。（薛雪《一瓢诗话》）

（59）然李（白）之《古风》五十九首，俨然阮公《咏怀》。（钱泳《履园谭诗》）

（60）西晋诗当以阮籍作主，潘、左辈辅之。（李重华《贞一斋诗说》）

（61）古诗惟《十九首》音调最圆，子建、嗣宗犹近之，宋、齐则远矣。（费锡璜《汉诗总说》）

（62）苏、李赠答，《古诗十九首》后，唯陈思诸作及阮公《咏怀》、子昂《感遇》等篇，不逾分寸。余皆或出或入，不能一致也。

（施补华《岘佣说诗》）

（63）太冲《咏怀》，景纯《游仙》，皆骨干清强，神理俊爽。其所以不及汉人者，正以太清强，太俊爽耳。若阮公《咏怀》，则浑朴之气未散也。（施补华《岘佣说诗》）

（64）阮籍《咏怀》，予尤好"平生少年时"一首。其他则"一身不自保，何况恋妻子"。（宋征璧《抱真堂诗话》）

（65）阮嗣宗越礼惊众，然以口不臧否人物，司马文王称为至慎，盖晋人中极蕴藉者。其《咏怀》十七首，神韵淡荡，笔墨之外，俱含不尽之思，政以蕴藉胜人耳。然以拟《古诗十九首》，则浅薄甚矣。（贺贻孙《诗筏》）

（66）陈子昂《蓟丘览古》曰："南登碣石坂，遥望黄金台。丘陵尽乔木，昭王安在哉？"此与"驾言发魏都，南向望吹台。箫管有遗音，梁王安在哉"无异，固知阮诗陈所自出。钟氏（钟惺）乃谓"身分铢两实远过之"。又曰："陈子昂、张九龄《感遇》诗，格韵兴味有远出《咏怀》上者。"按张曰："燕雀感昏旦，檐楹呼匹俦。鸿鹄虽自远，哀音非所求。"即嗣宗"宁与燕雀翔，不随黄鹄飞"之意，然则张诗亦自出于阮。乃云："不可语千古瞶人。"先痛骂作防川之势以郭众口，口岂终壅哉！按钟云："古今以嗣宗《咏怀》诗几于比《古诗十九首》矣。尽情删之，止存三首。"（贺裳《载酒园诗话》卷一）

（67）阮籍、郭璞诗有忧时虑患之意。（吴乔《围炉诗话》卷二）

（68）阮公《咏怀》诗云"驾言发魏都"，是司马未篡时所作。又曰："修竹隐山阴，射干临增城。"是为曹爽、贾充。其曰"葛藟延幽谷"，必言夏侯玄、荀勖辈也。又有曰"一身不自保，何况恋妻子"，言罹祸者且自危也。阮公一生长醉，而诗不言酒。（吴乔《围炉诗话》卷二）

（69）直至黄初之末，嗣宗《咏怀》一出，清峻遥深，研微入奥。《诗品》谓如剡溪雪夜，孤棹沿流，乘兴而来，兴尽而已，非好锻者所可方驾矣。（田雯《古欢堂杂著》卷二）

（70）阮公《咏怀诗》赋至八十二首，未免过多，胸中安能有八十二种意旨耶？故往往有复处、率处、滞处、参错处。（庞垲《诗义固说》卷下）

（71）阮嗣宗诗如夕阳亭下，涕泪千古。（牟愿相《小澥草堂杂论诗》）

（72）阮步兵《咏怀》，其原出于《十九首》，少带寒俭。钟退谷一意抹却，殊未得其平。（牟愿相《小澥草堂杂论诗》）

（73）阮、陶二公，抗迹尘寰，神致冲淡，妙寄笔墨之外。学者无此种襟抱，效之未免易入心手，寻常者藏拙耳。（叶矫然《龙性堂诗话初集》）

（74）《雕龙》曰："阮旨遥深。"《诗品》曰："言在耳目之内，情寄八荒之表。"近日沈先生谓"阮公《咏怀》，反复零乱，兴寄无端，和愉哀怨，俶诡不羁，读者莫求归趣"。合诸评语观之，阮诗精神出矣。（乔亿《剑溪说诗》卷上）

（75）汉魏诗多同句，阮籍诗句多自同，不为苟同，斯不嫌于同。（乔亿《剑溪说诗》卷上）

（76）阮嗣宗、陶渊明诗当全读，《文选》不足据依。（乔亿《剑

溪说诗》卷上）

（77）陈伯玉惟《感遇》诸篇全法阮步兵，余皆其自体。始兴公自《感遇》《杂诗》外，亦自体也，何尝似后人步趋不失尺寸？（乔亿《剑溪说诗又编》）

（78）论诗首推汉、魏，汉以前无专家，至魏，曹操、曹子建一家继美……阮籍、嵇康辈皆渊渊乎臻于大雅。故论诗者以汉、魏并论，不诬也。（李调元《雨村诗话》卷上）

（79）"宁与燕雀翔，不随黄鹄飞"，"但恨处非位，怆恨使心伤"，阮公之本怀，《骚》之类也。……景纯《游仙》，殆《杂诗》《咏怀》之流，类多讽刺时事。（阙名《静居绪言》）

（80）嗣宗《咏怀》，其予夺几可继《春秋》之笔削。（王寿昌《小清华园诗谈》卷上）

（81）刺恶之诗，贵字挟风霜，庶几闻者足戒。如阮嗣宗之"黄鹄游四海，中路将安归？"（王寿昌《小清华园诗谈》卷下）

（82）故以诗而论，则阮籍之《咏怀》，未离于古；陈子昂之《感遇》，且居然能复古也。以人而论，则籍之党司马昭而作《劝晋王笺》，子昂之诣武曌而上书请立武氏九庙，皆小人也。既为小人之诗，则皆宜斥之为不足道，而后世犹赞之诵之者，不以人废言也。夫不以人废言者，谓操治世之权，广听言之路，非谓学其言语也。籍与子昂诚工于言语者，学之则亦过矣。况吾尝取籍《咏怀》八十二首，子昂《感遇》三十八首，反复求之，终归于黄、老无为而已。其言廓而无稽，其意奥而不明，盖本非中正之旨，故不能自达也。论其诗之体，则高拔于俗流；论其诗之义，则浸淫于隐怪，听其存亡于

天地之间可矣。赞之诵之，毋乃崇奉憸人而奖饰诐辞乎！（潘德舆《养一斋诗话》卷一）

（83）阮步兵《咏怀》诗，有说是本《雅》，有说是本《骚》，皆言肖其神耳。于此可以悟前人学古之妙。（厉志《白华山人诗话》卷一）

（84）陈伯玉《感遇》诸诗，实本阮步兵《咏怀》之什。顾阮公诗如玉温醴醇，意味深厚，探之无穷。拾遗诗横绝颓波，力亦足以激发，而气未和顺，未可同日语也。（厉志《白华山人诗话》卷二）

（85）古今合计，惟陈思王、阮步兵、陶渊明、谢康乐、李太白、杜工部、韩昌黎、苏东坡可为今古大家，不止冠一代一时。（朱庭珍《筱园诗话》卷二）

（86）阮嗣宗《咏怀》，其旨固为渊远，其属辞之妙，去来无端，不可踪迹。后来如射洪《感遇》、太白《古风》，犹瞻望弗及矣。（刘熙载《艺概·诗概》）

（87）庄以放旷，屈以穷愁，古今诗人，不出此二大派，进之则为经矣。……阮公似屈，兼似经；渊明似《庄》，兼似《道》。此皆不得仅以诗人目之。（方东树《昭昧詹言》卷一）

（88）如阮公、陶公、谢公，苟不知其世，不考其次，则于其语句之妙，反若曼羡无谓。何由得其义，知其味，会其精神之妙乎？（方东树《昭昧詹言》卷一）

（89）而汉、魏、阮公，尤错综变化不见迹，及寻其意绪，又莫不有归宿。（方东树《昭昧詹言》卷一）

（90）用笔之妙，翩若惊鸿，宛若游龙，如百尺游丝宛转，如落

花回风,将飞更舞,终不遽落。如庆云在霄,舒展不定。此惟《十九首》、阮公、汉魏诸贤最妙于此。(方东树《昭昧詹言》卷一)

(91)子建、阮公,皆雄浑高古,而阮公精神文法,蟠空恣肆,神化无方,尤奇。子建庄重,直似《六经》。阮公似史迁、庄子。(方东树《昭昧詹言》卷一)

(92)叔夜《赠二郭诗》,陈义甚高,然文平事繁,以诗论之,无可取则。以比刘太尉《赠卢谌》,居然有灵蠢之殊。吾尝论古人雅言,入今人则皆为陈言,如叔夜此诗是已。阮公诸篇全是此旨,而笔势飞动,文法高妙,胜权夜远矣。故知诗文别有能事在,不关义理也。(方东树《昭昧詹言》卷一)

(93)阮公于曹、王另为一派,其意旨所及,昔贤皆怯言之。休文所解,粗略肤浅,毫无发明。颜延年曰:"阮在晋文代,常虑祸患,故发此咏。"又曰:"身仕乱朝,常恐罹谤遇祸,因兹发咏,故每有忧生之嗟。虽志在刺讥,而文多隐避,百代之下,难以情测。故粗明大意,略其幽旨。"延年之说当矣。而何义门谓颜说为非,岂以其忠悃激发,痛心府朝,而不徒为一己祸福生死也乎?姚姜坞先生讥何不当,一一举其事以实之。夫诵其诗,则必知其人,论其世,求通其词,求通其志,于读阮诗尤切。何所解惟《徘徊蓬池上》及《王子年十五》二篇为实。《王子篇》未喻。《蓬池篇》何解得之,但其后半犹言之未明耳。窃谓"无俦匹"指贾充、钟会辈诸小人助恶篡弑贪功,而怀忠良执守纲常大义之君子无人,故已哀伤憔悴而著此诗,托言羁旅,延年所谓隐避也。此全从屈子《惜诵》"同极异路",《九辩》"羁旅而无友生"等意出。大约不深解《离骚》,不足以读阮诗。

（方东树《昭昧詹言》卷三）

（94）何云："阮公源出于《骚》，而钟记室以为出于《小雅》。"愚谓《骚》与《小雅》，特文体不同耳；其悯时病俗，忧伤之旨，岂有二哉？阮公之时与世，真《小雅》之时与世也，其心则屈子之心也。以为《骚》、以为《小雅》，皆无不可。而其文之宏放高迈，沉痛幽深，则于《骚》《雅》皆近之。钟、何之论，皆滞见也。（方东树《昭昧詹言》卷三）

（95）《夜中不能寐》，此是八十一首发端，不过总言所以咏怀不能已于言之故，而情景融会，含蓄不尽，意味无穷。虽其词意已为后人剿袭熟滥，几成陈言可憎，若代阮公思之，则其兴象如新，未尝损分毫也。起句何以不能寐，所谓幽旨也。"孤鸿"以下，当此之时，而忽然伤心，然其固有所见而然，故自疑而问之，所谓幽旨也。（方东树《昭昧詹言》卷三）

（96）偶读《严沧浪诗话》云："黄初之后，唯阮公《咏怀》极为高古，有建安风骨。晋人舍阮嗣宗、陶渊明外，唯左太冲高出一时。陆士衡独在诸人之下。"又云："颜不如鲍，鲍不如谢。"与予意略同。（王士禛《带经堂诗话》卷一）

（97）几时乞得步兵衔，壮不如人老更馋。性好吟诗成一累，口除饮酒可三缄。黄垆小醉眠谁侧？青眼高歌对阿咸。八十余篇无剩语，生平怀抱发其凡。（舒位《瓶水斋诗集》卷八）

（98）阮公诗格最高骞，步武陈思属后先。世上纷纷夸组绘，不知云彩丽中天。（黄承吉《梦陔堂诗集》卷九《读文选偶作》）

（99）阮公《咏怀》八十余首，昭明仅取十七，后人读之，觉只此已足，不必更求其全。盖选者之精神，与作者之怀抱，遥相印证。使彼自为去取，亦必心念所选之外，可以就删，故无割裂之伤，而有剪裁之妙。（陈世镕《求志居集外集》琐说）

（100）《论诗绝句六十首》：建安后格多新丽，苏李前风尽已乖。欲识遥深清峻旨，嵇公琴散阮公怀。（姚莹《论诗绝句》）

后　记

本书一九九九年曾由南京大学出版社出版，回头去看，自己很不满意，朋友中也有人提出批评意见。清末严几道曾对外文翻译提出"信、达、雅"的三字标准，其实同样适用于古典诗词的白话翻译。也许是受到司空图《二十四诗品今译》的影响，当时想尽量把译文写得漂亮一点，但却忘记了三字标准中信和达是前提，雅只能在信和达的基础上才能够适当展开，绝不能离开信和达片面追求译文美丽。阮籍《咏怀诗》含义虽然深奥，但文辞自然质朴，气象浑成。把译文写得美丽，与原诗的风格也并不契合。这次重版，对译文作了重大修改和调整，尽量采用平实的语言，以忠实于原文为第一要义。在此基础上，再修饰文辞，追求恰当的表述，追求"达"的目标。在初版的解析中，对原诗的主旨把握、含义说明也有一些问题，或存在偏差，或表述不够恰当，这次都尽可能加以改正。这些事做起来并不容易，只能尽力而已。

本书酝酿于特殊年代，完成于改革开放以后，自然不可能不带时代的痕迹。现在作者已是耄耋之年，还有机会来修订补正，重新出版。上天之惠我，不可谓不深矣。

二〇一九年岁末罗仲鼎于紫藤书屋